Judith Knigge
Zusammen ist der schönste Ort

Buch

Als ihr Mann Heinrich unerwartet stirbt, bricht für Dagmar eine Welt zusammen. Plötzlich sitzt sie ganz allein in dem großen Anwesen am Plöner See – und noch dazu auf einem riesigen Berg an Schulden. Denn Heinrich hat all ihr Geld verloren und das Haus als Pfand eingesetzt. Dagmar wird dringend geraten, das Anwesen zu verkaufen und sich somit zumindest ihren Lebensabend zu sichern, doch die Achtundvierzigjährige will ihr Zuhause unter keinen Umständen verlieren. Kurz entschlossen schreibt sie die Zimmer ihres Hauses zur Vermietung aus und bekommt überraschend viele Zuschriften: von einer schwangeren Frau, einer älteren Dame, einem gebeutelten Musiker, einem alleinstehenden Herrn und schließlich von einem jungen türkischen Mann. Dagmar nimmt sie alle bei sich auf, doch das Zusammenleben in dieser bunten Wohngemeinschaft erweist sich als schwierig – bis das Schicksal sie auf ungeahnte Weise zusammenschweißt …

Autorin

Judith Knigge hat bereits erfolgreich exotische Sagas und unter anderem Namen historische Familiengeschichten veröffentlicht. Mit *Zusammen ist der schönste Ort* erfüllt sie sich den Wunsch, einen emotionalen Gegenwartsroman zu schreiben. Einfühlsam erzählt sie von Freundschaft, Zusammenhalt und dem Mut, etwas Neues zu wagen. Die Autorin lebt mit ihrer Familie und ihren Pferden in Norddeutschland.

Besuchen Sie uns auch auf www.facebook.com/blanvalet und www.twitter.com/BlanvaletVerlag.

JUDITH KNIGGE

Zusammen ist der schönste Ort

ROMAN

blanvalet

Sollte diese Publikation Links auf Webseiten Dritter enthalten, so übernehmen wir für deren Inhalte keine Haftung, da wir uns diese nicht zu eigen machen, sondern lediglich auf deren Stand zum Zeitpunkt der Erstveröffentlichung verweisen.

Verlagsgruppe Random House FSC® N001967

1. Auflage
Copyright © 2018 by Judith Knigge
Dieses Werk wurde vermittelt durch die Literarische Agentur
Thomas Schlück GmbH, 30827 Garbsen.
Redaktion: Angela Kuepper
Umschlaggestaltung: www.buerosued.de
Umschlagmotiv: iStock.com/CSA-Archive
DN · Herstellung: sam
Satz: Vornehm Mediengestaltung GmbH, München
Druck und Bindung: GGP Media GmbH, Pößneck
Printed in Germany
ISBN 978-3-7341-0617-0

www.blanvalet.de

Es kommt immer anders, als man denkt.

Prolog

Teneriffa, 2012

Dagmar streckte sich auf ihrer Sonnenliege und sah zu Heinrich. Ihr Mann stand am anderen Ende der Terrasse, hielt sich das Mobiltelefon ans Ohr und fuchtelte mit der freien Hand in der Luft herum.

»Dann soll Marc halt den großen Lkw nehmen. – Nein. – Doch, natürlich. Der Kühler muss morgen nach Hamburg ...«

Dagmar schüttelte den Kopf und sah wieder hinab auf die Bucht der *Playa de las Teresitas*. Der breite Strand leuchtete in der Sonne, und die Palmen wiegten sich gleichmäßig im Meereswind. Sie hatte Heinrich ewig in den Ohren gelegen wegen eines gemeinsamen Urlaubs. Natürlich war ihr bewusst gewesen, dass er seine Firma nicht aus dem Kopf bekommen würde, aber dass er jeden Tag mehrmals zu seinem Telefon griff, nervte sie schon etwas. Sie seufzte. Das war wohl die Bürde, die man zu tragen hatte, wenn man ein eigenes Unternehmen besaß, so wie Heinrich. Dagmar schloss die Augen und hielt das Gesicht der Sonne entgegen.

Als es still wurde, blinzelte sie wieder zu ihrem

Mann. Heinrich stand nun ganz am Rand der Terrasse, sah nach unten auf das Meer und schien nachzudenken.

»Alles in Ordnung, Schatz?«, fragte sie.

Er zuckte kaum merklich zusammen, drehte sich zu ihr und nickte dann. »Ja doch, alles gut. Aber es ist echt nicht einfach, die Leute ein paar Tage allein zu lassen. Die machen sofort nur Unsinn.«

Dagmar lächelte milde. »Ach komm, die schaffen das schon, und vor allem schaffen sie das auch mal ohne dich.« Sie deutete mit einer Hand auf die Liege neben sich.

Heinrich kam zu ihr. Anstatt sich hinzulegen, setzte er sich nur auf das Fußende der Liege. »Ist schon schön hier.« Er holte tief Luft.

Sie lebten am Plöner See, an einem Ort, wo andere durchaus gern Urlaub machten. Doch das norddeutsche Wetter war bekanntlich nicht immer das beste. Dagmar hatte sich so nach Sonne und warmem Meeresklima gesehnt, dass sie fast einen Luftsprung gemacht hatte, als Heinrich eines Tages nach Hause gekommen war und mit den Flugtickets gewunken hatte.

»Du arbeitest einfach zu viel, Liebling.« Dagmar setzte sich auf und tätschelte ihm die Schulter. Er war grau geworden in den letzten Jahren. Gut – sie war auch nicht jünger geworden. Aber im Gegensatz zu ihrem Mann verlief ihr Leben recht stressfrei. Sie hatte oft ein schlechtes Gewissen, wenn sie merkte, wie sich in seinem Kopf alles nur um die Firma drehte, doch hielt er sie ganz bewusst davon fern. Das Transportgewerbe war nun auch nicht gerade ihr Fachgebiet, aber schließlich ernährte es sie nicht nur, sondern ermöglichte ihnen darüber hinaus ein recht angenehmes Leben. Die Zeiten wurden nicht einfacher, und anstatt ein wenig zur Ruhe zu kommen, musste Heinrich mit jedem Jahr mehr kämpfen. Um einen Urlaub zu bitten, war Dagmar da im Grunde fehl am Platz vorgekommen, doch musste Heinrich auch einfach einmal raus und den Kopf frei bekommen, das hatte sie gespürt. Sie strich ihm über die grauen Haare.

»Gehen wir nachher in San Andrés etwas essen?«

»Ja, das machen wir«, sagte er lächelnd und lehnte sich auf der Liege zurück. »Wenn ich mal alt bin, könnte ich es hier auf der Insel wohl aushalten.«

Dagmar prustete. »Na, so ganz jung bist du ja auch nicht mehr.«

»Hey!« Er boxte sie sanft in die Seite. »Du aber auch nicht. Pass gut auf, sonst geh ich zum Strand und such mir so ein Bikinigirl.«

Dagmar lachte und knuffte ihn zurück. Dabei erwischte er ihre Hand und hielt sie fest. Sie spürte seinen liebevollen Händedruck, und ihr wurde ganz warm. Sie liebte ihn nach all den Jahren immer noch wie am ersten Tag.

Sein Mobiltelefon brummte los.

»Nein!«, sagte sie leise, aber bestimmt.

Heinrich seufzte. »Nein … jetzt nicht.«

Winter

Kapitel 1

Dagmar stand an der Terrassentür und blickte in den Park. Der Frost hatte die Pflanzen noch fest eingehüllt, und der Plöner See am Ende des Grundstücks lag unter einer eisigen Schicht verborgen. So wie der Frost die Natur lähmte, fühlte sich auch Dagmar: gelähmt, starr und nicht in der Lage, sich zu bewegen. Das konnte doch alles nicht wahr sein!

Ihre Gedanken schweiften zu einem ebenso frostigen Januarmorgen vor sechs Wochen, als zwei Polizeibeamte an ihrer Tür klingelten …

Dagmar hatte die Uniformen durch das Glas der Haustür erspäht, und ihr erster Gedanke war, dass es wohl wieder Einbrüche in den Häusern rund um den See gegeben hatte.

Nach dem Öffnen der Tür und einem Blick in die bitterernsten Gesichter der Beamten schrillten tief in ihrem Innern die Alarmglocken. An alles, was danach kam, konnte sie sich nur schemenhaft erinnern.

Es tut uns sehr leid, Ihnen mitteilen zu müssen, Frau Gröning, dass Ihr Mann … Ein Lkw … Die Straße war spiegelglatt …

Irgendwie gelangte sie ins Wohnzimmer. Plötzlich

war ihre beste Freundin Helga da, ein scharfer Schnaps brannte in ihrer Kehle, und die Beamten riefen Daniel an, ihren Sohn.

Heinrich hatte sich an diesem Tag, wie schon viele Hundert Mal zuvor, früh am Morgen auf den Weg nach Lübeck gemacht. Dagmar hatte mit ihm noch einen schnellen Kaffee in der Küche getrunken, und dann war er auch schon fort gewesen. Für immer …

Erst Tage danach gelang es ihr, die Geschehnisse dieses Morgens zu rekonstruieren. Ein Lkw war auf der vereisten Autobahn ins Schlingern geraten. Heinrich war recht schnell gefahren und hatte nicht rechtzeitig abbremsen können. Sein Wagen hatte sich fast gänzlich unter den Lkw geschoben. Er war wohl sofort tot gewesen.

Um Dagmar herum hatte sich eine Maschinerie in Gang gesetzt, die sie wie im Zeitraffer zwar beobachten konnte, aber deren Teil sie nicht wirklich war. Daniel und seine Frau Sabine kamen aus Hamburg, Helga kümmerte sich um sie und informierte ihre engen Freunde Christoph und Barbara. Nachbarn schauten vorbei, um ihr Beileid zu bekunden. Die Möllemanns und die Blochs, Dagmar konnte sich nicht genau daran erinnern, wer noch alles. Das Telefon klingelte unablässig, doch Dagmar bekam nicht mit, was um sie herum vor sich ging.

Selbst als der Bestatter kam, um mit ihr und Daniel die Einzelheiten der Beerdigung zu besprechen, war sie noch nicht wieder sie selbst. Heinrich war erst zweiundsechzig Jahre alt gewesen. Das war kein Alter zum Sterben. Sie war fünfzehn Jahre jünger als er und erinnerte sich gut an das Unken ihrer Mutter über diesen *alten* Mann, damals vor fast dreißig Jahren, als Dagmar verkündet hatte, sie würde Heinrich heiraten. Doch eben gerade hatten sie noch mitten im Leben gestanden. Zu Silvester waren sie an der Ostsee gewesen, und Heinrich hatte ihr fest versprochen, dass er im neuen Jahr etwas kürzertreten würde, damit sie mehr Zeit für sich hätten. Jetzt saß sie da und fand keine Worte. Der Faden ihres Lebens war einfach so durchgeschnitten worden.

Sie hatte keine Ahnung, wie Heinrich sich seine Beerdigung vorgestellt hatte, darüber hatten sie nie gesprochen. Nicht mal über seinen Ruhestand oder die Rente hatte er laut nachgedacht. Dagmar schon gar nicht.

Und so starrte sie auf den dicken Katalog mit Särgen und Urnen vor ihr auf dem Couchtisch und zuckte nur mit den Achseln.

Daniel, der die pragmatische Art seines Vaters an sich hatte, bestimmte kurzerhand alles von der Urne bis zu den Blumen. Hier und da nickte Dagmar, ja – so in der Art hätte Heinrich wohl auch entschieden. Sabine stellte einen netten Text für eine Traueranzeige zusammen, auch diesen segnete Dagmar mit einem Kopfnicken ab. Sie hatte sich in den letzten Jahren von ihrem Sohn ein Stück weit entfernt. Aus dem kleinen blonden Jungen war ein recht eigenwilliger junger Mann geworden. Wichtiges besprach Daniel nur mit seinem Vater, und seit es Sabine in seinem Leben gab, war er Dagmar gegenüber zunehmend distanziert. Aber das musste wohl so sein. Sie war dankbar, dass die beiden

15

gekommen waren, um sie zu unterstützen, und dennoch war die Stimmung nicht gerade herzlich. Dagmar wurde mit einem Mal bewusst, wie fremd sie sich wirklich geworden waren. Es war seltsam, welche Empfindungen und Gedanken man in der bodenlosen Trauer plötzlich hegte. Um sie herum drehte sich das Leben einfach weiter, und sie selbst besah sich und ihr Leben wie durch ein Schaufenster.

Erst in den Tagen nach der Beerdigung hatte Dagmar wieder zu sich selbst gefunden. Es war ruhiger geworden um sie herum, Daniel und Sabine waren zurück nach Hamburg gefahren, und auch das Telefon gab inzwischen Ruhe. Nur Helga huschte hier und da wie ein guter Geist durch das Haus. Dagmar hatte jedes Zeitgefühl verloren. Die meisten Stunden stand sie, wie auch jetzt gerade, am Fenster und blickte auf den Plöner See hinaus. Früher war sie auch meist den Tag über allein gewesen, doch jetzt war es anders. Das Alleinsein hatte sich in eine stille Leere verwandelt. Es gab noch so viele Dinge, die erledigt werden mussten, aber Dagmar fand nicht die Energie, damit anzufangen. Wenn sie einfach nur dastand und versuchte, an nichts zu denken, tat es nicht ganz so weh.

Ihr Leben war bis hierher so gradlinig und vorhersehbar verlaufen. Sie erinnerte sich noch gut an den Tag, als sie Heinrich kennengelernt hatte … Er besaß ein aufstrebendes Transportunternehmen und wollte seine Geschäftsräume etwas schöner gestaltet haben. Dagmar war damals gerade zwanzig Jahre alt und arbeitete im zweiten Jahr als Innendekorateurin. Ihr Chef hatte sich auf Büros spezialisiert, schließlich gehörte eine angenehme Atmosphäre zur Kundengewinnung. Er schickte Dagmar von Hannover nach Lübeck, damit sie sich von den Räumen des Kunden einen Überblick verschaffen und Fotos machen konnte. Sie war aufgeregt und nervös, denn sie hoffte, dass ihr Chef sie auch mit der Gestaltung der Räume beauftragen würde, ihr erster alleiniger Auftrag vielleicht.

Heinrich, damals Mitte dreißig, war ausnehmend höflich, aber auch sehr direkt. Er hatte sehr genaue Vorstellungen, in die sich Dagmar schnell einfinden konnte. Sie verbrachten einen anregenden und kreativen Nachmittag, der mit einem Essen in einem kleinen italienischen Restaurant endete.

Nachdem die Räume nach einigen Wochen ausgeplant und eingerichtet waren, musste Dagmar sich eingestehen, dass sie heillos verliebt war. Auch Heinrich hatte wohl ähnliche Empfindungen, denn er hörte nicht auf, sie anzurufen. Wenige Monate später packte Dagmar kurzerhand ihre Sachen und zog nach Lübeck. Trotz ihres Altersunterschiedes waren sie von Anfang an ein gutes Team. Sie heirateten ein Jahr später, und schon im Jahr darauf wurde Daniel geboren.

Heinrichs Geschäft lief sehr gut. Bald suchten sie für ihre kleine Familie das passende Nest. Etwas außerhalb, in der Natur sollte es sein, mit viel Platz und Grün drum herum. Eigentlich besichtigten sie damals das Haus am Plöner See eher zum Spaß. Es war viel zu groß, auch ein bisschen zu teuer und wahrlich nicht das, was junge Paare zur damaligen Zeit haben wollten. Dagmar hatte sich einen modernen, großzügig geschnittenen Bungalow gewünscht – aber das hier war eine alte Villa mit zwei Eingangstreppen, die von hohen Gartenlaternen geziert wurden. Doch als sie genau dort standen, wo Dagmar heute stand, an der Terrassentür mit dem überwältigenden Ausblick bis hinunter zum See, da nahm Heinrich Dagmar in den Arm, gab Daniel einen Kuss auf die Babystirn und meinte: »Warum nicht?« So waren sie in den Besitz dieses Hauses gekommen. Nach einigen Umbauarbeiten in Küche, Wohnzimmer und den oberen Stockwerken wirkte es im Innern hell und offen, wobei das Gefühl von Weite durch den angrenzenden Park noch verstärkt wurde.

Heinrich war immer viel unterwegs, zu der Filiale in Lübeck war bald noch eine weitere in Kiel gekommen. Dagmar kümmerte sich um Daniel, das Haus und den Park. Manchmal vermisste sie in jenen Jahren eine richtige Arbeit, doch Heinrich wollte immer, dass sie ganz für ihren Sohn da sein konnte. Durchaus ein Luxus, den sie zu schätzen wusste. Langweilig wurde ihr nie, Dagmar brachte sich erst im Kindergarten und später in der Schulzeit ein, bekam später Kontakte durch Daniels Sportverein, und irgendwie war immer etwas los – obwohl die Gegend am westlichen Ufer des Sees, zwischen Dersau und Sepel, ziemlich ländlich war. Daniels Freunde und auch deren Eltern waren gern gesehene Gäste im Haus, ebenso kamen oft Geschäftspartner von Heinrich zu Besuch. Oft auch übers Wochenende, denn das Haus bot genug Zimmer.

Dagmar wandte den Blick vom Garten ab und drehte sich um. Rechts an der Wohnzimmerwand hing ein großes Familienporträt. Sie waren extra nach Kiel zu einer Fotografin gefahren. Daniel hatte mit seinen sechzehn Jahren mächtig protestiert, er wäre zu alt für so etwas. Dennoch war das Bild gelungen. Heinrich stand hinter ihnen – hochgewachsen, die Haare damals noch dunkel und ohne graue Strähnen. Gut ausgesehen hatte er immer. Ein leiser Seufzer entfuhr Dagmar. Er hielt sie liebevoll im linken Arm. Sie hatte zu der Zeit noch etwas längere Haare gehabt, heute trug sie sie modisch kurz und etwas dunkler; auch sie wurde langsam grau, was ihre Friseurin aber immer noch gekonnt überdeckte. Daniel saß vor ihnen, seine blauen Augen funkelten in die Kamera, und trotz des vorangegangenen Streits machte er ein nettes Gesicht. Heinrich hatte die rechte Hand auf die linke Schulter seines Sohnes gelegt. Es war damals eine nahezu perfekte Zeit gewesen, bis auf die Tatsache, dass Daniel langsam seine rebellische Phase bekam, die er leider bis heute nicht ganz abgelegt hatte.

Dagmar verzog das Gesicht. Sie liebte ihren Sohn, aber er war … schwierig, und zwar in vielen Dingen. Ehrgeizig und selbstbewusst wie sein Vater, ließ er sich von niemandem etwas sagen und ging rigoros seinen eigenen Weg.

In den vergangenen Jahren war es stiller im Haus geworden. Daniel war nach dem Abitur nach Hamburg gezogen, um zu studieren, auch waren die Besuche von Freunden und Geschäftspartnern weniger geworden. Doch Heinrich und sie hatten die Ruhe durchaus genossen. Die Abende im Winter vor dem Kamin oder im Sommer auf der Terrasse, das war ihre Zeit gewesen. Dagmar hatte sich tagsüber nach wie vor um das Haus und den Park gekümmert, sie liebte das Gärtnern und war stolz auf die gepflegte Anlage rund um das Haus. Nebenbei hatte sie begonnen, in dem Blumenladen ihrer Freundin Helga auszuhelfen, was zusätzlich etwas Abwechslung geschaffen hatte. Einmal hatte sie laut darüber nachgedacht, sich wieder eine Arbeit zu suchen, doch Heinrich hatte sie kopfschüttelnd in den Arm genommen und gemeint: »Schatz, das brauchst du doch nicht. Genieß dein Leben, ich kümmere mich schon.«

Dies hatte er auch getan, bis genau vor sechs Wochen. Dagmar umschlang ihren Oberkörper mit den Armen. Da stand sie nun: achtundvierzig Jahre alt und Witwe.

Das Klingeln ihres Handys riss sie aus ihrer Lethargie. Es lag auf dem Wohnzimmertisch und begann sich durch den Vibrationsalarm leicht hin und her zu bewegen. Dagmar gab sich einen Ruck, ging zum Tisch und nahm das Telefon zur Hand. Auf dem Display las sie den Namen des Anrufers: Christoph Schmal. Er war seit vielen Jahren Heinrichs Steuerberater und ein guter Freund. Sie nahm ab.

»Hallo.«

»Daggi? Christoph hier. Störe ich?«

»Nein, tust du nicht.«

»Es tut mir wirklich leid, aber du müsstest jetzt zeitnah herkommen. Wir haben einiges zu besprechen, das kann nicht mehr warten. Morgen um zehn? Wäre das okay?«

»Ja, das geht.«

»Gut, dann sehen wir uns morgen früh. Schönen Gruß von Barbara.«

»Danke. Grüß zurück.«

»Bis morgen.«

»Bis morgen.« Dagmar legte auf. Das Gespräch mit Christoph war eines der Dinge, die zu erledigen waren und die sich nicht länger aufschieben ließen. Auch wenn es sich nicht so anfühlte – ihr Leben ging schließlich weiter.

Kapitel 2

Am nächsten Morgen saß Dagmar pünktlich um zehn Uhr in Christophs Büro, das sich in der unteren Etage des Hauses befand, in dem er mit seiner Frau Barbara wohnte. Dagmar starrte auf eine kleine Buchsbaumhecke vor dem bodentiefen Fenster, während Christoph in seinen Unterlagen herumsuchte. Barbara schnitt diese Hecke immer ganz akkurat und mit viel Hingabe. Die strenge Form des Gartenbeetes vor dem Fenster stand in stechendem Gegensatz zu der unübertrefflichen Unordnung in Christophs Büro. Heinrich hatte einmal geunkt, dass es bei Steuerberatern wohl immer so aussehen müsste. Dagmar aber hatte sich im Stillen gefragt, wie man bei den ganzen Papierstapeln, die sich links und rechts des Schreibtisches auftürmten, überhaupt etwas wiederfand.

»Wie geht es dir? Möchtest du einen Kaffee?«

Dagmar zuckte erschrocken zusammen und versuchte ihren Geist wieder in das Hier und Jetzt zu befördern. Christoph sah sie über den Schreibtisch hinweg an. Auch er war nicht mehr der Jüngste, wie Dagmar jetzt bemerkte. Sein Haar war lichter geworden und seine Haut faltiger. Er war zwei Jahre älter, als Heinrich es gewesen war.

»Danke, geht schon wieder. Ja, bitte mit Milch und Zucker.«

Christoph langte nach einer Kaffeekanne, die immer links von ihm auf einem kleinen Abstelltisch parat stand, goss ihr eine Tasse Kaffee ein, legte ein Zuckertütchen und eine kleine Plastikmilchdose auf die Untertasse und reichte ihr das Ganze über den Tisch. Dagmar bemerkte, wie ihre Hand zitterte, als sie den Kaffee entgegennahm.

Während sie Milch und Zucker in die Tasse gab, faltete Christoph die Hände ineinander und beobachtete sie geduldig.

»Daggi, Barbara und ich sind immer für dich da.«

»Ich weiß, danke.« Dagmar rührte etwas verlegen in ihrem Kaffee. Es war ihr unangenehm, dass sie die vergangenen Wochen so in Schockstarre verbracht hatte. »Ihr habt mir sehr geholfen in der letzten Zeit.« Sie bemühte sich um ein Lächeln. Was die beiden wirklich hinterrücks getan hatten, wusste sie nicht mal so recht, aber sie erinnerte sich daran, dass Christoph einige Male bei ihr im Haus gewesen war und sich mit Daniel unterhalten hatte. Und er hatte mit Heinrichs Vater gesprochen. Etwas, worüber sie sehr dankbar gewesen war. Heinrichs Mutter war vor einigen Jahren gestorben, und sein Vater lebte in einem Seniorenstift bei Kiel. Er war »nicht mehr gut beieinander«, wie Heinrich es immer betitelt hatte. Die Nachricht, dass sein Sohn gestorben war, war für ihn ein schwerer Schock gewesen. Dagmar hätte gar nicht gewusst, wie sie es ihm hätte beibringen sollen. Ihren eigenen Eltern hingegen hatte Daniel es mitgeteilt. Die liebten ihren Enkelsohn, auch wenn sie ihn nur noch selten sahen. Dennoch hatte Daniel einen besseren Draht zu Greta und Franz, als Dagmar selbst je gehabt hatte. Sie waren zur Beerdigung aus Hannover gekommen, doch viel Trost war es für Dagmar nicht gewesen. Ihre Eltern waren ihr in den letzten Jahrzehnten fremd geworden. Wie Daniel lebten auch sie ihr eigenes Leben. Der einzige Mensch, dem sie sich wirklich nahe gefühlt hatte, war nun nicht mehr da.

Christoph räusperte sich. »Dagmar, es tut mir wirklich leid, aber ich muss dich so langsam über einige Dinge informieren.«

Dagmar sah ihn fragend an. Ihr war bewusst, dass sicherlich einiges wegen Heinrichs Geschäft geregelt werden musste. Auch sie selbst sollte sich um ihre private Finanzlage kümmern. Christoph Schmal war zwanzig Jahre Heinrichs Steuerberater gewesen und in genau diesen Dingen ihr erster Ansprechpartner. Nach Heinrichs Tod war ihr bewusst geworden, dass sie von sämtlichen Geldangelegenheiten keinen Schimmer hatte. Darum hatte Heinrich sich gekümmert. Sie solle sich mal keine Sorgen machen, hatte er immer nur gesagt.

»Ja, ich habe auch noch einige Fragen – aber du zuerst, bitte.« Sie nickte Christoph zu und bemühte sich um Konzentration.

»Um es kurz zu machen, die Gröning GmbH wird in die Insolvenz gehen müssen. Ich habe diesbezüglich schon alles veranlasst.«

Dagmars Aufmerksamkeit war mit einem Schlag voll da. »Wie? Was sagst du da? Ging es der Firma denn so schlecht? Aber was … was ist denn mit den beiden Büros? Den Angestellten?«

Christoph verzog kurz das Gesicht. »Ich habe mit Heinrich in den letzten zwei Jahren wirklich um die Firma gekämpft, aber es lief einfach nicht mehr so wie früher. Hat er denn nie etwas gesagt?«

Die Frage war wohl eher rhetorischer Natur, denn Dagmar war klar, dass Christoph wusste, welch ein Einzelkämpfer Heinrich in Geschäftsdingen gewesen war. »Nein, hat er nicht. Er hat immer gesagt, dass alles läuft.«

»Ja, leider war das so seine Art, ich weiß.« Christoph schüttelte den Kopf. »Auf jeden Fall lohnt es sich nicht, die Firma zu erhalten. Die wird keiner so übernehmen wollen, und nach der Insolvenz werden durch den Abverkauf der Fahrzeuge wenigstens die angelaufenen Schulden getilgt werden können. Auch werden die Angestellten noch ihre letzten Gehälter bekommen. Somit wird das ein sauberes Ende geben.«

»Ein sauberes Ende«, wiederholte Dagmar leise.

»Keine Sorge. Du bist davon nicht betroffen, dein Name hing nie in der Firma mit drin, insofern war Heinrich wenigstens vorsichtig. Aber …«

»Aber?«

»Wir müssen uns etwas einfallen lassen, wie wir mit eurem Kredit umgehen. Ich möchte dir nur helfen, Daggi, aber ich sage dir gleich, dass ich nicht weiß, ob wir das Haus retten können.«

»Wie? Was für ein Kredit? Das Haus?« Dagmar sah Christoph ungläubig an.

Christoph seufzte ergeben und machte ein betrübtes Gesicht. »Es tut mir wirklich leid. Hat Heinrich dir denn davon auch nichts erzählt?«

»Das Haus? Es ist doch meins! Er hat es schon vor Jahren auf mich überschrieben.«

»Nun ja, das ist etwas komplizierter.« Christoph lehnte sich zurück. »Heinrich hat es zwar auf dich überschreiben lassen, hat aber vor gut fünf Jahren einen Kredit aufgenommen und das Haus dafür als Sicherheit an die Bank übertragen.«

»Davon weiß ich gar nichts.« Dagmar merkte, wie es ihr die Luft abschnürte. Es kam ihr plötzlich fürchterlich warm und stickig in dem Büro vor.

»Nun, du wirst es irgendwann wohl unterschrieben haben. Leider sind es damit auch deine Schulden. Und mit denen müssen wir jetzt irgendwie umgehen.«

»Ich … Kann sein … Christoph, du weißt, dass Heinrich mich so manches hat unterschreiben lassen, aber ich habe da nie genau nachgefragt … Ich dachte immer, es wäre alles in Ordnung.«

»Wäre es auch gewesen, wenn er nicht so plötzlich … Es tut mir leid, Daggi.« Christoph holte tief Luft. »Du hast, fürchte ich, leider nicht viele Möglichkeiten.«

Dagmar wurde ganz kalt.

»Über welche Summe sprechen wir denn überhaupt? Ich … ich habe ja auch noch das Geld von der Lebensversicherung.« So weit hatte Heinrich wenigstens vorgesorgt. Christoph hatte die Police bereits herausgesucht und alles in die Wege geleitet, das hatte Dagmar mitbekommen.

»Der Kredit belief sich auf fünfhunderttausend Euro.«

Dagmar schluckte. »So viel?«

»Davon ist über ein Drittel abbezahlt, soweit ich das sehe. Durch die neuen Wagen, die er mit dem Geld angeschafft hatte, lief es für die Firma ja eine Weile wieder ganz gut. Wenn du das Geld der Versicherung nimmst, wären insgesamt zwei Drittel getilgt. Aber den Rest müsstest du dann irgendwie finanzieren.«

»Was, denkst du, käme da an monatlicher Belastung auf mich zu?«

»Das kommt auf die Laufzeit und die Zinsen an. Ich schätze so um die eintausend Euro, und das auf fünfzehn Jahre. Ich habe bereits mit der Bank gesprochen. Aufgrund der Lage haben sie uns einen dreimonatigen Aufschub gewährt, aber dann … Dagmar, das ist wirklich ernst. Wenn der Kredit nicht bedient wird, kann die Bank die Zwangsversteigerung des Hauses anberaumen. Es auf die Art und Weise zu verlieren wäre fatal, und unter Umständen würde für dich nichts übrig bleiben, denn die Bank will ja ihr Geld zurück. Verstehst du das?«

Dagmar sog scharf die Luft ein. »Oh Mann, das kann doch nicht wahr sein. Wofür hat er diesen monströsen Kredit denn gebraucht?«

Christoph zuckte mit den Achseln. »Damit hat er die Firma über Wasser gehalten … und euch.«

»Uns?« Dagmar wurde ganz schlecht. Sie sackte in

sich zusammen. »Warum hat er denn nie etwas gesagt? Wir … wir hätten doch …« Natürlich war es mit der Firma bergauf und bergab gegangen. Einmal hatte Heinrich ihr zögerlich davon berichtet, dass es gerade nicht so gut aussähe. Aber danach hatte sich alles wieder beruhigt. Vor fünf Jahren war das gewesen, da waren sie im Sommer auf Teneriffa gewesen. Einer der seltenen und lang ersehnten gemeinsamen Urlaube. Dabei war die Firma damals wohl gar nicht besser gelaufen. Nur wegen des Kredits hatte er plötzlich Geld für den Urlaub gehabt …

»Daggi, im Grunde kannst du froh sein – somit hat er wenigstens keine privaten Schulden, die nun noch im Rahmen des Erbes auf dich zurückfallen würden. Nur dieser Kredit. Ich hab ihm damals davon abgeraten, aber er hat gelacht und gesagt, das würde er schon schaffen.«

»Aber wo soll ich denn so viel Geld hernehmen jeden Monat? Du weißt, dass ich ab und an bei Helga im Blumenladen aushelfe. Aber das reicht niemals. Ich müsste mir einen Job suchen … und …«

»Ja, ich sagte ja, das wird nicht einfach. Wenn ich dir etwas raten darf – gib der Bank das Geld aus der Lebensversicherung, das baut den Kredit schon mal ab. Dann verkaufe das Haus, tilge damit den Kredit – und mit dem restlichen Geld kannst du dir erst mal deinen Lebensunterhalt sichern. Da wird bestimmt genug übrig bleiben, das Haus ist ja top in Schuss.«

»Das Haus ist aber das Einzige, was ich noch habe.« Dagmar war den Tränen nahe. »Du meinst wirklich, ich soll es verkaufen? Wegziehen?«

»Ich glaube nicht, dass du es retten kannst. Ich kenne da einen guten Makler, wenn du möchtest, rufe ich den an.«

Dagmar hob die Hand. »Ich muss erst mal darüber nachdenken.«

Christoph nickte. »Das verstehe ich, aber du darfst jetzt nicht zu viel Zeit verlieren.«

»Weiß … weiß Daniel davon?«

»Nein, ich habe ihm nichts davon erzählt. Er …«, nun verzog sich Christophs Gesicht, »er hat mich neulich, als ich bei euch war, gefragt, ob er denn mit einem Erbteil rechnen könnte beziehungsweise wie es um die Firmen stünde. Ich habe gesagt, dass ich erst mal gucken muss, wie das bei euch alles geregelt ist.«

Dagmar schnaubte. »Typisch.« Daniel hatte nicht nur die pragmatische Art seines Vaters geerbt, er war auch recht geschäftstüchtig. Überall dort, wo es nach Gewinn roch, steckte er seine Nase hinein. Heinrich hatte das immer gefördert, hatte gesagt, der Junge müsse sein Potenzial entwickeln. Dagmar hingegen war dieser Charakterzug fremd. Daniel hatte Betriebswirtschaftslehre studiert mit dem Schwerpunkt Spedition, Transport und Logistik. Danach hatte er in Hamburg eine gute Stelle bei einer großen Transportfirma bekommen. Heinrich und Daniel hatten sich sicher mehr über Geschäftliches ausgetauscht, als sie es je mit ihrem Mann getan hatte. Allerdings hatte sie Heinrich durchaus einmal gefragt, ob er daran dachte, seinen Sohn eines Tages in seine Firma mit aufzunehmen. Etwas, das bei Familienunternehmen wie der Gröning

GmbH durchaus gang und gäbe war. Heinrich war dieser Frage damals ausgewichen und hatte gemeint, dass Daniel erst mal Erfahrungen anderswo sammeln sollte. Dagmar runzelte die Stirn. Vielleicht hätte sie da schon hellhörig werden sollen?

Christoph lehnte sich wieder etwas nach vorn und legte die Hände auf den Schreibtisch. »Er wird sicher nicht erfreut sein, wenn er hört, dass die Firma hinüber ist. Und auch sonst gibt's für ihn ja nichts zu erben. Heinrich hatte im Grunde kein eigenes Privatvermögen, euch gehörte alles gemeinsam, und jetzt gehört es dir. Ihr hattet nur ein einfaches Berliner Testament aufgesetzt damals nach der Hochzeit. Dadurch ist Daniel mit Heinrichs Tod quasi enterbt worden und könnte nur seinen Pflichtteil einfordern.«

Dagmar fuhr sich mit den Fingerspitzen über die Stirn. »Du meinst also, dass Daniel versuchen wird, etwas abzubekommen?«

Christoph zuckte mit den Achseln. »Daggi, tut mir leid, wenn ich dir das so mitteilen muss, aber dein Sohn hat wortwörtlich zu mir gesagt: ›Meine Mutter hat doch keine Ahnung von dem ganzen Kram‹ – ich solle ihm bitte sämtliche Unterlagen bezüglich der Firmen und des Privatvermögens zukommen lassen, er würde dann schon alles regeln.«

»Ja, natürlich und selbstredend nur zu *meinen* Gunsten.« Dagmar schüttelte den Kopf. »Aber das hast du nicht getan, oder?«

»Nein, natürlich nicht, Daggi. Ich wollte erst mit dir sprechen und dich über den Stand der Dinge informieren. Wenn du jetzt sagst, ich soll alles an Daniel weitergeben ...«, Christoph hob die Hände, »... dann mache ich das natürlich. Aber ich glaube, das wäre keine gute Idee.«

Dagmar lachte kurz auf. »Nein, wahrlich nicht. Mein lieber Herr Sohn würde mich vermutlich noch um mein letztes Hemd bringen. Da kümmere ich mich lieber erst mal selbst drum. Du ... du hilfst mir doch?«

»Natürlich, soweit es mir möglich ist, stehe ich dir mit Rat und Tat zur Seite.«

»Danke, Christoph.«

Kapitel 3

Auf der Rückfahrt arbeitete Dagmars Kopf auf Hochtouren. *Das Haus verkaufen, das Haus verkaufen*, hämmerte es immer wieder in ihren Gedanken. Sie konnte dieses Haus nicht verkaufen. Es war ihre Insel – der Ort, an dem sie viele glückliche Jahre verbracht hatte. Dass es um Heinrichs Firma so schlecht stand, hatte sie ja nicht geahnt. Hätte er doch nur mit ihr darüber geredet! Sie hätten sicher gemeinsam eine Lösung gefunden. Mit ihm zusammen wäre sie auch bereit gewesen, woanders noch mal neu anzufangen. Ein kleines Haus, weniger Kosten ... Ihre Hände krallten sich um das Lenkrad ihres Wagens. Es jetzt abzugeben fühlte sich an, als würde sie den Ast absägen, auf dem sie saß.

Heinrich hatte all die Jahre immer nur betont, wie wichtig es ihm sei, dass Dagmar in dem Haus glücklich war. Ein schmerzlicher Gedanke durchfuhr sie. War sie letztendlich gar schuld an der Misere? Hatte er krampfhaft das Haus halten wollen, um es ihr recht zu machen? Jetzt hatte sie auch noch ein schlechtes Gewissen. Dabei kam ihr noch ein ganz anderer Gedanke.

»Verdammt!«, fluchte sie. Es war ja nicht nur das Haus an sich. Sie hatte noch viel mehr Kosten am Hals

32

als nur diesen ominösen Kredit. Die Nebenkosten wollten bezahlt werden, ihr Auto und der Sprit, die Versicherungen … Lebensmittel. Sie und Heinrich hatten ein gemeinsames Konto gehabt. Der Zufluss an Geld war all die Jahre nur von Heinrichs Seite gekommen. Damit war abrupt Schluss. Sie musste sich unbedingt einen Überblick verschaffen, wie es tatsächlich um die Kosten bestellt war. Sie spürte, wie ihr die Tränen über die Wangen liefen. All die Jahre hatte sie es sich leicht gemacht, ja, das hatte sie. Und jetzt bekam sie die Quittung dafür.

Als sie in die Hofeinfahrt abbog, bremste sie abrupt. Das Haus stand dort vom frostigen Garten umrahmt, als wäre nichts passiert. Anders als die typischen Bungalows in der Nachbarschaft handelte es sich um eine Gründerzeitvilla mit verzierter Fassade und zwei Eingangstreppen, deren geschwungene steinerne Geländer sich den Besuchern einladend entgegenstreckten. Die Villa hatte ihren Charme all die Jahre über bewahrt. Es war kein Haus, es war ein Heim. Ein Ort, an dem man lebte, liebte und lachte und zwischen dessen Mauern man immer sicher war, egal, was das Leben einem gerade vor die Füße warf.

Langsam fuhr sie ihren Wagen unter den breiten Carport; auch dieser sah ohne Heinrichs Auto ganz verlassen aus. Dagmar fuhr sich mit beiden Händen über das Gesicht. Noch nie hatte sie sich so einsam gefühlt.

Sie stieg aus, nahm die linke Treppe und schloss die zweiflügelige Tür auf. Von der breiten Diele führte mittig ein Flur mit Gäste-WC, Garderobe und Treppen zu dem offenen Küchen- und Essbereich auf der linken Seite des Hauses. Von dort ging es drei langgezogene Stufen hinab ins Wohnzimmer. Rechts vom Wohnzimmer lagen die Kinder- und Gästezimmer. Die Größe wie auch die Anzahl der Räume hatten Dagmar anfangs abgeschreckt. Das Haus war einst als schickes Seehotel erbaut worden; ganze fünf Wohneinheiten mit je zwei kleinen Zimmern befanden sich im Erdgeschoss des Hauses, dazu ein großes Bad. Heinrich hatte damals halb ernst, halb im Scherz gemeint, es wären somit noch reichlich Kinderzimmer vorhanden. Doch sie hatten sich nie für ein weiteres Kind entscheiden können, geschweige denn gleich vier. Die ersten Jahre hatten sie die Zimmer dennoch viel benutzt und den ganzen Platz durchaus genossen. Daniel hatte ein großes Kinder- und Spielzimmer gehabt, Dagmars Eltern waren oft zu Besuch gekommen und anfangs, als es deren Gesundheit noch zuließ, auch Heinrichs Eltern. Vor einigen Jahren dann, als der Trubel im Haus nachgelassen hatte und auch Daniel ausgezogen war, hatte Dagmar die große, zweiflügelige Verbindungstür zu diesem Trakt einfach geschlossen gehalten. Natürlich musste man im Winter dort heizen und im Sommer auch lüften, aber ansonsten machten die ganzen Zimmer nicht viel Arbeit. Ihr Lebensmittelpunkt waren immer der große Wohnbereich gewesen sowie die eigenen, großzügigen Zimmer im ersten Stock.

Im Haus war es kalt. Dagmar warf ihren Schlüssel und die Handtasche auf den langen hölzernen Esstisch, ging in das Wohnzimmer hinab und legte einige Holzscheite in den großen Kamin zwischen den Terrassentüren. Das entfachte Feuer eroberte knisternd das trockene Holz; es würde nicht lange dauern, bis zumindest im Wohnzimmer eine angenehme Temperatur herrschte. Dagmar blieb noch einen Augenblick vor dem Feuer stehen. Sie hätte auch die Heizung aufdrehen können, doch sie hatte reichlich Brennholz im Garten, und wie es im Gegenzug um das Heizöl im Keller stand, wusste sie nicht. Ein weiterer Kostenfaktor. Auch darum hatte Heinrich sich gekümmert. Sie seufzte und verspürte das Bedürfnis, mit jemandem zu reden. *Helga!*

Dagmar ging zum Esstisch und kramte ihr Handy aus der Handtasche. Eilig tippte sie eine SMS ein: *Kommst du heute Abend zu mir? Wir müssen mal reden.*

Es dauerte nicht lange, bis ein Ton erklang und Helgas Antwort auf dem Display erschien. *Bin um sechs da. Soll ich was zu essen mitbringen?*

Dagmar schmunzelte. *Ja! 7 und die 26.* Ihre Freundin würde schon Bescheid wissen, was sie damit meinte. Sie schmunzelte in sich hinein. Es tat gut zu wissen, dass es Helga gab.

Helga besaß direkt in Plön, an der langen Straße unweit der Nikolaikirche, einen kleinen Blumenladen. Dagmar war oft und gern Kundin in diesem Laden gewesen, und irgendwann war zwischen den beiden Frauen eine Freundschaft erwachsen. Wenn Bedarf gewesen war, hatte Dagmar gern ausgeholfen, hatte Vasen besteckt und Sträuße gebunden.

Helga war eine kleine, etwas pummelige Frau, die

Dagmar immer schon mit ihrer quirligen und kreativen Art begeistert hatte. Sie war etwas älter als Dagmar, hatte eine gescheiterte Ehe hinter sich und verwirklichte sich seitdem selbst mit ihrem Laden. Ihren Exmann hatte Dagmar nie kennengelernt, diese Episode von Helgas Leben war noch vor ihrer Zeit gewesen. Helga war fest überzeugt, ihr Leben nie wieder mit jemandem teilen zu wollen. In diesem Punkt unterschieden sich die Freundinnen grundlegend, denn Dagmar war es weder gewohnt, ohne Ehemann zu sein, noch konnte sie sich ein Leben als ewiger Single vorstellen. Zu dem sie nun aber ungewollt geworden war. Ihr Magen krampfte sich kurz zusammen. *Daggi, nicht schwächeln! Du musst jetzt stark bleiben,* herrschte sie sich im Stillen an und straffte sich. Entschlossen trat sie zu einer kleinen Kommode, öffnete die oberste Schublade und zog einen Notizblock hervor. Sie würde den Nachmittag nutzen und sich einen Überblick über die Gesamtsituation verschaffen. Sie hatte zwar oft die Ablage im Büro gemacht und Rechnungen und Kontoauszüge weggeheftet, dennoch konnte sie partout nicht sagen, wie hoch die Gesamtkosten ihrer Lebenshaltung waren.

Mit ihrem Notizblock ging sie die Treppe hinauf in das riesige Schlafzimmer mit dem Wohnbereich, dem Ankleide- und Bügelzimmer und dann die hölzerne Wendeltreppe hinauf zu Heinrichs privatem Büro auf der Galerie. Hier erinnerte alles an ihn. Dagmar stockte kurz. Ein ganz neues Gefühl überfiel sie … der Wunsch, sofort alles wegzuräumen. Da hing noch ein Pullover von ihm über dem Bürostuhl, dort lag eine Aktenmappe aus der Firma. Im ersten Stock, im Ankleidezimmer, war eine ganze Schrankwand voll mit seinen Sachen, im Schlafzimmer standen noch seine Puschen. Heute war der erste Tag, an dem sie diese Sachen förmlich ansprangen. Die letzten Wochen war sie mehr oder weniger mit Scheuklappen durch das Haus gewandert. *Jetzt noch nicht.*

Dagmar begab sich zu dem Regal mit den privaten Akten und zog den ersten Ordner heraus. Kurz überlegte sie, schaffte es aber nicht, sich in den Stuhl zu setzen, wo noch sein Pullover hing. Sie hatte Angst vor der Berührung, Angst, er könnte noch nach Heinrich riechen. Sie ging hinab und setzte sich auf das Sofa, welches an der Wand stand, legte ihren Block neben sich und nahm die Aktenmappe auf den Schoß.

Dagmar bemerkte erst, wie lange sie in den Unterlagen versunken war, als es so düster im Raum wurde, dass sie kaum noch eine Zahl erkennen konnte. Zu ihrer Rechten lag ein ganzer Berg Mappen. Heinrich war zum Glück immer sehr ordnungsliebend gewesen, daher hatte sie auch alle Papiere gefunden, die sie gesucht hatte. Zu ihrer Linken lagen inzwischen vier randvoll beschriebene Zettel. Dagmar klappte die letzte Akte zu, stand auf und streckte sich. Dann klaubte sie die Zettel zusammen und ging wieder nach unten ins Wohnzimmer, wobei sie ganz automatisch nach und nach alle Lichtschalter betätigte. Das Feuer im Kamin war heruntergebrannt, in einem Häufchen weißer Asche glomm noch ein kleiner Holzrest. Sie nahm ein neues Scheit und legte es in die Glut, vielleicht reichte sie noch, um das Feuer erneut aufflammen zu lassen. Draußen war es inzwischen fast dunkel. Sie sehnte sich nach dem Frühjahr, wenn es endlich wieder länger hell sein würde, doch gleich stieg Angst in ihr auf, was bis dahin mit ihr sein würde. Ob sie wohl noch hier wäre? Die gruselige Vorstellung, dann vielleicht schon irgendwo in einer engen, beklemmenden Zweizimmerwohnung zu sitzen, schlich sich in ihre Gedanken. Die Zahlen, die sie über die letzten Stunden zusammengetragen hatte, sprachen eine recht deutliche Sprache.

Dagmar nahm ihr Handy und rief den Taschenrechner auf. Ziffer um Ziffer wuchs der monatliche Betrag, den sie aufbringen müsste. Zu guter Letzt tippte sie noch den Betrag ein, den Christoph ihr genannt hatte, bezüglich der Tilgung des Kredits. Dagmar schluckte und ließ das Telefon sinken. Auf dem Zettel machte sie unter ihrer letzten Notiz einen dicken Strich, darunter trug sie den ausgerechneten Betrag ein und machte darunter wiederum einen Doppelstrich. Dann legte sie das Telefon beiseite und starrte auf den Zettel.

Prima! Das ist ja mehr als hoffnungslos.

Mit Helga kam eine frostige Wolke kalter Luft durch die Tür.

»Ah verdammt, ich hoffe, das Essen ist noch warm.« Helga drückte Dagmar eine Plastiktüte in die Hand, stieß die Tür hinter sich zu und wickelte sich den langen Schal von Gesicht und Hals. »So langsam ist aber auch mal gut mit Winter. Die Heizung von meinem Auto muckt schon wieder. Ich bin halb erfroren.« Kurz hielt sie inne, legte den Kopf schief und sah Dagmar prüfend an. »Ist alles okay? Schön, dass du wieder Appetit hast.« Sie deutete auf die Plastiktüte. »Pack schnell aus, bevor es ganz kalt ist.«

Dagmar nahm die Tüte mit zum Esstisch, wo sie schon für zwei Personen eingedeckt hatte. Helga war in den vergangenen sechs Wochen so manchen Tag an ihrer Seite gewesen, hatte ihr liebevoll Taschentuch um Taschentuch gereicht, ihr Tee und etwas zu essen gekocht, abends das Licht ausgeschaltet und morgens die Post reingeholt. Helga war einfach für sie da gewesen. Um Dagmars Herz wurde es ganz warm.

»Helga … danke, dass du für mich da warst in letzter Zeit.« Dagmar sah liebevoll zu ihrer Freundin, die sich gerade an den Tisch setzte.

Helga winkte ab. »Das war doch selbstverständlich, Daggi. Allerdings freue ich mich, dass du langsam den Weg in ein normales Leben zurückfindest. So schrecklich das auch alles ist – ich muss mich auch mal wieder um meinen Laden kümmern.« Helga lächelte Dagmar an und tätschelte ihr über den Tisch hinweg kurz den Arm. »Komm – essen! Paolo hat die Pizza zwar doppelt eingepackt, aber ich befürchte, es sind gleich nur noch labbrige kalte Scheiben.«

»Ist im Laden alles okay?« Dagmar wollte noch nicht über das heikle Thema sprechen. Sie packte ihre Pizza und die dazugehörigen kleinen Brötchen aus.

Helga kaute bereits. »Bisschen mau momentan. Ist ja immer eine doofe Zeit so nach Neujahr – und dann diese Kälte. Die Leute haben noch nicht richtig Lust auf Blumen. Grünpflanzen laufen ganz gut. Aber wenn erst mal Ostern ansteht – du weißt ja, ich kann dann jede Hand gebrauchen.«

»Klar. Ich hoffe …« Dagmar zögerte.

Helga sah sie verdutzt an. »Was?«

»Ach, Helga.« Dagmar ließ ihre Gabel sinken. »Ich war bei Christoph heute Morgen und …«

»Hm … Sprechen wir lieber nach dem Essen drüber, Daggi.« Helga warf einen Seitenblick auf die Flasche Wein, die mit in der Tüte gesteckt hatte.

»Du musst doch noch fahren?«

»Ach, ich habe in den letzten sechs Wochen so oft in deinem Gästezimmer geschlafen, da kommt's auf eine Nacht mehr oder weniger auch nicht an.«

Dagmar musste lächeln.

Etwas später saßen die beiden Freundinnen zusammen auf dem großen Sofa im Wohnzimmer, die Beine unter einer Decke und je ein Glas Wein in der Hand. Das Feuer flackerte und tauchte den Raum in ein gemütliches rötliches Licht. Draußen rüttelte der Wind an den Fenstern, und ab und an landete eine Schneeflocke auf den Scheiben der Terrassentüren.

»Guck …« Helga deutete mit dem Glas nach draußen. »Noch nach Plön zurückzufahren wäre eh keine gute Idee gewesen. Das ist aber auch mal ein Winter … Ich meine, ich mag es ja so kalt und frostig, wenn man sich das von drinnen ansehen kann. Aber wenn man nach draußen muss – brrrr.« Sie schüttelte sich.

»Der Garten ist auch total erfroren. Ich fürchte, einige meiner Rosen werden das nicht überlebt haben.« Dagmar senkte den Blick bei dem Gedanken, vielleicht bald keinen Garten mehr zu haben.

»Also, was ist los? Was hat Christoph gesagt?«

Dagmar zog die Decke höher und umfasste dann ihr Weinglas mit beiden Händen, als wäre es ein wärmender Tee.

»Ach Helga, das ist ein Drama. Ich weiß gar nicht, wo ich anfangen soll … Die Firma ist im Eimer, sagt er. Sie muss Insolvenz anmelden. Und privat … Heinrich hat irgendwie komische Sachen gemacht …«

»Komische Sachen? Was meinst du damit?« Helga sah Dagmar forschend an.

»Na ja, es gab da noch einen Kredit, irgendeine Umschuldung.« Dagmar zuckte mit den Achseln. »Ich weiß nicht genau, er hat wohl damit die Firma retten wollen und auch uns heimlich über Wasser gehalten. Auf jeden Fall hab ich dämliche Kuh das alles gutgläubig mit unterschrieben.«

»Na, na. Heinrich hätte doch nie etwas gemacht, was euch schadet, oder?«

Dagmar musste kurz auflachen. »Nein – aber er hat auch wohl nicht damit gerechnet, dass … dass es ein jähes Ende mit ihm nehmen könnte.«

»Also bitte – da rechnet wohl keiner mit.« Bei diesen Worten senkte Helga den Blick.

»Er hat immer gesagt, alles wäre in Ordnung. Ich solle mich nicht sorgen.« Dagmar hörte, wie ihre Stimme etwas lauter wurde. Anstelle von Trauer verspürte sie das erste Mal Wut. »Und dann macht er so was. Ich meine ... er hätte es mir ja auch erklären können, dann hätte ich wenigstens Bescheid gewusst.«

»Gefragt hast du aber wohl auch nicht, hm?« Helga sah sie nun wieder direkt an.

»Nein, verdammt. Ach, Helga, und jetzt bekomme ich die Quittung dafür. Christoph sagt, dieser Kredit bleibt nun an mir hängen. Das Haus dient als Sicherheit. Und ...«, sie löste eine Hand von ihrem Weinglas und machte eine weitschweifende Geste, »... ich habe keinen blassen Schimmer, wie ich das alles überhaupt bezahlen soll.«

»Aber ihr hattet doch eine Lebensversicherung, oder?«

»Ja, aber die wird auch für diesen Kredit draufgehen.« Dagmar sah ihrer Freundin in die Augen. »Helga, ich bin pleite – aber so was von.«

»Nun mal nicht gleich den Teufel an die Wand.«

»Es ist aber so. Ohne Heinrichs Gehalt bin ich am Ar..., wie man so schön sagt. Ich verdiene doch nichts ... außer dem, was du mir für die Stunden im Laden gibst. Aber weißt du, was das hier alles im Monat kostet?«

Helga sah sich kurz um und griente dann. »Bisschen mehr als meine Zweizimmerwohnung wohl schon.«

»So, und genau da liegt das Problem. Christoph sagt, ich werde das Haus wohl verkaufen müssen.«

Jetzt setzte sich Helga ruckartig aufrecht hin. »Ne, komm?«

»Doch. Das einzige Geld, das ich noch habe, außer

42

einem kleinen Betrag auf meinem Sparbuch, steckt in diesem Haus – und mal ein Steinchen rausklopfen und damit im Supermarkt bezahlen geht irgendwie auch nicht.« Dagmar musste selbst lachen bei der Vorstellung. Der Wein verfehlte gottlob seine Wirkung nicht, und sie konnte ihre hoffnungslose Situation mit einem gewissen Galgenhumor hinnehmen.

Helga sah sie verständnislos an. »Das kapiere ich alles nicht.«

Dagmar seufzte. »Ist doch ganz einfach. Die Bank bekommt noch reichlich Geld von mir. Ich werde ihnen die Kohle von der Lebensversicherung in den Rachen werfen müssen und ebenso einen Teil von dem Erlös, wenn ich das Haus verkaufe. Nur so kann ich mir wieder Geld verschaffen, um mein Leben irgendwie zu finanzieren, und nur so werde ich die Bank los.« Resigniert nahm sie einen großen Schluck Wein. »Aus – finito – das war's. Geld weg, Haus weg … Dagmar dann irgendwann weg.«

»Mist.« Helga stellte ihr Glas auf dem flachen Wohnzimmertisch ab. »Und Christoph weiß keine andere Lösung? Ich meine … du könntest dir ja auch wieder einen Job suchen und …«

Dagmar wiegte den Kopf leicht hin und her, nicht ganz ein Nicken, aber auch nicht ganz ein Verneinen. »Ich habe auch schon hin und her überlegt. Job – klar könnte ich das, aber ich habe jetzt fast dreißig Jahre nicht gearbeitet, sprich: Ich habe mehr als 'ne große Lücke im Lebenslauf.«

»Ich kann dich leider nicht Vollzeit einstellen, das

wirft der Laden nicht ab.« Helga sah Dagmar entschuldigend an.

»Ach, das weiß ich doch, und das würde ich ja auch gar nicht wollen. Du solltest die Letzte sein, die mich jetzt aushalten muss.« Dagmar stupste Helga an. »Aber mir fällt einfach nichts Gescheites ein, und ich habe nicht viel Zeit. Die Bank wird bald wieder Zahlungen haben wollen, und bis dahin …«

»Willst du denn weg?« Helgas Stimme klang bedrückt. »Ich meine, ich könnte das verstehen, das Haus ist voller Erinnerungen, und … na ja …«

»Wo soll ich denn hin? Ich lebe hier nun schon so lange. Ich kann mir gar nicht vorstellen, noch mal umzuziehen.« Dagmars Stimme brach.

»Weiß Daniel schon davon?« Jetzt war es Helga, die nach dem Weinglas griff und versuchte, die schlechten Nachrichten mit einem großen Schluck Wein hinunterzuspülen.

»Nein«, gab Dagmar kleinlaut zu. »Christoph hat mich schon gewarnt, dass Daniel ihn wohl gefragt hat, ob denn wohl noch was zu holen sei – also von Heinrichs Nachlass oder so.«

»Wann ist aus deinem Sohn eigentlich so ein geldgieriger Geier geworden?«, fuhr Helga auf.

»Er wird nicht erfreut sein, wenn ich ihm mitteile, dass alles verloren ist.«

»Na ja, noch ist ja nicht alles verloren, Daggi. Vielleicht fällt uns noch etwas ein. Und jetzt lass uns schlafen gehen. Ich muss morgen zeitig los, wenn die Straßen wieder glatt sind, und du schlaf erst mal eine Nacht

44

drüber und triff bloß keine voreiligen Entscheidungen. Ich ...« Sie legte Dagmar einen Arm um die Schulter. »Ich wäre sehr traurig, wenn du fortgehen würdest.«

Kapitel 4

Am nächsten Morgen kam die Sonne gerade über den Horizont und ließ die frostige Luft über dem See rötlich schimmern, als Dagmar bereits mit einer Tasse Kaffee in der Küche stand. Sie hatte nicht gut geschlafen, wirre Träume über Heinrich und ihre ungewisse Zukunft hatten sie immer wieder hochfahren lassen.

Nachdenklich blickte sie hinaus auf die ruhende Natur. Sie musste sich etwas einfallen lassen, Stillstand durfte es nicht mehr geben. Der letzte Traum, der ihr den Schlaf geraubt hatte, handelte von schemenhaften Männern, die gekommen waren und sie einfach aus dem Haus geholt hatten. Mit einem Koffer war sie ziellos auf irgendwelchen Straßen umhergeirrt. Sie schauderte.

»Guten Morgen.« Helga kam durch die breite Verbindungstür, hinter der sich die Gästezimmer befanden. Mit einem Kopfnicken in die Richtung, aus der sie gerade gekommen war, bemerkte sie: »Ganz schön kalt da drüben, du solltest mal heizen.«

»Entschuldigung, das hatte ich gestern ganz vergessen. Ich hatte ja auch nicht geahnt, dass du über Nacht bleibst.«

»Na, ich mein ja auch nur, nicht dass da irgendwelche Leitungen zufrieren oder so.«

»Siehst du, das Haus ist eh zu groß für mich allein.« Dagmar stellte ihren Kaffee auf dem Tisch ab und drückte die Taste vom Toaster, in dem schon zwei Scheiben steckten, hinunter.

»So war das nicht gemeint.« Helga nahm sich eine Tasse aus dem Schrank und goss sich einen Kaffee ein. »Du siehst müde aus.«

»Ich hab auch nicht gut geschlafen.«

»Wirst du Daniel informieren, wie es um dich steht?« Helga setzte sich an den Tisch.

»Ja, ich werde ihn heute wohl anrufen müssen.«

»Ach, Daggi … Ich habe gestern noch lange wachgelegen und gegrübelt, aber mir ist auch nichts eingefallen.« Helga sah ehrlich betrübt aus.

»Irgendwie geht's schon weiter.« Der Toaster klackte, und Dagmar bugsierte mit spitzen Fingern die heißen Scheiben auf zwei Teller. »Marmelade oder Schoko?«

»Schoko, ist gut für die Nerven. Ich werde mich auf jeden Fall in Plön einmal umhören, vielleicht … vielleicht ergibt sich ja ein Job oder … was zum Wohnen.«

»Das ist lieb.« Dagmar rang sich ein Lächeln ab.

Nachdem Helga sich auf den Weg zur Arbeit gemacht hatte, saß Dagmar noch einen Moment allein an dem großen Esstisch. Die Einsamkeit war mit einem Schlag wieder da. Sie zwang sich, tief ein- und auszuatmen, um keine Panikattacke zu bekommen. *Drehe ich jetzt schon durch?* Oder war es die Reaktion auf die Gewissheit, dass sie gleich ihren Sohn anrufen müsste? Daniel war ihr Kind! Jahrelang hatte sie ihn umsorgt, und sie waren sich nah gewesen – und jetzt hatte sie Angst, ihn in solch einer Situation anzurufen? Das war doch bescheuert. Ihr kamen fast die Tränen, trotzig unterdrückte sie das Brennen in ihren Augen. Aber die Tage vor und nach der Beerdigung hatten ihr gezeigt, wie Daniel inzwischen zu ihr stand. Er hatte ihr zwar bei seiner Ankunft kurz die Schulter gedrückt, ansonsten aber Distanz gewahrt. Sie wusste immer noch nicht, was zwischen ihnen vorgefallen war. Vielleicht hatte er es ihr übel genommen, dass sie seiner Hochzeit mit Sabine skeptisch gegenübergestanden hatte. Sabine war sicher ein anständiges Mädchen, aber wenn sie ehrlich war, fand sie Sabine überheblich und rechthaberisch.

Dagmar versuchte ihre Gefühle zu sortieren. Es war auch nicht direkt der Umstand, dass sie ihrem Sohn jetzt mitteilen musste, dass sie fast mittellos dastand. Ihm sagen zu müssen, dass sein über alles geliebter Vater die Sache ziemlich verbockt hatte, wog schwerer. Genau das würde er nicht glauben wollen.

Egal! Er muss Bescheid wissen, und dann hast du es hinter dir. Entschlossen griff sie zu ihrem Telefon.

»Mutter?« Er konnte natürlich auf seinem Display sehen, wer anrief.

»Daniel – ja, ich bin's.« Sie musste die freie Hand zur Faust ballen, um eine feste Stimme zu behalten. »Du, hör mal, ich muss mit dir reden. Hast du einen Augenblick?«

Daniel zögerte kurz, dann kam ein »Ja«.

»Ich war gestern bei Christoph, leider hatte er keine guten Nachrichten.«

Schweigen am anderen Ende der Leitung.

Dagmar holte tief Luft. »Also, es ist so, dass es um Papas Firma nicht gut stand. Christoph muss für die GmbH Insolvenz anmelden.«

»Was?«, rief Daniel verblüfft und lachte ungläubig auf. »Das kann doch nicht sein!«

»Doch, leider ist es so. Und noch einiges mehr. Dein Vater hat vor einigen Jahren einen hohen Kredit aufgenommen. Das Haus ist damit belastet, und Christoph rät, es zu verkaufen, damit ich die Schulden tilgen kann.«

Dagmar hörte, wie Daniel am anderen Ende schneller atmete. Wahrscheinlich kalkulierte er gerade blitzschnell im Kopf, dass für ihn wirklich nichts übrig blieb. »Das … okay. Du, Mutter, ich habe gleich einen Termin. Ich werde Christoph selbst anrufen und mir das von ihm erklären lassen. Ich melde mich wieder.« Zack hatte er aufgelegt.

Dagmar sah verdutzt auf das Telefon in ihrer Hand. Sie hatte damit gerechnet, dass er irgendwie anfangen würde zu lamentieren, was man nun tun könnte. Insgeheim hatte sie sogar gehofft, er hätte spontan eine zündende Idee, was natürlich Quatsch war. Aber dass er sie so kurz abwiegelte … Sie legte das Telefon vor sich auf die Tischplatte. Einen Augenblick sah sie nachdenklich auf das Display. Dann stand sie ruckartig auf und blickte sich um, denn sie brauchte dringend eine Ablenkung. Das, was ihr dazu einfiel, war alles andere

49

als eine schöne Aufgabe, aber es musste erledigt werden. Mit einem Schnauben, um ihrem Frust Luft zu machen, öffnete sie einen der unteren Küchenschränke und holte eine große Rolle Müllsäcke hervor. Sie wollte sich dem jetzt stellen. Heinrichs Sachen mussten weggeräumt werden.

Es tat weh, die ganzen Dinge in Säcke zu packen. Jedes T-Shirt, jeder Pullover und auch sonst alles, was direkt mit Heinrich in Verbindung stand, weckte irgendeine Erinnerung in ihr. Doch Dagmar blieb tapfer, auch wenn die Tränen kullerten und sie manches Mal innehielt, um ein Kleidungsstück an ihre Wange zu schmiegen. Sie war wütend auf ihn. Wütend, dass er sie einfach allein gelassen hatte, wütend, dass sie jetzt mit dem ganzen Schlamassel dastand und keinen Rat wusste. Und gleichzeitig war sie unendlich traurig, weil er ihr so fehlte. Aber es ließ sich nicht ändern. All ihre Tränen konnten ihn nicht mehr lebendig machen.

Nach vier Stunden und einer wahrlichen Achterbahnfahrt der Gefühle standen Heinrichs Sachen in Säcke verpackt im Keller. Dagmar wusste nicht, wohin damit. Vielleicht sollte sie die Kleidung spenden? Die Sachen waren zu schade, um sie alle wegzuwerfen. *Hauptsache, sie sind erst mal aus den Augen.* Innerlich atmete sie auf.

In der Küche holte sie eine Flasche Schnaps hervor und goss sich ein kleines Glas ein. Mit einem Schluck stürzte sie den Inhalt hinunter, musste fast husten und wedelte mit einer Hand, während sie das Gesicht verzog. Dann sog sie scharf die Luft ein und stellte mit einer barschen Bewegung das Glas auf die Arbeitsplatte. Das hatte sie schon mal geschafft.

Gerade als sie überlegte, was als Nächstes zu tun war, klingelte ihr Telefon. Argwöhnisch warf sie einen Blick darauf. Daniel? Christoph? Sie fühlte sich irgendwelchen Diskussionen oder noch mehr schlechten Nachrichten nicht gewachsen. Doch es war Helga. Erleichtert ging sie ran.

»Hey!«

»Du, Daggi – hör mal, ich hatte da gerade eine Idee. Hast du Lust rumzukommen? Ich kann heute nicht weg aus dem Laden.«

Dagmar sah auf die Uhr, es war noch nicht ganz drei. Dann sah sie mit einem schlechten Gewissen auf das leere Schnapsglas.

»Hm, nun ja, also, ich könnte …«

»Prima, freu mich. Da kommt Kundschaft. Bis gleich dann.« Helga drückte sie weg.

Dagmar zog die Augenbrauen hoch. Dann würde sie wohl doch fahren müssen.

Es roch nach Blumen in Helgas Laden. Das war in einem Blumenladen nichts Außergewöhnliches, aber der Duft überfiel Dagmar regelrecht, als sie aus dem eisigen Winterwetter in die feuchtwarme Luft des kleinen Verkaufsraumes trat. Stufenweise standen Schnittblumen in Wassergefäßen und begrüßten den Eintretenden mit ihren bunten, kräftigen Farben. Eingerahmt wurden sie von schlichten weißen Regalen, auf denen die unterschiedlichsten Orchideen und Grünpflanzen ihre Plätze hatten. Dagmars Herz sehnte sich plötzlich sehr nach dem nahen Frühjahr. Dann würden auch in ihrem Garten die Narzissen und wenig später die Tulpen ihre Blüten zeigen. Die Tulpenzwiebeln hatte sie im Herbst liebevoll rund um die Wege und Beete gepflanzt und auch unten vor dem Ufer des Sees auf die Wiese. Der Ausblick über die bunte Pracht zum See hin war wundervoll – falls sie diese noch erleben würde dieses Jahr. Ein Stich tief in ihrem Innern beförderte Dagmar zurück in die Gegenwart. Eine Glocke an der Tür hatte mit lautem Gebimmel ihre Ankunft verkündet.

Helga erschien aus dem Arbeitsbereich hinter dem Tresen, den Kopf fast gänzlich hinter einem wuchtigen Blumenstrauß versteckt. Sie sah kurz daran vorbei. »Oh, da bist du ja. Gib mir mal kurz vier gelbe Rosen, ich hab ein paar zu wenig.«

Dagmar zupfte aus einem der Wasserbehälter die gewünschten Blumen und folgte Helga in den hinteren Bereich des Ladens. Dort, wo die Sträuße, Gestecke und sonstige Blumenarrangements gefertigt wurden, herrschte wie immer etwas Chaos. Der Fußboden war bedeckt mit Stängelabschnitten und Blättern, dazwischen überzähliges Band und Folienstücke. Dagmar stieg über das Grünzeug und reichte Helga die gewünschten Rosen. Sie hatte schon viele Stunden selbst hier gestanden und wusste, dass es in Blumenläden nun mal so aussah. Abends nahm man einen Besen und kehrte alles zusammen, um am nächsten Tag binnen Stunden den Boden wieder zu bedecken. Helga steckte mit gekonnten Handgriffen die Rosen in den Strauß, dann betrachtete sie ihr Werk prüfend, um es Dagmar vor die Nase zu halten.

»Hübsch, oder?«

»Sieht gut aus.« Dagmar honorierte die gediegene Mischung aus weißem Schleierkraut und Rosen mit einem Nicken.

»Ich habe mir überlegt, dass ich zu Ostern mehr Körbe und Gartengestecke anbiete – die sind letztes Jahr auch gut gelaufen. Kann ich bei dir dann wieder etwas Moos klauen?«

»Klar – hab ja reichlich davon.« Dagmar nickte, verzog aber wegen der Doppeldeutigkeit ihr Gesicht zu einem schiefen Grinsen.

»Hach je, Dagmar!« Helga sah ihre Freundin vorwurfsvoll an. »Das wird schon! Warte, ich mach hier grad noch Papier drum, und dann gebe ich einen Kaffee aus.« Sie angelte mit einer Hand nach der Papierrolle.

Dagmar half aus und riss ein passend großes Stück ab.

»Danke. So.« Der Blumenstrauß landete in einem Eimer Wasser, wo er bis zum Abholen frisch bleiben würde, und Helga putzte sich die Hände an ihrer grünen Schürze ab. Mit einem Kopfnicken deutete sie in die Ecke, wo zwei hohe Hocker an einem Stehtisch standen. »Kaffee ist frisch, habe ich vorhin erst aufgesetzt.«

Dagmar schälte sich aus Mütze, Schal und Jacke, während Helga zwei Tassen auf den Tisch stellte.

»Und? Hast du mit Daniel gesprochen?«

»Ja.« Dagmar seufzte unwillkürlich.

»Was hat er gesagt?«

»Er hat aufgelegt.«

»Ach, wie charmant, der Herr Sohn. Nicht mal ein paar tröstende Worte für die Mama übrig gehabt?«

»Helga!«

»'tschuldigung.« Helga verzog den Mund. »Aber du weißt, wie ich zu ihm stehe.«

Dagmar setzte sich und goss den Kaffee aus der Kanne in die Tassen. »Er hat immerhin gerade seinen Vater verloren.« Ja, sie wusste, was Helga von Daniel hielt, und auch, dass ihre Freundin sich in den letzten Jahren oft zurückgehalten hatte, statt Daniel mal den Kopf zu waschen. Helga war so etwas wie eine Tante für Dagmars Sohn und kannte ihn schließlich schon viele Jahre. Die Art, die er an sich trug, seit er erwachsen war, war auch Helga ein Dorn im Auge. Zudem schien sie oft den Drang zu haben, Dagmar in Schutz zu nehmen, wenn Daniel mal wieder unfair seiner Mutter gegenüber war. Gebremst wurde sie immer nur von ihrer Überzeugung, dass man sich nicht zu sehr einmischen sollte. Dagmar wusste, dass Helga da manchmal einen Spagat gemacht hatte.

»Ja, und du hast deinen Mann verloren. Und im Gegensatz zu dir muss Daniel nicht um seine Existenz bangen.«

»Na, das hat er ja auch heute erst erfahren. Sicherlich hat er damit nicht gerechnet, dass Heinrich mich *so* dastehen lässt.«

»Damit hat keiner gerechnet, überhaupt mit allem nicht«, murmelte Helga kopfschüttelnd und bugsierte je zwei Stück Zucker in die Kaffeetassen. Sie setzte sich, schwieg einen Augenblick und hob dann den rechten Zeigefinger. »Aber ich habe eine Idee.«

»Na, da bin ich aber mal gespannt.« Dagmar nippte an dem Kaffee.

»Du könntest doch den linken Teil des Hauses mit den Gästezimmern umbauen und als Wohnung vermieten.«

Dagmar blickte ihre Freundin nachdenklich an. Dann schüttelte sie den Kopf. »Ich habe kein Geld, um die Räume dementsprechend umzubauen, und noch einen Kredit bekomme ich sicher nicht.«

»Aber es wäre eine Chance, um mit dem Haus wenigstens Geld zu verdienen. Dann könntest du in der anderen Hälfte wohnen bleiben. Oder du vermietest die oberen Etagen.«

Dagmar wiegte den Kopf. »Ich denke nicht, dass es finanziell reichen würde. Ich habe gestern meine ganzen Kosten mal auf einen Zettel geschrieben. Ich brauche ungefähr eintausendsiebenhundert Euro monatlich, um die Nebenkosten, Versicherungen und den verdammten Kredit und meine privaten Ausgaben abzudecken. Und das ist schon sportlich kalkuliert.«

»Hm, eine ganz schöne Stange Geld.« Helga starrte in ihren Kaffee.

»Ja, eine ganz schöne Stange.«

»Und wenn du das Haus verkaufen würdest? Was bliebe dann?«

Dagmar musste darüber selbst kurz nachdenken. »Puh, also der Kredit belief sich ursprünglich auf fünfhunderttausend Euro. Christoph sagt, über ein Drittel ist getilgt. Wenn ich das Geld aus der Lebensversicherung mit reinstecke, bleiben noch rund hundertfünfzigtausend offen, die ich über den Verkauf des Hauses abdecken muss.«

Helga sog scharf die Luft ein. »Mannomann, das sind aber auch Beträge. Was bekommt man denn für das Haus, weißt du das?«

»Keine Ahnung. Bin ich Immobilienmaklerin?« Dagmar lachte kurz auf und zuckte mit den Achseln. »Gut – die Lage ist super, aber ich denke, aufgrund der Größe … Ist ja nicht grad ein Ferienhäuschen.«

»Ne, eher ein Palast.«

»Also ich denke, realistisch wären so um die dreihundertachtzigtausend Euro.«

»Gut, da bliebe natürlich für dich noch ganz nett was übrig.«

Dagmar seufzte tief. »Ja, das wäre die vernünftige Variante. Ich nehme das Geld, miete oder kaufe mir irgendwo was Kleines und lebe dann von dem Rest. Natürlich muss ich mir einen Job suchen, denn selbst wenn die Reserve bis zur Rente reichen würde – ich bekomme ja kaum was später. Heinrich hat nie viel eingezahlt, und ich … Reden wir besser nicht drüber. Also das, was ich später noch bekomme, wird vorn und hinten nicht reichen.«

»Was für ein Mist.« Helga stellte ihre Tasse weg. »Und? Die *bequeme* Variante gefällt dir nicht sonderlich, oder? Ich würde ja die Kohle nehmen und …«

»Ich will das Haus nicht verkaufen, Helga. Das ist mein Zuhause, auch wenn es ziemlich groß für mich allein ist. Ich habe mir immer gewünscht, dort alt und grau zu werden.«

»Ja, das verstehe ich. Dann müssen wir uns was anderes überlegen.«

Dagmar musste lachen. »Du bist echt optimistisch.«

»Hey.« Helga hob die Hände. »Ich habe so einen Lebenscrash schon hinter mir und stand damals bei null. Und guck, was ist draus geworden? Ich lebe noch, und eigentlich sogar ganz gut. Das schaffst du auch.«

Kapitel 5

Am Abend nicht mehr für zwei zu kochen war ungewohnt. Dagmar hatte auf dem Rückweg von Plön noch kurz eingekauft, die vier Kartoffeln lagen aber nun recht verloren auf der Arbeitsplatte. Jahrelang war das abendliche Kochen und dann das gemeinsame Essen mit Heinrich ein festes Ritual gewesen. Wenn sie sich schon über den Tag nicht sahen, so hatten sie wenigstens in den Abendstunden ein bisschen Zeit miteinander verbringen wollen.

Dagmar legte etwas Küchenpapier aus und begann die Kartoffeln zu schälen. Nachdenklich beobachtete sie, wie die Schale in einem langen Kringel herabfiel. Ihr Mann und sie hatten sich in den letzten zehn Jahren doch etwas auseinandergelebt. Vielleicht redete sie sich das jetzt auch nur ein, damit der Verlust sich nicht mehr so schmerzhaft anfühlte. Aber dennoch hatte sie wohl mehr Zeit mit Helga und anderen Dingen verbracht als mit ihm. Dagmar hatte in der Volkshochschule zwei Kurse über die Zucht und die Pflege von Rosen besucht. Daraus ergaben sich Kontakte zu anderen Gartenliebhabern. Mit der kleinen Gruppe, die sich dort gebildet hatte, war sie zu mehreren Veranstaltungen gefahren, und man hatte sich in unregelmäßigen Abständen getroffen. Außerdem war sie nach wie vor für Daniels ehemaligen Sportverein aktiv gewesen, hatte sich um Spenden bemüht, damit die Fußballjugend neue Trikots bekam und die Handballer neue Tore. Und es gab einen Verbund der Seefrauen, wie sich ein kleiner Verein nannte, gegründet von Frauen, die rund um den Plöner See ansässig waren und sich um allerlei kulturelle Kleinveranstaltungen kümmerten. Zur letzten Weihnachtszeit hatte Dagmar mit ihnen noch den Basar im Kindergarten von Ascheberg organisiert. Langweilig war ihr eigentlich nie gewesen. Heinrich hatte sie machen lassen, er fand es immer gut, wenn sie sich engagierte. Nach ihrem Zuzug an diesen Ort und durch die Kontakte, die sich über Daniel ergeben hatten, war sie nach und nach in die Gemeinschaft der Umgebung hineingewachsen. Inzwischen fühlte sie sich sogar verwurzelt hier, mehr, als sie es in ihrer Heimatstadt Hannover je gewesen war. Dorthin hatte sie bis auf ihre Eltern im Grunde keine Kontakte mehr.

Dagmar füllte einen Topf mit Wasser, gab die Kartoffeln hinein und stellte sie auf den Herd. Dann öffnete sie den Kühlschrank und überlegte, was sie dazu essen könnte. Viel mehr als Spiegel- oder Rührei blieb wohl nicht. Sie seufzte leise.

Die Kartoffeln würden noch etwas Zeit brauchen. Sie legte zwei Eier parat und ging ins Wohnzimmer. Als Erstes schaltete sie den Fernseher ein. Das Programm war nicht so wichtig, aber etwas Hintergrundgeräusch beruhigte sie an einem Tag wie heute. Dann legte sie ordentlich Holz in den Kamin und zündetet diesen an. Beim Blick aus der Terrassentür sah sie einen Augenblick zum See. Still lag das Ufer in der Dämmerung. Erinnerungen an warme Sommerabende, wo sie und Heinrich auf dem Steg gesessen hatten, kamen in ihr hoch. Es war einfach ein so unglaublich schöner Ort hier. Sie spürte, wie es schon wieder in ihrer Kehle brannte. Helgas Idee war vielleicht doch nicht so schlecht. Aber mit der Vermietung eines Hausteils würde sie ihr Leben nicht bestreiten können. Sie brauchte einen Job. Einen guten Job – doch wer stellte eine fast Fünfzigjährige, die weit über fünfundzwanzig Jahre nicht im Berufsleben gestanden hatte, schon ein? Da rechnete sie sich ihre Chancen sehr gering aus. Sie hatte sich all die Jahre in eine Einbahnstraße manövriert und es nicht mal gemerkt.

Gerade als sie nach den Kartoffeln sehen wollte, rappelte ihr Handy auf dem Esstisch. Im Vorbeigehen nahm sie es zur Hand und stockte kurz. Daniels Nummer leuchtete auf dem Display auf. Ein unbestimmtes Gefühl sagte ihr, dass er sich nicht für sein übereiltes Auflegen am Morgen entschuldigen wollte. Dagmar schnitt eine Grimasse, dann nahm sie das Telefonat an.

»Mutter?«

Ja, wer sonst? Und sag bitte Mama – wie früher. »Ja.«

»Hör mal, ich habe heute Nachmittag mit Christoph gesprochen. Er kümmert sich jetzt erst mal um einen Makler.« Daniels Stimme klang versöhnlich, aber seine Worte ließen in Dagmar sofort Wut hochkochen.

»Ach – werde ich vielleicht auch noch gefragt?«, entfuhr es ihr.

»Du hast doch mit ihm gesprochen.«

»Ja, aber wir hatten noch nichts Konkretes beschlossen.« Dagmar bemühte sich um eine feste Tonlage.

»Mutter, da gibt es nicht viel zu überlegen. Das einzig Richtige wird sein, das Haus zu verkaufen.«

Dagmar lachte auf. »Ja, und dann? Wo soll deine *Mutter* dann bitte schön hin?«

»Mama, bitte.«

»Ach, jetzt bin ich wieder die Mama?«

»Sei doch nicht so aufgebracht. Ich versuche doch nur, eine Lösung für dich zu finden.« Daniel wurde lauter.

»Daniel, ich denke zufälligerweise auch über eine Lösung nach, das kannst du mir glauben.«

»Nun, wenn das Haus verkauft ist …«

»Ich will das Haus aber nicht verkaufen.«

»Jetzt sei nicht albern. Du kannst doch zu uns nach Hamburg kommen. Wir könnten gemeinsam etwas kaufen und …«

»Ach so, es wäre wohl gerade praktisch, wenn ich Geld hätte? Und dann? Willst du deine Mutter über die kommenden Jahre aushalten?«

»Nein, aber Sabine und ich … Wir möchten bald eine Familie gründen, und wenn du dann hier bei uns wärst …«

»Wäre ich eine günstige Haushaltshilfe? Babysitterin? Ich bin noch keine fünfzig! Bisschen früh, um nur die Oma zu spielen.«

»Du wirst das Haus so oder so verkaufen müssen. Ich versuche dir nur eine vernünftige Alternative zu bieten, Mutter.«

»Danke, Daniel, aber erst mal würde ich mir ganz gern selbst mögliche Alternativen überlegen – bevor ich zu euch ziehe.« Dagmar legte auf. Mit einem Schnauben knallte sie das Handy auf den Tisch und stemmte die Hände in die Seiten. Daher wehte also der Wind. Daniel wollte sich ein Haus kaufen und brauchte eine Geldgeberin, wie praktisch. Aber was war mit ihr? Sie hatte doch auch noch ein Leben vor sich. Und so abweisend, wie er sie die letzten Jahre behandelt hatte …

Kopfschüttelnd wand sich Dagmar ihren Kartoffeln zu. Die waren inzwischen so zerkocht, dass mehr als Püree nicht mehr aus ihnen zu machen war. Dagmar goss das restliche Wasser ab, verfrachtete einen Esslöffel Butter in die Pampe und einen Schuss Milch und ließ dann ihre Wut an dem Inhalt des Topfes aus. Mit barschen Bewegungen zerstampfte sie die Kartoffeln, bis keine feste Konsistenz mehr zu erkennen war. Dann schob sie den Topf beiseite. *Was denkt der sich eigentlich? Dass ich jetzt die Oma für seinen zukünftigen Nachwuchs spiele? So mit Kartoffelpüree tagtäglich, wickeln und auf der Schulter schuckeln inklusive? Und dazu noch ein schickes Häuschen auf meine Kosten?* Sie spürte, dass sie sich jetzt gerade etwas hineinsteigerte, aber das, was Daniel als »Lösung« betitelt hatte, war nun wirklich nicht nach ihrem Sinn.

Immer noch aufgebracht, nahm sie eine Pfanne, stellte sie auf den heißen Herd und schlug die Eier hinein. Sie wollte nicht mit ihrem Sohn und dessen Frau zusammenziehen. Wäre ihr Verhältnis so gut wie früher, hätte sie sich wahrscheinlich darüber gefreut, auch wenn sie erst mal ihr eigenes Leben finden musste. Aber Daniel hatte sich zu sehr verändert. Ihr war klar, dass es ihm nicht darum ging, sie in seiner Nähe zu haben. Er war auf seinen Vorteil bedacht, das war alles. Daniel wollte eine Familie gründen und wünschte sich ein Haus. Wenn sie das Geld beisteuerte, würde er ihre Anwesenheit notgedrungen in Kauf nehmen. Das waren nicht die besten Voraussetzungen, um den Rest ihres Lebens zu verbringen. Es schauderte Dagmar regelrecht. Sie stützte sich mit beiden Händen auf die Arbeitsplatte und kniff die Augen zusammen.

»… so bietet diese Form des Zusammenlebens …«

Dagmar horchte auf. Der Fernseher lief immer noch im Hintergrund.

»… effiziente Ausnutzung von Wohnraum …«

Dagmar stieß sich von der Arbeitsplatte ab und ging in das Wohnzimmer. Auf dem Bildschirm war ein großer Bauernhof zu sehen, vor dem sich eine bunte Gruppe Menschen an einem Tisch versammelt hatte. Es war Sommer, Rosenbüsche wiegten ihre schweren Blüten in der leichten Brise, alle sahen fröhlich aus.

»… so bietet der Brogenstedter Hof für viele Menschen ein Zuhause …«

Dagmar suchte die Fernbedienung und machte den Ton lauter.

»Seit nunmehr sieben Jahren verfolgt Sybille Brogenstedt dieses Konzept auf ihrem Hof. Es hat ihr geholfen, den wirtschaftlichen Einbruch in der Landwirtschaft zu verkraften, und vor allem auch, das große Haus und die Nebengebäude zu erhalten.« Die Kamera schwenkte auf eine grauhaarige Frau.

»Erst war ich sehr unsicher, so viele fremde Menschen. Aber das, was ich heute zurückbekomme von den Mitbewohnern, ist unbeschreiblich. Ich bin stolz und glücklich, dass ich damals dieses Wagnis eingegangen bin.«

Dagmar starrte gebannt auf den Fernseher. Ihr Kopf war gänzlich leer. Erst der strenge Brandgeruch aus der Küche riss sie aus der Trance. *Verdammt!* Sie warf die Fernbedienung auf das Sofa und hastete in die Küche. Aus den Eiern in der Pfanne waren zwei schwarze, zur Unkenntlichkeit verbrannte Placken geworden. Dagmar riss die Pfanne vom Herd und ließ sie in die Spüle krachen. Dann lachte sie los, legte sich aber sofort die Hand auf den Mund. Sie fühlte sich gerade, als hätte sie der Blitz getroffen. Ein Kribbeln hatte sie durchfahren, und irgendetwas in ihrem Kopf rief: *Das ist die Lösung!*

»Wenn ich die Bude vorher nicht versehentlich abbrenne«, sagte sie halblaut zu sich selbst. Dann ließ sie Wasser auf die verkohlten Eier laufen, dass es zischte.

Kapitel 6

Na, du warst aber fleißig.« Helga stand vor Dagmars Esstisch und sah auf die darauf verstreut liegenden Unterlagen. Dann zog sie sich Jacke und Schal aus und warf diese über einen Stuhl. »Was gibt es denn so Wichtiges? Ich bin übrigens wirklich müde heute. Im Laden war der Bär los.«

»Ich wollte dir das nicht am Telefon erklären. Möchtest du einen Kaffee oder Tee?« Dagmar ging am Tisch vorbei zur Küche.

Helga legte den Kopf schief. »Kaffee bitte. Sieht ja aus, als müsste ich mich gleich noch mal konzentrieren.«

Dagmar stellte die Kaffeemaschine an. »Also, schuld daran bist du … und so eine Fernsehsendung. Mir kam da gestern eine Idee. Ich habe auch schon alles recherchiert und kalkuliert, das könnte klappen.«

»Aha.« Helga nahm eins der ausgedruckten Blätter zur Hand. »Wohnen im Alter?« Sie sah zu Dagmar. »Willst du schon in ein Altersheim?«

»Pff«, machte Dagmar und wedelte abwehrend mit einer Hand. »Das muss ich dir auch erst noch erzählen. Mein Sohn hatte gestern eine tolle Idee.«

»Oh, hat er sich noch mal gemeldet?« Helga setzte sich an den Tisch.

»Ja. Er hatte auch schon mit Christoph gesprochen und meinte, ich solle mal das Haus verkaufen und dann zu ihnen nach Hamburg ziehen.«

»Wie? Die haben doch nur eine Dreizimmerwohnung.«

»Nein, noch besser. *Wir* könnten dann ja zusammen etwas kaufen, und ich könnte bei ihnen leben.«

Helga lachte auf. »Ach, wie nett. Du so bei denen als Hausoma, oder wie?«

Dagmar zeigte mit dem Zeigefinger auf Helga. »Genau, du hast es erraten!«

»Als wenn er mit dir einen auf heile Familie machen könnte. Das würde nicht mal einen Monat gut gehen. Zumal Sabine und du … Na ja ihr seid ja auch nicht gerade die besten Freundinnen.«

»Helga, ich verschwende nicht mal eine Sekunde an den Gedanken, ob ich das tun sollte. Da sollte ich mein Geld besser gleich verschenken.« Dagmar schüttelte den Kopf und wandte sich wieder der Kaffeemaschine zu.

»Na ja, aber so bekäme Daniel wenigstens auch noch etwas vom Kuchen ab.«

»Kuchen, Kuchen … Hier gibt es doch nur noch Krümel. Er muss wohl einsehen, dass sein Vater nicht gerade gut gehaushaltet hat. Muss ich ja auch.« Dagmar goss zwei Tassen Kaffee ein und brachte diese zum Tisch.

»Lass dich nicht runterziehen.« Helga legte Dagmar

die Hand auf den Arm. »Und nun lass mal hören, du scheinst dir ja anderweitig Gedanken gemacht zu haben. Die ganzen Papiere hier sehen zumindest nicht nach Immobiliensuche in Hamburg aus. Was mich übrigens richtig freut! Ich hoffe ja immer noch, dass du hierbleibst.« Helga verzog kurz das Gesicht, als täte ihr etwas weh.

»Also, ich habe gestern eine Sendung im Fernsehen gesehen – und du hattest ja auch die Idee, dass ich einen Teil des Hauses vermieten könnte. Aber …« Dagmar kramte in den Papieren auf dem Tisch herum und schob Helga einige Notizen mit Zahlen und Tabellen vor die Nase. »Wenn ich einfach nur den Hausteil vermiete und gar vorher noch umbauen muss, wird das nichts. Zu teuer, zu wenig Zeit. Ich brauche ja eine schnellere Lösung.«

Helga besah kurz die Zahlen vor sich. »Hm, ich hab das auch noch mal überdacht, und es lohnt sich wirklich nicht.«

»Ja, aber jetzt kommt meine Idee.« Dagmar richtete sich triumphierend auf und schob Helga einen weiteren Zettel hin. »Was hältst du davon?«

Helga nahm den Zettel zur Hand und begann laut zu lesen. »Schön gelegenes Haus am Plöner See sucht Mitbewohner, Wohnraum, Küche, Bad, WCs und großzügige Gartenanlage zur gemeinschaftlichen Benutzung, fünf geräumige Wohneinheiten mit je zwei kleinen Zimmern sind noch zu vergeben, alle mit Terrasse und Aussicht in die Natur. Seriöse und solvente Mitbewohner, alleinstehend, werden bevorzugt. Verfügbar ab sofort. Anfragen unter Chiffre.« Helga ließ den Zettel sinken, sah kurz zu Dagmar, dann wieder auf den Zettel. Plötzlich lachte sie prustend los und tippte auf den Text. »Das ist nicht dein Ernst, oder?«

Dagmar blieb ungerührt. »Doch, ist es.«

»Du willst hier eine … WG aufmachen?«

Dagmar nickte und zuckte mit den Achseln. »Warum nicht? In dem Fernsehbericht lebten sogar zwölf oder mehr Leute auf einem alten Bauernhof zusammen. Das … das sah sehr nett aus.«

»Du hast doch aber noch nie mit fremden Leuten zusammengelebt. Weißt du eigentlich, was das heißt? Also stell dir mal vor, wir säßen jetzt hier, und … na ja, da kommen einfach noch zwei oder drei Leute dazu, gehen an deinen Kaffee, schauen in deinen Kühlschrank und … lümmeln sich dann auf deiner Couch.« Helga zog die Augenbrauen hoch. »Das willst du nicht wirklich, oder?«

»Warum nicht? Ich würde ja schon sehr genau schauen, wer hier einzieht.« Dagmar stand auf, lief ein paar Schritte umher und hob die Arme. »Ich bin allein hier. Aber wenn ich im Haus bleiben will, werde ich diesen Ort wohl mit anderen teilen müssen. He, das muss nicht zwangsläufig schieflaufen. Millionen von Studenten leben in WGs, und das klappt auch.«

»Ja, die sind aber auch alle noch jung, dynamisch und …«

»Findest du mich undynamisch?«

»Nein, so war das nicht gemeint, aber … mir fehlen da die Worte. Schau dich doch an! Du hast jetzt fast neun Jahre nur mit deinem Mann allein gelebt … Ich weiß nicht.« Helga verschränkte die Arme vor der Brust.

»Lass uns das Ganze einmal anders angehen. Was sagen denn die Zahlen?«

Dagmar war sofort wieder Feuer und Flamme, ging zum Tisch zurück und legte Helga ein weiteres Blatt vor. »Hier, schau dir das an. Wenn ich die fünf Wohneinheiten zu je zweihundertachtzig Euro vermiete, zuzüglich für jeden fünfzig Euro Nebenkosten, dann komme ich monatlich auf eintausendsechshundertfünfzig Euro. Vielleicht kann ich für die Räume hinten am Ende sogar etwas mehr nehmen, da ist ja das kleine Bad drin. Da es eine langfristige Einnahmequelle sein wird, hoffe ich, die Bank lässt sich auf eine etwas geringere Rate und dafür eine längere Laufzeit ein. Die Nebenkosten des Hauses wären damit abgedeckt, und für mich selbst bliebe auch noch ein bisschen zum Leben übrig. Klar sollte ich mir noch einen Job suchen, aber das Gröbste wäre so erst mal finanziert.«

Helga nahm den Zettel und studierte ihn sehr genau.

Dagmar nippte an ihrem Kaffee, sie war nervös, denn Helgas Urteil war ihr wichtig. Sie hatte in der vergangenen Nacht kaum geschlafen, weil ihre Gedanken plötzlich nur noch gekreist hatten. Gleich am Morgen hatte sie sich an den Computer gesetzt, alles im Internet recherchiert und zu Papier gebracht.

Helga ließ das Blatt sinken. »Okay, ich gestehe, die Idee ist wirklich nicht dumm, abgesehen von dem Chaos, das du dir damit wahrscheinlich ins Haus holst. Vom Finanziellen her wäre es eine Chance.«

Dagmar klatschte vor Aufregung in die Hände. »Siehst du!«

»Moment!« Helga hob den Zeigefinger. »Wie gesagt, ich sehe das etwas skeptisch. Also das Haus hier plötzlich mit so vielen Fremden …«

»Ach, Helga, nach ein paar Wochen sind die ja nicht mehr fremd, und ich … *wir* können ja schauen, dass sie auch wirklich hierherpassen.«

Helga grinste schief. »Und wo soll ich dann schlafen, wenn ich mal wieder hierbleiben muss?«

»Ich behalte die oberen Stockwerke ja ganz für mich. Das Büro oben muss eh mal entrümpelt werden, und da kann dann dein Gästebett rein.«

»Und die anderen Räume? Ich meine, wo willst du mit dem ganzen Zeug hin?«

»Also, Daniels Sachen fliegen ganz raus. Der hat seit über neun Jahren nicht mehr hier geschlafen, bis auf neulich. Die Zeiten des Kinder- und Jugendzimmers sind wohl vorbei. Er kann sich ja von seinen alten Sachen das abholen, was er noch haben will. Und die anderen Räume … Im Gästezimmer steht nicht viel, und in den übrigen Zimmern ist ja nur Gerümpel.«

Helga blickte nicht mehr ganz so skeptisch drein. »Zumindest wäre der Teil des Hauses dann wirklich bewohnt.«

»Ich sag ja, die Idee ist super.« Dagmar lehnte sich stolz zurück.

»Du musst das aber unbedingt mit Christoph durchgehen, und … Daniel wird die Krise kriegen.« Helga grinste.

»Das ist mir so was von egal.« Dagmar grinste auch.

Kapitel 7

Eine Wohngemeinschaft?« Christophs Stimme hörte sich durchs Telefon an, als hätte Dagmar gerade vom Weltuntergang gesprochen.

»Ja, eine Wohngemeinschaft. Ich schicke dir gleich meine Idee per Mail und wollte dich bitten, dass du dies einmal von der rechtlichen und steuerlichen Seite für mich prüfst.« Dagmar versuchte Christophs Tonlage zu ignorieren. »Wir müssten dann noch mit der Bank sprechen, ob wir aus der Tilgung des Kredits eine längerfristige Sache machen können und so die Rate vielleicht kleiner halten.«

»Du hast dir ja ganz schön Gedanken gemacht.«

Hallo? Natürlich – es geht schließlich um meine Zukunft! Dagmar versuchte auch diese spitz klingende Bemerkung von Christoph zu überhören. »Ja, und ich möchte, dass du Daniel davon erst mal nichts erzählst, und den Makler brauchst du auch nicht anzurufen.«

»Er findet aber auch, dass du das Haus verkaufen solltest.« Christophs Stimme war nun etwas bedachter.

»Ich werde das Haus nicht verkaufen, es wird einen anderen Weg geben. Bitte prüfe meine Unterlagen, und dann sprechen wir noch einmal, in Ordnung?«

Mit einem Seufzer beließ es Christoph fürs Erste dabei. »Nun gut, ich sehe gleich rein, Daggi.«

»Danke. Du rufst mich an?«

»Ja, mach ich.«

»Bis nachher.«

»Ja, bis nachher.«

Dagmar legte erleichtert auf. Ihr war klar, dass alle ihre Idee für vollkommen absurd halten würden, aber sie war inzwischen davon überzeugt, dass es die perfekte Lösung wäre.

Um sich abzulenken, ging Dagmar zu der großen, zweiflügeligen Tür des Nebentrakts und öffnete diese. Es war dunkel in dem Flur, denn die Türen zu den Zimmern waren alle verschlossen. Dagmar öffnete die erste zu ihrer Linken. Sofort fiel gleißendes Morgenlicht durch den Türrahmen. Es waren Daniels ehemalige Räume. Der vordere, als Jugendwohnzimmer zuletzt genutzt, dahinter das Schlafzimmer. Dort hinein schaute Dagmar als Erstes. Bis auf das Bett und einen alten Kleiderschrank war es leer. Sie drehte sich wieder zu dem Wohnraum um. Ein großes Sofa und eine Schrankwand mit unzähligen Videospielen befanden sind im Zimmer. Vor einer Seite der doppelten Terrassentür stand noch ein Schreibtisch. Daniel konnte sich wirklich nicht beklagen, er hatte hier eine wundervolle Kindheit und Jugend verbracht. Dagmar nahm den alten, zerschlissenen Stoffelefanten zur Hand, der auf der Sofalehne gesessen hatte. »Dumno« hatte Daniel ihn immer genannt, das Stofftier war sicherlich über zwanzig Jahre alt. Bis auf seine Kleidung, ein paar Bücher und CDs hatte Daniel damals nichts mit nach Hamburg genommen. Er hatte sich abnabeln wollen von seinen Eltern. *Das ist ihm gelungen.* Dagmar seufzte leise. Sie ging zu der Terrassentür. Heimlich hatte sie diese so manchen Tag morgens aufgerissen, wenn Daniel in der Schule gewesen war. In den Zimmern hatte es so nach alten Sportsocken und kalter Pizza gerochen, dass sie sich gefragt hatte, wie Daniel und seine Freunde hier hatten überleben können. Regelrecht gehaust hatten die Jungs hier, manchmal hatte sogar Dagmar den Überblick verloren, wer gerade bei ihnen unterkam. Aber es war eine schöne Zeit gewesen. Immer war etwas los gewesen im Haus. Genau dieses Gefühl, das sie jetzt gerade durchfuhr, wollte sie wiederhaben. Vielleicht war es albern, es auf die von ihr geplante Art und Weise zu versuchen, aber es bestand durchaus eine Chance, dass es ähnlich lebendig würde. Sicherlich war das dauerhafte Zusammenleben mit anderen Erwachsenen nicht so wie mit einer Horde pubertierender Übernachtungsgäste. Aber es konnte sicherlich auch schön werden. Dagmar setzte Dumno wieder auf seinen Platz. »Du bleibst auch, du darfst dann oben bei mir einziehen«, sagte sie zu dem Stofftier und machte sich auf zur nächsten Wohneinheit auf der linken Seite. In der Mitte zwischen diesen beiden Zimmern lag ein großes Bad. Zwei Waschbecken, eine Dusche, eine Badewanne und eine Toilette sowie diverse Schränke und Regale boten viel Platz. Natürlich war ein Bad für drei bis vier Leute eventuell etwas kritisch, aber in anderen WGs funktionierte das ja auch. Das große Doppelzimmer am Ende des Flurs hatte außerdem ein eigenes WC mit kleiner Dusche, und im Eingangsbereich gab es ja auch noch das Gäste-WC. Dagmar öffnete die nächste Tür. Hier hatte sie in den letzten Jahren ihre Bücher untergebracht und sich einen Lesesessel hineingestellt. Allerdings musste sie sich eingestehen, dass sie nicht oft hier gesessen hatte. Die Bücher konnten hoch in ihren Trakt; wenn das Büro erst mal entrümpelt war, würde dort mehr als genug Platz sein. Wie auch in Daniels Zimmer bot hier die Terrassentür eine weitläufige Aussicht bis hin zum Ufer des Sees. Dagmar ließ den Blick schweifen. Im Sommer konnte man von den Terrassen des Hauses die vielen kleinen Jollen auf dem See beobachten und auch das größere Ausflugsschiff, das immer bedächtig auf Dersau zu tuckerte. Unten, vom Steg des Grundstücks aus, sah man bei gutem Wetter links die Halbinsel vom Gut Ascheberg und an so manchen Tagen auch die Rauchsäule der dort in der Nähe ansässigen Fischräucherei. Östlich zog sich eine große Bucht bis hinab nach Stadtbeck. Rundherum am Ufer lagen viele kleine und große Dörfer sowie einige Campingplätze. Neben dem Großen Plöner See gab es noch den Kleinen Plöner See, den Trammer See, den Schöhsee und bis nach Malente rüber den Behler See und den Dieksee. Südlich des Hauses erstreckte sich der Wald bis zum Gut Nehmten, an welches sich der Stocksee anschloss. Es gab große Schwärme Wasservögel, Schwäne, die mit gebogenen Hälsen ihre Bahnen zogen, und an so manchem Morgen kamen die Rehe bis fast an die Terrasse. Dagmar liebte diese Nähe zur Natur, nur die Wildschweine hatten sie so manches Mal schon verärgert. Die Schwarzjacken hinterließen große Schäden im Park, aber sie verirrten sich zum Glück nur selten aus dem Wald bis an das Ufer. Für Menschen, die Ruhe suchten, war dieser Ort perfekt. Dagmar hoffte, dass sie solche Leute auch finden würde. Kurz warf sie noch einen prüfenden Blick in das angrenzende Schlafzimmer, hier hatte sich seit Jahren nichts verändert. Ein Bett und ein Schrank und eine alte Kommode zierten das Zimmer. Nicht hübsch, aber funktional.

Dagmar ließ die Türen zu den Räumen offen, denn so war es im Flur deutlich heller. Am Ende des Ganges lag die größte Wohneinheit. Diese hatte sie all die Jahre für Gäste genutzt. Das Bett im Schlafraum war bezogen, denn Helga hatte hier in letzter Zeit so manche Nacht verbracht. Im Wohnraum standen mehrere Grünpflanzen, die allerdings leicht braune Blattspitzen zeigten, und es gab ein Sofa und einen Fernseher. Zum See hin hatte dieses Zimmer ein großes Fenster, während die Terrasse beider Räume an der Seite des Hauses lag. Das kleine Badezimmer schloss an den Schlafraum an.

Dagmars Eltern hatten diese beiden Gästezimmer auch gern benutzt. Gerade in den Schulferien waren sie oft da gewesen und hatten mit Daniel Ausflüge gemacht. Heinrich hatte selten Zeit gehabt, um mit seiner Familie in den Urlaub zu fahren, und Dagmar war es nicht in den Sinn gekommen, dies allein zu tun. Warum auch in die Ferne schweifen, wenn man die perfekte Urlaubsgegend vor der Tür hatte. Doch ihre Eltern waren älter geworden, und Daniel hatte irgendwann nicht mehr viel Lust gehabt, mit einem Rentnerpaar unterwegs zu sein. So waren die Besuche immer seltener geworden und mit den Jahren eingeschlafen. Dagmar telefonierte ein- bis zweimal im Monat mit ihrer Mutter, dies war aber auch der einzige Kontakt nach Hannover. Nachdem Daniel nicht mehr so wild auf Opa und Oma gewesen war, hatten diese sich einen Wohnwagen angeschafft und tourten oft wochenlang durch Europa. Dagmar hatte irgendwann aufgehört, sich Sorgen um ihre Eltern zu machen. Die beiden genossen ihren Ruhestand in vollen Zügen, und sie gönnte es ihnen auch.

Die beiden Zimmer waren allerdings auch Dagmars Lieblingsräume im ganzen Trakt. Sie hoffte, es würde sich ein ganz besonderer Bewohner dafür finden.

Die anderen beiden Wohneinheiten schlossen sich seitlich daran an. Kein Ausblick auf den See, dafür auf Beete und Bäume. Die Straße lag so weit vom Haus entfernt, dass man von ihr fast gar nichts mitbekam, außer wenn zur Erntezeit die Trecker darüberzuckelten. Auch die Nachbarn, so man diese überhaupt so nennen konnte, wohnten ein Stück weit entfernt. Neben dieser Hausseite grenzte das Grundstück an einen Acker, und erst dahinter kam das Haus der Möllemanns. Ein älteres, ruheliebendes Ehepaar, das man im Grunde nur selten traf. Auf Dagmars Hausseite hingegen grenzte das Grundstück der Blochs an. Dort war deutlich mehr los, denn die Blochs hatten vier Kinder und diese inzwischen eine unüberschaubare Schar Enkelkinder. Der Garten der Blochs glich eher einem großen Abenteuerspielplatz. Heinrich hatte es sich vor vier Jahren etwas mit diesen Nachbarn verscherzt, als er darum bat, dass sie den Pool der Kinder doch etwas weiter abseits stellten und nicht in unmittelbarer Nähe zum Schlafzimmer. Seitdem war das Verhältnis etwas frostig. Doch waren Gerd und Frauke Bloch gleich nach Heinrichs Unfall erschienen und hatten ihr Beileid bekundet.

Gegenüber auf der anderen Seite der Straße gab es noch eine alte Fischerkate. Dort lebte Harm Becker, ein etwas kauziger Typ, ungefähr im gleichen Alter wie Dagmar. Sie sah ihn allerdings eher beim Einkaufen oder mal in der Bank als hier auf seinem Grundstück. Heinrich hatte gern die wildesten Spekulationen angestellt, was dieser Mann da so allein tagein, tagaus in dem alten Haus trieb. Dagmar war es relativ egal, er war ein ruhiger und pflegeleichter Nachbar, was wollte man mehr.

Diese Räume brauchten aber wirklich dringend eine Entrümpelung. Es war immer eine Verlockung, wenn man viel Platz hatte. Alles, was man nicht mehr direkt brauchte, war in den letzten Jahren hinter diesen Türen gelandet. Darunter einige Fitnessgeräte, die Dagmar einst euphorisch angeschafft hatte und die dann aber schnell als Kleiderständer und Spinnenwebenfänger geendet hatten. Einiges an kleineren Möbeln, Kisten mit Krimskrams und Bilder standen auch noch herum. Da müsste Dagmar wirklich die Ärmel hochkrempeln.

Das Klingeln ihres Telefons riss sie aus ihren Gedanken. Eilig lief sie zum Küchenbereich, wo sie es hatte liegen lassen. Christophs Nummer leuchtete auf. Dagmar holte tief Luft. »Hallo?«

»Hey, Daggi, ich bin es noch mal. Also … ich habe mir das alles angesehen und einmal grob kalkuliert.«

Dagmar wappnete sich innerlich gegen eine vernichtende Bewertung von Christophs Seite.

»Also schön, wenn man davon absieht, dass es irgendwie eine totale Schnapsidee ist – könnte es sogar funktionieren. Zumindest finanziell.«

»Wirklich?« Dagmar grinste über das ganze Gesicht, hopste in die Luft und machte mit der freien Hand eine Siegesfaust.

»Aber du solltest dir das wirklich gut überlegen. Ich meine … so viel Fremde im Haus?«

»Das lass mal meine Sorge sein, Chris. Was denkst du über die Angelegenheit mit der Bank? Meinst du, da können wir was erreichen?«

»Ja, ich denke, mit einem Businessplan können wir sicherlich ein Herabsetzen der monatlichen Rate erzielen. Aber das gilt dann länger, versteht sich, und wenn das in die Hose geht …«

»… muss ich das Haus verkaufen, ich weiß schon, Chris.«

»Na ja, aber wenn du da dann noch 'nen Haufen Mieter drinhast, wird das nicht grad einfacher.«

»Ist es denn überhaupt erlaubt? Ich meine, dass ich hier … untervermiete?«

»Dem stünde nichts entgegen, das habe ich geprüft.«

»Oh, danke, Chris, du hast mir da jetzt wirklich geholfen.«

»Hm …« Chris hörte sich nicht gerade begeistert an. »Daggi, bitte mach jetzt nichts Unüberlegtes. Schlaf da noch mal ein paar Nächte drüber, und dann … Ich kann dir auch gern genau kalkulieren, was zu erwarten wäre, wenn du das Haus verkaufen würdest.«

»Ja, mach das. Ich sehe mir das dann gern an.« Dagmar spürte, dass sie die weiße Fahne wenigstens ein bisschen schwenken musste. Sie würde Christophs Hilfe zukünftig sicher noch brauchen und wollte ihn nicht ganz verprellen.

»Gut, wir hören uns wieder?«

»Ja. Grüß Barbara ganz lieb von mir.«

Dagmar legte auf. Sie musste immer noch grinsen. Zufrieden nahm sie einen Umschlag vom Tisch, zog den Klebestreifen von der Lasche ab und verschloss ihn. Dann besah sie sich noch einmal kurz die Adresse vorn drauf. *Schleswig-Holsteinischer Zeitungsverlag GmbH & Co. KG.* Damit würde sie alle regionalen Anzeigenangebote abdecken können. Zufrieden legte sie den Umschlag auf ihre Handtasche. Heute Nachmittag würde sie auf einen Besuch zu Helga nach Plön fahren, und da kam sie ganz zufällig an der Post vorbei.

Kapitel 8

Hatim

Hatim, ne yapıyorsun?«

»Serap, ich lese die Zeitung und trinke meinen Kaffee.« Warum sprach sie kein Deutsch mit ihm? Hatim sah genervt in die Richtung, aus der die Stimme seiner Frau gekommen war.

»Ne zaman bitiyorsun?« Sie klang nicht minder genervt.

»Es ist noch früh am Morgen, nun lass mich doch in Ruhe die Zeitung lesen«, rief er zurück. Er nahm das Blatt wieder zur Hand und schwor sich, sich nicht wieder von ihr hetzen zu lassen.

Serap ging dazu über, irgendwo in einer Ecke der Wohnung leise vor sich hin zu jammern, was ein fauler Kerl ihr Mann doch sei und was Allah ihr damit wohl aufgetragen hätte.

Hatim schüttelte hinter seiner Zeitung den Kopf. Was hatte er nur getan? Vor vier Jahren hatten seine Eltern ihn gedrängt, endlich zu heiraten. Er hatte keinen Schimmer gehabt, wen er zur Frau nehmen sollte, denn er hatte einfach noch nicht die Richtige getroffen.

Dann hatte seine Mutter die Sache in die Hand genommen und die weit verzweigte Verwandtschaft der Gökcans abgeklappert. Hatim war das peinlich gewesen. »Mama, nun lass mich doch allein eine Frau suchen«, hatte er sie angefleht. »Du bekommst es ja nicht hin«, hatte sie entgegnet. »Schau dich an, du bist sechsundzwanzig – ich hätte schon eine Schar Enkel haben müssen, aber nein, mein Sohn studiert ja lieber.«

Hatim hatte sich auf keine weiteren Diskussionen eingelassen. Er liebte seine Eltern von ganzem Herzen, aber was seinen Lebensweg anging, zeigten sie wenig Verständnis. Diese ganze theoretische Ausbildung … Arbeiten sollte er, mit seinen eigenen Händen und unter Schweiß, das wäre ein ehrlicher Lebensweg. Schließlich hatte sein Vater auch vierzig Jahre auf dem Bau gearbeitet. Und? Hatte es ihm geschadet? Nein, er hatte seine Familie immer gut versorgen können. Hatim hatte es schon nicht mehr hören können. Er hatte einfach gehofft, dass die Suche seiner Mutter erfolglos wäre oder er selbst vielleicht noch rechtzeitig *die Frau* seines Lebens fand. Beides passierte leider nicht. Seine Eltern stellten ihm eines Tages voller Stolz Serap vor. Sie war die Tochter des vierten Neffen seines Vaters. Jung, zurückhaltend, und – gut, das hatte er sich eingestehen müssen – hübsch war sie auch. Seine Eltern klopften auf ihm rum wie auf einem Stück Fleisch, welches man mürbe machen wollte. Irgendwann hatte er klein beigegeben und dieser Verheiratung zugestimmt. Es war ein rauschendes Fest gewesen, Hatim hatte das Gefühl gehabt, seine Eltern hätten die halbe Türkei eingeladen.

Zunächst sah auch alles ganz gut aus. Er und Serap bezogen eine kleine Wohnung am Rande von Hamburg. Doch schnell wurde klar, dass er sie beide nur mit einem Nebenjob nicht ernähren konnte. Zähneknirschend legte er sein Studium auf Eis und suchte sich eine Arbeit. Das erwies sich als gar nicht so einfach. Plötzlich war er bloß ein ungelernter Türke. Dankbar hatte er die Hausmeisterstelle an der Grundschule von Wiedelen angenommen. Es war jeden Tag eine lange Fahrt, und oft musste er Überstunden machen. Aber das fiel ihm nicht sehr schwer, denn Serap entwickelte sich gar nicht so, wie er erhofft hatte. Was hieß entwickeln. Er hatte sie ja gar nicht richtig gekannt zu ihrer Hochzeit. Und das, was er seither an ihr bemerkte, begann schnell eine Last zu werden.

Serap war konservativ, konservativer als seine Eltern oder überhaupt ein Deutsch-Türke, den er kannte. Sie lebte streng nach dem Koran, verschleierte sich tagtäglich, sogar tagsüber in der Wohnung, und alles, aber auch wirklich alles wurde nach ihren strengen Kriterien überprüft, ob es auch gottgefällig war. Hatim hatte es versucht, wirklich … Er mochte vieles an seiner Religion, war aber nie streng danach erzogen worden. Serap betet jeden Tag fünfmal, wie es sich gehörte, und dies sogar in der Nacht. Hatim schämte sich schnell, weil ihn das nervte, aber er war es einfach nicht gewohnt. Freitags mal in die Moschee gehen, okay. Aber selbst seine Eltern hatten ihre Gebete still und eher nebenbei erledigt, nie offensichtlich und mit solch einer Inbrunst. Seine kaum verhohlene Abneigung gegen ihren Eifer führte schnell dazu, dass Serap sich berufen fühlte, Hatim wieder auf den rechten Weg zu bringen. Ob er dies überhaupt wollte, hatte sie ihn gar nicht gefragt. So begannen sie zu streiten, und die kleine, einst so schüchtern anmutende Frau konnte zu einer richtigen Kratzbürste werden. In seiner Not hatte Hatim seine Mutter um Rat gefragt, diese hatte ihm allerdings nur beschieden, es wäre seine Aufgabe, ein guter Ehemann zu sein. Und was denn mit Enkelkindern sei? Ob er nicht Manns genug wäre? Hatim hatte die Flucht ergriffen. Dass er Serap noch gar nicht so nahe gewesen war, dass es dazu hätte kommen können, und dass er auch überhaupt kein Interesse hatte, mit ihr Kinder in die Welt zu setzen – das überstieg die Vorstellungskraft seiner Mutter gehörig.

Wenn er seiner Arbeit nachging, konnte er all das vergessen. An der Schule behandelte jeder ihn normal. Er hatte zu den Lehrern ein gutes Verhältnis, und auch die Kinder mochten ihn, weil er ihnen schöne Dinge baute und half, den Schultag bunter zu gestalten. Selbst die Eltern lobten jedes Jahr seine Bühnenaufbauten für das Weihnachtsspiel, und genau in solchen Momenten fühlte er sich einfach wesentlich besser als zu Hause bei Serap. Was sie von ihm forderte, war einfach nicht sein Ding, sein Leben sah anders aus, deutscher halt, integriert, offen und durch und durch westlich geprägt.

Als Serap Hatim schließlich den örtlichen Imam auf den Hals hetzte und dieser mit unendlicher, aber sehr gradliniger Geduld versuchte, aus ihm einen strenggläubigen Muslim zu machen, reichte es Hatim gehörig.

83

Er zerstritt sich mit Serap so arg, dass sie kaum noch ein Wort mit ihm sprach, auch mieden ihn plötzlich alle Freunde und Verwandten. Er hatte keine Ahnung, was Serap ihnen erzählt hatte, aber ihre Klagen über ihren schwierigen Ehemann hatten wohl Gehör gefunden. Er fühlte sich unter Druck gesetzt und gleichzeitig fürchterlich einsam.

Also hatte er einen Entschluss gefasst: Er würde sich scheiden lassen. Das würde ihn zwar nicht nur von seiner Frau, sondern auch von seiner ganzen Familie trennen, aber vielleicht würden sie es eines Tages verstehen. Er war jetzt dreißig Jahre alt, er hatte es ganze vier Jahre versucht, aber es war einfach nicht das Leben, welches er sich immer gewünscht und erträumt hatte. Es würde einen fatalen Knall geben, aber den würde er schon irgendwie überstehen. Hatim hatte sich heimlich einen guten Anwalt gesucht, der in der kommenden Woche die Scheidungspapiere fertig machen würde. Und wenn er diese dann brauchte – er zitterte zwar jetzt schon davor –, würde er sie Serap geben und sie verlassen. Es war der einzige Weg aus dieser misslichen Lage. Nur würde er dringend eine Unterkunft brauchen, am besten weit genug weg von seinem jetzigen Wohnort, aber noch dicht genug an Wiedelen dran, sodass er seine Arbeit behalten könnte. Und es durfte nicht zu teuer sein, Serap und ihre Familie würden Forderungen stellen. Er seufzte; dies würde wohl der höchste Berg werden, den er bisher in seinem Leben bestiegen hatte – er hoffte nur, dass die Aussicht dort oben dann besser sein würde.

Sein Blick schweifte, während er all dies dachte, ganz automatisch über die Wohnungsanzeigen der Zeitung. Zu teuer, zu groß, mitten in der Stadt, nein, das wollte er auch nicht. Er sehnte sich nach Ruhe, und draußen auf dem Land gefiel es ihm sehr gut. Da blieb sein Blick an einer Anzeige hängen.

Schön gelegenes Haus am Plöner See sucht Mitbewohner, Wohnraum, Küche, Bad, WCs und großzügige Gartenanlage zur gemeinschaftlichen Benutzung, fünf geräumige Wohneinheiten mit je zwei Zimmern sind noch zu vergeben, alle mit Terrasse und Aussicht in die Natur. Seriöse und solvente Mitbewohner, alleinstehend, werden bevorzugt. Verfügbar ab sofort. Anfragen unter Chiffre.

Er las die Anzeige noch einmal. Das hörte sich doch sehr gut an. Er rechnete sich zwar nicht viele Chancen aus, aber … wenn es nicht zu teuer würde? Es war nicht weit von Wiedelen, und er wäre dort vielleicht auch nicht so allein.

Kapitel 9

Karl

Karl sah aus dem Fenster. Der Nebel hatte in der frostigen Luft das Gras der Weiden mit einer feinen, zucker-
artigen Schicht überzogen. Es war alles ruhig und still,
wie jeden Morgen. Hier draußen auf dem platten Land
passierte eh nicht viel. Manchmal hörte man den Trecker vom weit entfernten Nachbarn, wenn dieser zu
seinen Feldern tuckerte. Manchmal sah man ein Flug-
zeug am Himmel. Ansonsten war das Leben in Grotelo
beschaulich wie ein Häkelkissen. Die Ortschaft bestand
aus einigen weit verstreuten Bauernhöfen, der nächste
Supermarkt war eine gute Stunde Fahrt entfernt, und
der Postbote kam meist erst spät. Auf den wartete Karl
allerdings heute, denn der brachte die Tageszeitung.
Es war Samstag, der Tag der vielen Anzeigenseiten.
Hatte Karl früher eher die Spalte des Landmaschinen-
marktes und der Tierverkäufe studiert, lag seine Aufmerksamkeit inzwischen woanders. Er schnaubte leise
und verschränkte die Arme vor der Brust. Sein Vater
würde sich im Grabe umdrehen, wenn er wüsste, was
sein Sohn getan hatte. Aber die Vernunft hatte irgend-

86

wann gesiegt. Zwei Jahre lang hatte ihn die FlixWind AG nun bearbeitet, wobei zermürbt wohl das passendere Wort war. Karls Hof lag in einer exponierten Windlage. Etwas, das ihn früher oft genervt hatte, denn hier auf dem Land ohne Mütze rauszugehen war selbst im Sommer unmöglich, das Stroh war einem ständig von der Karre geflogen, und die Blumen hatten im Sommer immer schief gestanden im Garten. Dass genau dieser Wind eines Tages sein Leben gänzlich ändern würde, hatte er ja nicht geahnt.

Karl war nicht in die Landwirtschaft eingestiegen. Sein Vater hatte den Hof einst noch mit ein paar Mutter- und Milchkühen betrieben, aber das brachte einfach keinen Ertrag, die Flächen wurden nach und nach verpachtet, und nach dem Tod seines Vaters hatte Karl nur noch zwei alte Kühe behalten und ihnen ihr Gnadenbrot gegeben. Elsa, die früher sogar in Neumünster so manche Schau gewonnen hatte, und Liesel, die zwar krumme Beine hatte, aber eine unerschöpfliche Milchleistung erbracht hatte. Doch auch diese beiden alten schwarzbunten Holsteiner Kühe waren vor zwei Jahren gestorben. Seitdem hatte es nur noch ein paar Hühner gegeben für Eier und Hasen, um auch mal einen schönen Braten zu bekommen. Karl hatte zwar noch Landwirtschaft gelernt, doch arbeitete er nun seit zwanzig Jahren beim Landwirtschaftsamt in Malente. Fast zwei Stunden Hin- und Rückfahrt jeden Tag, doch er hatte es lange nicht übers Herz gebracht, den elterlichen Hof abzugeben. Seit fünf Generationen bewirtschaftete die Familie Reinert dieses Land. Früher war

Landwirtschaft noch eine Goldgrube gewesen. Saftige Weiden und ertragreiche Äcker hatten es der Familie gut gehen lassen. Doch wenn man den Betrieb nicht als Großmaschinerie aufzog, hatte man heutzutage kaum noch eine Chance. Natürlich hätte er Mastställe bauen können oder den Milchbetrieb erweitern, doch brauchte es heute viele Hundert Kühe, um das Ganze noch finanziell lohnend durchzuziehen. Und er hatte ja einen guten Job. So war die Landwirtschaft immer mehr eingeschlafen, denn er konnte zur Erntezeit nicht einfach drei Wochen freimachen und war auch nicht gewillt, morgens um drei schon im Melkstand zu stehen, um dann um acht Uhr dreißig pünktlich im Büro zu sein. Manche seiner Kollegen taten dies, aber gesund sahen sie dabei nicht aus. Krüger, der noch vierzig Milchkühe hatte, schlief regelmäßig vor seinem Computer ein, dabei war er fünfzehn Jahre jünger als Karl. Nein, das wäre nicht gegangen. Und Karl hatte auch keinen Nachfolger, hier draußen auf dem Land eine Ehefrau zu finden, die mit der anhaltenden Einsamkeit eines solchen Gehöfts klarkam, war nicht leicht. Ihm war keine in die Arme gelaufen, was er durchaus bedauerte. Er fühlte sich zwar nicht sonderlich hinterwäldlerisch oder unattraktiv, aber es hatte irgendwie nie geklappt mit ihm und den Frauen. Nun war er fünfzig Jahre alt, und der Zug war wohl abgefahren für ihn.

Er hörte ein Auto auf den Hof fahren. Die Post! Er drückte den Knopf seiner Kaffeemaschine und ging dann durch die Diele, wo einst die Kühe gestanden hatten, zum Postkasten.

Wenig später saß er mit einem frischen, heißen Kaffee am Küchentisch und schlug die Zeitung auf. Wohnungsmarkt also. Die FlixWind AG war als Fluch und als Segen in Karls Leben getreten. Sie hatten ihm für seinen Hof und sein Land eine exorbitante Summe geboten. Ein Windpark sollte hier entstehen, man errechnete sich beste Erträge. Karl hatte lange auf dem Angebot herumgekaut. Aber es war so viel Geld, dass er nach dem Verkauf sich wohl für den Rest seines Lebens keine Sorgen mehr machen musste. Natürlich wollte er weiterarbeiten, er liebte seine Tätigkeit. Aber vielleicht wäre auch mal eine Reise drin, reisen hatte er nie können bei dem Viehzeug zu Hause. Er würde sich eine schöne kleine Wohnung irgendwo leisten können und – er hielt inne – wäre immer noch allein. Es brannte in seiner Brust. Solange er auf dem Hof noch irgendetwas zu tun gehabt hatte, war ihm das nie so aufgefallen. Es war halt so – das war sein Leben gewesen. Doch nachdem das letzte Kaninchen geschlachtet und die letzten Hühner zur Nachbarin gezogen waren, überfiel ihn andauernd dieses erdrückende Gefühl der Einsamkeit. Sicherlich würde sich das bessern, wenn er erst mal näher an der Zivilisation wohnte. Irgendwo dort, wo man morgens noch vor der Arbeit mal schnell Brötchen holen konnte, ohne dafür eine Weltreise machen zu müssen.

Er schlug die Zeitung auf. Ihm blieb nicht mehr viel Zeit zum Umziehen, aber er hatte sich bisher schwergetan mit der Auswahl. Auch heute las er jede Anzeige sehr kritisch.

Bis seine Aufmerksamkeit an einer hängen blieb.

*Schön gelegenes Haus am Plöner See sucht Mitbewohner,
Wohnraum, Küche, Bad, WCs und großzügige Gartenanlage
zur gemeinschaftlichen Benutzung ...*

Irgendwie nicht genau das, was er gedacht hatte,
aber vielleicht war es ja eine Idee ... Man musste auch
mal neue Wege gehen.

Kapitel 10

Karina

Das Sonntagsfrühstück war bei der Familie Bruns eine feste Institution. Es gab Toast, Marmelade, ein gekochtes Ei und Orangensaft, solange Karina denken konnte. Sie und ihre Eltern saßen gemütlich beisammen und ließen den Tag ruhig angehen. Außer der Sonntag fiel mit einem nennenswerten Feiertag zusammen, dann ging die Familie zunächst in die Messe. Das hieß früh aufstehen am freien Tag, aber das Ritual, den Sonntag gemeinsam zu beginnen, war so sicher wie das Amen in der Kirche. Nicht dass die Bruns sonderlich gläubig gewesen wären, aber in der Gemeinde Ahrensbök gehörte es einfach zum guten Ton, sich ab und an dort sehen zu lassen.

An diesem Sonntag war aber alles anders. Karina war zeitig wach gewesen, nach einer mehr oder minder schlaflosen Nacht. Heute würde sie ihren Eltern etwas Wichtiges mitteilen, und sie wusste nicht, wie diese darauf reagieren würden.

Sie deckte schon den Tisch und bereitete das Frühstück vor. Vielleicht war das etwas auffällig, denn sonst war sie gern die Letzte, die verschlafen zum Tisch kam. Aber sie musste sich etwas beschäftigen, um nicht vor Nervosität zu platzen.

»Oh, guten Morgen, Schatz.« Ihre Mutter kam als Erstes in die Küche des Reihenhauses, in dem Karina mit ihren Eltern lebte. »So früh heute?«

»Ja, ich konnte nicht mehr schlafen.« Karina hoffte, sich nicht mit ihrer zittrigen Stimme zu verraten.

»Guten Morgen.« Auch ihr Vater setzte sich an den Tisch. Seine grauen Haare sahen noch etwas zerzaust aus, und er trug einen blauen Morgenmantel.

Karina sah während des Essens verlegen zu ihren Eltern. Beide waren schon älter, Karina ein »spätes Glück«, wie ihre Mutter es immer genannt hatte. Vielleicht auch deswegen hatte sie sehr viel Liebe und Aufopferung für ihre Tochter gezeigt.

Karina war wohlbehütet aufgewachsen. Aber nun war sie dreiundzwanzig. So schwer es Karina fiel, es war Zeit, dass sie ihren eigenen Weg einschlug. Sie räusperte sich.

»Mama, Papa, ich muss euch etwas sagen.« Innerlich schauderte sie, denn diesen Satz würde sie unter Umständen in nicht allzu ferner Zeit ein zweites Mal sagen müssen. Sie straffte sich. »Ich habe beschlossen, dass ich bald ausziehen werde.«

Ihre Mutter hielt verdattert mit dem Toast in der Hand inne.

Ihr Vater schüttelte den Kopf. »Aber, Karina, das Thema hatten wir doch schon.« Er blieb wie gewohnt sachlich. »Erst mal machst du deine Ausbildung fertig, und dann ... dann können wir mal sehen, wie es weitergeht.«

»Ja ...« Karina sortierte die sorgfältig zurechtgelegten Argumente. »Aber wenn ich dichter an Eutin wohnen würde, hätte ich weniger Kosten und könnte auch meine Seminare viel flexibler besuchen. Diese ganze Fahrerei ist ganz schön teuer. Ich könnte mir zudem noch einen kleinen Nebenjob suchen, damit würde ich meine Wohnung – oder wie auch immer – finanzieren und euch nicht mehr so auf der Tasche liegen.«

Ihre Mutter zog die Augenbrauen hoch. »Hast du einen Freund ... in Eutin?«

»Nein, Mama. Ich bin nur gern dort, all meine Freunde wohnen da, und hier ... Na ja, ihr müsst zugeben, hier ist nicht viel los. Ich würde gern mal am Abend ausgehen mit denen, und es würde einfach viel Zeit und Weg sparen und ... ich bin jetzt auch langsam alt genug. Ich bin die Einzige, die noch zu Hause wohnt.«

»Hm«, machte ihr Vater nur und köpfte sein Ei. »Also ich finde das ja noch ein bisschen früh.«

»Papa, ich bin dreiundzwanzig.«

»Karina, lass uns da später noch mal drüber reden.« Ihre Mutter versuchte, das Thema abzuwürgen.

»Nein, ich habe meinen Entschluss gefasst. Ich werde mir etwas Eigenes suchen. Ich ... ich hoffe, ihr versteht das.« Sie machte ein betrübtes Gesicht, etwas, das bei ihren Eltern eigentlich nie seine Wirkung verfehlte.

Ihr Vater knickte auch sofort ein. »Ach, ich versteh dich schon, ich war früher nicht anders, aber ... na gut, du kannst dich ja mal umsehen.« Und an seine Frau gewandt, meinte er: »Gitti, wir müssen langsam einsehen, dass sie erwachsen ist.«

Karinas Mutter verzog das Gesicht. »Ja, aber so plötzlich. Ich fände es besser, wenn du noch hierbleibst.«

»Ach, Mama, ich will auch mal allein leben, so mit eigenem Sofa und eigenem Fernseher.«

»Kauf dir doch einen für dein Kinderzimmer.«

»Mama – das ist genau der Punkt. *Kinderzimmer!*«

»Streitet nicht!« Ihr Vater erhob mahnend den Eierlöffel. »Wenn Karina meint, es wäre Zeit, das sichere Nest zu verlassen – dann soll sie es versuchen.«

»Danke, Papa.«

Ihre Mutter schnaubte leise.

»Mama, ich bin doch nicht aus der Welt und komme euch dann immer besuchen.« Gerade jetzt, in Anbetracht des sonntäglichen Zusammenseins, fielen Karina diese Worte besonders schwer. Sie würde nicht mehr sonntags mit ihren Eltern zusammensitzen. Sie wusste nicht, ob sie bald überhaupt noch … Schnell schüttelte sie den Gedanken ab. *Jetzt nicht darüber nachdenken!*

Eine Stunde später saß Karina wieder an ihrem Schreibtisch in ihrem kleinen Zimmer. Ein Bett, ein Schreibtisch, zwei Regale und ein Kleiderschrank. Zudem befanden sich so ziemlich alle gesammelten und liebgewonnenen Dinge in diesem Raum, die Karina bisher in ihrem Leben untergekommen waren. Sicherlich passte alles, was sie brauchte, in vier oder fünf Kisten. Es würde ihr nicht leichtfallen, ihr Elternhaus zu verlassen. Doch es war an der Zeit. Sie sah auf die ausgeschnittene Anzeige vom Vortag – *Schön gelegenes Haus am Plöner See sucht Mitbewohner* – und den Antwortbrief, den sie dazu verfasst hatte. Sie musste auf Nummer sicher gehen und erst mal etwas Kleines, Günstiges suchen. Sie wusste nicht, wie weit zukünftig die Unterstützung ihrer Eltern noch gehen würde. Sie seufzte. Und vielleicht, wenn es mit dem Zimmer in dem Haus klappen würde, wäre sie zumindest nicht ganz allein. Zumal der Plöner See so weit entfernt von Ahrensbök lag, dass es vielleicht erst mal nicht zum Aufruhr käme. Sie wollte ihre Eltern nicht auch noch beschämen.

Karina öffnete die Schublade am Schreibtisch und zog eine kleine, abschließbare Kassette heraus. Dann fingerte sie den Schlüssel zwischen zwei Büchern aus dem Regal über ihr. Der Deckel öffnete sich mit einem leisen Klacken. In der Kassette lagen ihr Tagebuch, ein paar sehr persönliche Briefe und – sie schob die oberen Gegenstände sacht zur Seite – seit letzter Woche auch noch etwas anderes.

»Mutterpass – Karina Bruns«, las sie im Stillen, und trotz allem wurde ihr ein bisschen warm ums Herz.

Kapitel 11

Das Klingeln an der Haustür riss Dagmar aus dem Tiefschlaf. Am Abend zuvor hatte sie noch kistenweise Bücher von dem einen Zimmer hinauf in ihr Büro getragen und war irgendwann mitten in der Nacht todmüde in ihr Bett gefallen. Erst hatte sie gedacht, ihr Wecker läutete, und hatte das Ding beim Versuch, ihn abzuschalten, unsanft auf den Fußboden befördert. Dann war ihr bewusst geworden, dass es die Türklingel war, die durch das Haus hallte. Etwas zu hastig war sie aus dem Bett gesprungen, was ihr Kopf mit einem spontanen Schwindelgefühl quittierte, hatte nach ihrem Morgenmantel gegriffen und war dann eilig zum Eingang getappt.

Ein bestens gelaunter Postbote stand ihr nach dem Öffnen der Tür gegenüber.

»Guten Morgen, Frau Gröning, das hier passt leider nicht in den Postkasten. Ich wünsche Ihnen noch einen schönen Tag.« Er drückte Dagmar zwei dicke braune Umschläge in die Hand und verschwand.

War das kalt! Dagmar fröstelte und schlug schnell die Tür wieder zu. Ein Blick auf den Absender sagte ihr, dass die Kuverts vom Zeitungsverlag kamen. Die waren aber flott! Letzten Samstag war die Anzeige in mehreren regionalen Ausgaben geschaltet gewesen, und jetzt war erst Mittwoch. Dagmar hatte extra alle Ausgaben gekauft, um zu sehen, wie die Anzeige platziert worden war. Anscheinend gut, denn die beiden Umschläge in ihrer Hand wogen schwer. Sie ging in die Küche, legte die Umschläge auf den Tisch und stellte die Kaffeemaschine an. Sie hatte fast ein bisschen Angst, die Post zu öffnen, doch sie war ungemein gespannt, was für Menschen auf ihr Inserat geantwortet hatten.

Sie wartete nicht, bis der Kaffee ganz durchgelaufen war, sonders goss sich schon nach ein paar Minuten eine extragroße Tasse ein, die schwarz und stark ausfiel. Dann setzte sie sich an den Tisch. Ihre Beine waren immer noch eiskalt, und sie versuchte, halb im Schneidersitz auf dem Stuhl sitzend etwas Wärme zu erzeugen.

Als sie den ersten Umschlag öffnete, rutschten mindestens zwanzig kleinere heraus. Sie wunderte sich darüber, wie viele Leute ihr geschrieben hatten. Bestenfalls hatte sie mit drei oder vier Anfragen gerechnet, aber nicht mit solch einer Menge an Post! Zaghaft schob sie die Briefe mit der Hand auseinander. Sie hatte noch gar keine Ahnung, nach welchen Kriterien sie ihre zukünftigen Mitbewohner auswählen sollte. Wahrscheinlich beantwortete man ein Wohnungsinserat auch nicht wie eine Stellenausschreibung. Sie nahm wahllos einen Umschlag aus der Menge heraus und öffnete diesen. Ein akkurat mit dem PC verfasstes Schreiben steckte darin.

Sehr geehrter Inserent, mit großem Interesse habe ich ihre Anzeige gelesen. Mein Name ist Jutta Kröger, ich bin zweiundfünfzig Jahre alt, Gymnasiallehrern an der Graf-Hagen-Schule in Eutin, alleinstehend, verantwortungsbewusst und ordentlich. Ich habe drei Pekinesen ...

Pekinesen? Waren das nicht so kleine plattnasige Wuschelhunde? Über mögliche Haustiere ihrer potenziellen Mitbewohner hatte sie noch gar nicht nachgedacht. Generell hatte sie nichts gegen Tiere, aber vielleicht war da nicht jeder so aufgeschlossen. Sie musste schließlich an die anderen Bewohner denken. Also legte sie den Brief zur Seite. *Erst mal besser keine Haustiere.*

Der Kaffee wurde kalt, ihre Beine nicht sonderlich wärmer, aber dafür schien der Tag draußen das erste Mal in diesem Jahr etwas frühlingshafter zu werden. Vor ihr lagen über dreißig mittlerweile geöffnete Briefe zu mehreren Stapeln sortiert.

Ganz links befand sich der »Geht-gar-nicht«-Stapel. Dagmar war wirklich ein weltoffener Mensch, aber für den ersten Versuch ihres Wohnprojekts wollte sie lieber auf Experimente verzichten. Daher waren die Briefe eines Transvestiten namens Madame Chascade, eines lesbischen Pärchens, einer ehemaligen Nonne, eines Vogelspinnenzüchters und diverser anderer Haustierliebhaber sowie die der deutlich zu jungen oder zu alten Interessenten dort gelandet.

Auf dem Stapel daneben lagen die Anfragen der Sorte »durchaus interessant« und auf einem dritten

Stapel die perfekt klingenden. Dagmar nippte an ihrem Kaffee, verzog das Gesicht, denn er war inzwischen nicht nur kalt, sondern auch bitter, und überlegte, wie sie denn nun eine Auswahl treffen sollte. Ganz klar – sie brauchte eine zweite Meinung. Also nahm sie ihr Telefon, machte von den Briefstapeln ein Foto und schickte dies an Helga.

Brauche Hilfe – wird nicht leicht!! 19 Uhr?

Die Antwort ließ nicht lange auf sich warten. *Wow, so viele? Bin dann da! Essen?*

Heute kümmere ich mich! Bis später.

Dagmar ließ die Briefe liegen und zog sich erst mal etwas an, sie war halb erfroren. Dann führte ihr Weg sie zu einer der großen Terrassentüren. Sie öffnete diese und sog tief die frische Luft ein. Es war wirklich deutlich wärmer geworden, und das Eis und der Frost ergaben sich bereits den Sonnenstrahlen. Sie streckte sich. Ihr Rücken schmerzte von der nächtlichen Schlepperei, doch sie würde noch einige Tage zu tun haben, bis die Zimmer frei wären. Und sie müsste wohl die Sperrgutabfuhr bestellen, denn viele der Möbel aus den Räumen brauchte sie einfach nicht mehr. Das Gefühl der Erneuerung trieb sie an, es dämpfte all die trüben und traurigen Gedanken der vergangenen Wochen und gab ihr neue Hoffnung. Zufrieden schloss sie die Tür wieder. Bei den ganzen Anfragen musste ihr Plan einfach klappen.

Gerade als sie wieder in den Nebentrakt gehen wollte, um weiter auszuräumen, klingelte ihr Telefon.

»Hi, Christoph«, meldete sie sich immer noch gut gelaunt.

»Hallo, Daggi. Ich habe mit der Bank gesprochen.«

»Ah, und was haben sie gesagt?«

»Also, der Banker meint auch, dass du das Haus lieber verkaufen solltest.«

Dagmars gute Laune verflog. »Du hast ihm aber von meinen Plänen erzählt, oder?«

»Ja, habe ich. Auch wenn ich das immer noch für eine gewagte Idee halte.«

»Du – ich hatte schon eine Anzeige in der Zeitung und habe über dreißig Anfragen erhalten.«

»Oh, doch so viele? Alles Hippies?« Christoph lachte, es klang leicht verzweifelt.

»Nein, überwiegend normale Leute. Ich denke, ich werde eine gute Auswahl haben. Jetzt erzähl schon, was der Banker gesagt hat.«

»Also, sie wären bereit, die monatliche Rate auf siebenhundert Euro herunterzusetzen. Vorausgesetzt, du tilgst einen Teil des Kredits mit der Summe aus Heinrichs Lebensversicherung.«

»Siebenhundert! Oh, das wäre super!«

»Ja, aber du wirst den Betrag über zwanzig Jahre lang monatlich aufbringen müssen.«

»Das ist mir klar, Chris. Ich gehe davon aus, dass ich es irgendwie schaffen werde.«

»Na, wie du meinst. Barbara findet deine Idee übrigens auch etwas … sonderbar.«

Es war wohl ein zaghafter Versuch, sie von ihren Plänen abzubringen. Dagmar musste lächeln.

»Ja, Chris, Helga findet es auch ungewöhnlich, aber sie unterstützt mich dennoch.« Den kleinen Seitenhieb konnte sie sich nicht verkneifen.

»Wie auch immer – viel Glück, Daggi.«

»Danke, Chris. Ich denke, wir sehen uns dann bald, wenn wir die Vereinbarung mit der Bank treffen.«

»Ja, aber dafür solltest du die ... Mietverträge vorlegen können.«

»Ich werde mich melden, sobald ich Mitbewohner gefunden habe. Danke, Chris, ich muss jetzt Schluss machen.« Dagmar hatte keine Lust, dass dieses Gespräch doch noch in eine Wenn-und-aber-Diskussion ausartete. Sie legte auf und horchte in sich hinein. Es fühlte sich immer noch richtig an, und vor allem fühlte sie sich plötzlich stärker als je zuvor, denn sie entschied endlich einmal etwas ganz für sich allein.

Für den Abend bereitete sie einen Nudelauflauf vor. Käse, Schinken, Sahne – alles bestens geeignet, um ihre Kräfte nach dem Umräumen wieder aufzubauen, und außerdem war es eine wundervolle Nervennahrung in Anbetracht der zu treffenden Auswahl. Wobei in den nächsten Tagen ja vielleicht noch weitere Briefe kämen ...

Bis zu Helgas Ankunft räumte Dagmar weiter die Zimmer leer. Sie fand Dinge wieder, die sie schon längst vergessen hatte – darunter auch einige alte Fotoalben. Sie warf nur einen kurzen Blick hinein. Bilder aus glücklichen Zeiten ... Schnell verfrachtete sie die Alben in einen Karton und trug diesen hinauf ins Büro. Dort stapelten sich inzwischen die Kisten, aber die würde sie später noch aufräumen können. Ihre potenziellen Mitbewohner würden die Räume ja besichtigen wollen, und bei dieser Gelegenheit würden sich alle beschnuppern können.

Irgendwann im Laufe des Nachmittags hielt Dagmar inne und sah prüfend auf die Wände. *Ob ich noch frisch streichen muss?* Den Gedanken verwarf sie dann aber. Die Tapeten wiesen kaum Spuren auf, und bestimmt wollte jeder die Räume nach seinem eigenen Geschmack gestalten. *Himmel, was man alles bedenken muss.* Sie wischte sich den Schweiß von der Stirn. Gerade als sie das letzte Regal in den vordersten Raum bugsierte, wo sie die Sachen für den Sperrmüll sammelte, hörte sie Helgas Wagen draußen vorfahren. Noch bevor ihre Freundin klingeln konnte, war Dagmar schon an der Tür.

»Hey!« Helga kam winkend auf sie zu. Dann stutzte sie. »Du siehst ganz schön staubig aus.«

»Ich habe auch eine Menge um- und ausgeräumt. Komm rein. Ich zeig's dir.«

Nicht ohne Stolz führte sie Helga in den Trakt mit den fast leer geräumten Zimmern.

Helga sah sich erstaunt um. »Meine Güte – jetzt wird einem erst mal bewusst, wie viel Platz hier ist. Wo hast du denn das ganze Zeug gelassen?«

»Teils nach oben geräumt, teils in den Keller, und alles, was weg kann, steht vorn im ersten Zimmer. Da bräuchte ich vielleicht noch mal deine Hilfe, es sind ganz schön schwere Teile bei.«

»Klar. Und was gibt's zu essen? Ich hab einen Mordshunger. Ich arbeite gerade an einem guten Auftrag aus Malente. Hochzeit. Vierundvierzig Tischgestecke bis zum Wochenende.«

»Oh, du hättest doch etwas sagen können. Ich …«

»Nein, du hast, glaube ich, gerade genug zu tun.« Helga lachte und winkte ab. »Aber wenn ich mich bei dir durchfuttern kann, ist mir das nur recht.«

»Es gibt Nudelauflauf. Und zum Nachtisch über dreißig Briefe.« Dagmar grinste.

»Das ist wirklich beachtlich.« Helga spitzte kurz die Lippen. »Ich habe ehrlich gesagt nicht damit gerechnet, dass so viele … Also die ältere Generation. Bei Studenten – okay, aber … Na, ich bin echt gespannt.«

Beide gingen in Richtung Küche, wo Dagmar als Erstes den Backofen anstellte.

»Es sind auch einige dabei, die ich gleich aussortiert habe. Stell dir vor, einer hat über zwanzig Vogelspinnen!«

»Ihhh, und die sollen alle mit einziehen?« Helga schüttelte sich.

»Ja. Allerdings. Überhaupt sind einige mit Haustieren dabei. Ich weiß nicht … manche von denen kämen sowieso nicht infrage, und die anderen habe ich erst mal auf den mittleren Stapel gelegt.«

Helga fischte ihre Lesebrille aus der Handtasche und griff nach dem ersten Brief. »Ich schau einfach mal, in Ordnung?«

»Bitte.« Dagmar brannte zwar darauf zu erfahren, was Helga von ihren Favoriten hielt, wollte aber ihre

Freundin nicht so direkt beeinflussen. Helgas Meinung war ihr durchaus wichtig.

Noch bevor das Essen fertig war, hatte ihre Freundin die Stapel gänzlich neu sortiert. Bei einigen Briefen schien sie gleicher Meinung wie Dagmar zu sein, aber andere legte sie gesondert ab. »Hier, über die müssen wir noch mal reden.«

Dagmar nickte und deckte auf der anderen Seite des Tisches derweil zwei Plätze ein.

»Grundgütiger! Madame Chascade – die lässt du aber nicht hier einziehen, oder?« Helga lachte.

»Doch, gleich neben der Nonne«, gab Dagmar grinsend zurück.

»Eine Nonne ist auch dabei? Die hatte ich noch nicht. Also, ich muss mich wirklich wundern, was für einen bunten Strauß an Bewerbungen man da bekommt ...« Helga schüttelte den Kopf.

»Lass uns mal erst essen, Helga. Dann schauen wir gemeinsam.« Dagmar deutete auf die Teller vor sich.

Nach dem Essen zogen die beiden Frauen mit zwei Gläsern Rotwein bewaffnet in das Wohnzimmer um. Dort vor dem Kamin breiteten sie die Stapel wieder vor sich aus.

»Und, was denkst du?« Dagmar deutete auf die Briefe, die sie zuvor unter »wäre perfekt« abgelegt hatte.

Helga legte den Kopf schief. »Im Großen und Ganzen bin ich deiner Meinung, über ein paar könnten wir wie gesagt noch diskutieren. Ich weiß – die Haustiere sind ein Problem –, aber die eine Dame mit dem Dackel ...

Ich meine, so ein Dackel fällt ja eigentlich kaum auf.« Helga schob besagten Brief in die Mitte zwischen die zwei Stapel. »Und hier – die Frisörin hört sich auch ganz nett an. Gut, die ist echt noch jung, aber … wir schauen mal.«

Helga und Dagmar lasen ein weiteres Mal gemeinsam einige der Briefe, kicherten, tranken Wein, und die Stunden vergingen. Irgendwann hielt Helga inne, sah in ihr halb leeres Glas und warf Dagmar dann einen fragenden Blick zu. »Daggi – hast du mein Gästebett auch schon abgebaut? Ich werde wieder nicht fahren können.«

Dagmar prustete. »Nein, keine Sorge, noch ist es da.« Dann wurde sie ernst. »Danke, Helga, es ist mir wichtig, dass du deine Meinung zu all dem sagst.«

»Na, ich muss ja mit den Leuten nicht zusammenwohnen, aber wenn ich hier bin, will ich auch nicht von einem Haufen Irrer umgeben sein.« Helga deutete lachend auf den Stapel mit den total durchgefallenen Kandidaten.

Es war schon nach dreiundzwanzig Uhr, als von all den Briefen noch drei direkt vor ihnen lagen.

»So, die sind in der ganz engen Auswahl.« Helga klopfte auf die Umschläge. »Und die fünf da – die sind in Reserve, aber erst mal gucken wir, was die nächsten Tage noch so kommt.«

Kapitel 12

Sehr geehrter Inserent,

mit großer Aufmerksamkeit las ich Ihre Anzeige. Ich
bin dreißig Jahre alt und arbeite als Hausmeister in der
Grundschule von Wiedelen. Diese Anstellung ist unbe-
fristet und Vollzeit, sodass ich meinen Mietzahlungen korrekt nachkommen kann. Ich bin handwerklich sehr begabt
und bin gern mit Menschen zusammen. Leider muss ich
aus meiner bisherigen Wohnung zeitnah ausziehen.
Ich würde mich sehr freuen, wenn Sie mir die Gelegenheit
bieten würden, mich in einem persönlichen Gespräch bei
Ihnen vorzustellen.

Mit freundlichem Gruß
Hatim Gökcan

⤴

Sehr geehrter Inserent,

mein Name ist Karina Bruns, und ich bin dreiundzwanzig Jahre alt. Ich würde mich sehr gern um ein Mietzim-

mer bei Ihnen bewerben. Ich besuche zurzeit noch die Fachoberschule für Gesundheit und Soziales in Eutin. Ich bin sehr naturverbunden und habe bisher immer auf dem Land gelebt. Ich bin ein ruhiger Mensch.
Ich würde mich freuen, wenn ich mir die zu vermietenden Zimmer einmal ansehen dürfte.

Mit freundlichem Gruß
Karina Bruns

Sehr geehrter Inserent,

Name: Karl Reinert
50 Jahre alt
Gelernter Landwirt, tätig für das Amt in Malente
Monatseinkommen 1850,– €
Nichtraucher, alleinstehend, keine Kinder

Erbitte Rückruf zwecks Besichtigungstermin.

Hochachtungsvoll
Karl Reinert

Kapitel 13

Am folgenden Morgen brachte der Postbote einen weiteren dicken Umschlag. Dagmar legte diesen zunächst auf den Esstisch. Sie würde sich später darum kümmern. Wenn sie jetzt noch mehr Briefe las, würde sie vielleicht an den schon ausgewählten Bewerbern zweifeln. *Das ist aber auch wirklich nicht leicht.* Sie legte kurz die Hand auf das braune Papier des Kuverts, griff dann aber zunächst zu ihrem Telefon.

Dagmar erreichte die drei Interessenten und vereinbarte gleich Besichtigungstermine. Alle erklärten sich bereit, am Nachmittag zu kommen.

Zufrieden legte sie ihr Telefon wieder hin. Sie merkte, wie ihre Hände leicht zitterten. Zweifelte sie etwa an ihrer eigenen Courage? Oder ging sie gerade zu unbedacht vor? Schnell versuchte sie, die wankelmütigen Gedanken abzuschütteln. Plan war Plan, und der war das Einzige, woran sie sich im Augenblick festhalten konnte. Die Zimmer sahen, bis auf das mit dem Sperrmüll zugestellte, passabel aus und warteten darauf, besichtigt zu werden.

Um irgendwie die Zeit bis zum Nachmittag sinnvoll zu nutzen, schnappte sie sich einen Eimer und einen

Lappen und begann die Fenster der Zimmer zu putzen.

Ihr Atem bildete kleine Wölkchen in der immer noch kalten Luft, und ihre Finger wurden schnell krebsrot, doch die Mischung aus Kälte, heißem Wasser und körperlicher Anstrengung ließ sie spüren, dass sie noch lebte. Es war ein bisschen wie im Frühjahr und Sommer, wenn sie im Garten graben und schaufeln konnte. Es tat gut und machte den Kopf frei.

Sie hatte nach Mittag gerade noch Zeit, sich umzuziehen und etwas herzurichten, bevor der erste Interessent kommen würde. Eilig wusch sie sich die Hände und das Gesicht, kämmte sich ihre Haare und zog sich um. Ein letzter prüfender Blick durch Küche und Wohnraum, und schon klingelte es pünktlich um vierzehn Uhr an der Tür.

Die erste Person war Karina Bruns. Als Dagmar die Tür öffnete, stand eine schlanke, hochgewachsene junge Frau vor ihr. Die schwarzen Haare trug sie zu einem Pferdeschwanz gebunden. Sie wirkte etwas blass, doch waren ihre Wangen vor Kälte und vielleicht auch Nervosität leicht gerötet.

»Hallo, ich komme zur Besichtigung. Mein Name ist Karina Bruns.«

»Hallo, freut mich. Dagmar Gröning.« Dagmar streckte der jungen Frau mit einem aufmunternden Lächeln die Hand entgegen.

»Das ist ja wirklich ein …«, die junge Frau ließ den Blick wandern, »… imposantes Anwesen.«

Dagmar lachte. »Ja, und für eine Person viel zu groß, daher jetzt die Suche nach Mitbewohnern. Bitte kommen Sie doch herein.«

»Danke. Und danke, dass Sie mich eingeladen haben. Sie haben sicherlich viele Anfragen.«

»Ja, es ist schon einiges an Post gekommen.« Dagmar bemerkte, dass sie überhaupt keine Ahnung hatte, wie so eine Besichtigung abzulaufen hatte. Was sollte sie fragen, was sollte sie erklären? Darüber hatte sie sich noch gar keine Gedanken gemacht. Ihre bisherigen Erfahrungen beschränkten sich auf die eigenen Hausbesichtigungen, die sie mit Heinrich absolviert hatte. Und da es damals Heinrich gewesen war, der geredet hatte, hatte sie einfach die besichtigten Objekte auf sich wirken lassen und überlegt, ob sie sich vorstellen könnte, diese einzurichten. Sie straffte sich. Hoffentlich würde diese Karina es ihr erst mal leicht machen.

»Kommen Sie, ich zeige Ihnen die Zimmer.« Dagmar führte die junge Frau in den Nebentrakt.

»Und Sie wohnen hier momentan ganz allein?«

»Ja, mein Mann …«, Dagmar hob kurz die Schultern, darüber musste sie wohl sprechen, auch wenn es ihr noch nicht so leichtfiel, »… ist gestorben, und mein Sohn lebt in Hamburg.«

»Oh, das tut mir leid, das mit Ihrem Mann.« Karina Bruns sah verlegen zu Boden.

Dagmar versuchte ihre eigene Unsicherheit mit einem Lächeln zu überspielen. »Deswegen suche ich jetzt auch passende Mitbewohner. Das Haus ist sehr großzügig geschnitten, und auch der Park bietet viel

Platz. Ich denke, man könnte hier gut zusammenleben, ohne sich zu sehr auf die Pelle zu rücken. Hier wären die Zimmer. Nicht wundern, in dem einen stehen noch Sachen, die entsorgt werden müssen.« Dagmar hatte die Türen zu den Zimmern offen gelassen. So fiel Licht in den Flur, und es war wirklich alles hell und freundlich.

Karina Bruns betrat als Erstes Daniels altes Zimmer. Beim Blick aus der großen Terrassentür stockte sie. »Oh!« Sie ging ein paar Schritte weiter, ohne überhaupt auf das Zimmer zu achten, und sah nur hinaus auf den Park und den See. »Das ist ja … Ich hatte nicht damit gerechnet, dass es so eine Aussicht geben würde!«

»Die Terrasse gehört natürlich zum Zimmer dazu und kann benutzt werden. Ich muss nur im Frühjahr die Hecken etwas stutzen.«

»Wirklich?« Die junge Frau sah Dagmar ungläubig an.

»Ja, natürlich.« Dagmar musste schmunzeln.

»Wissen Sie, ich habe mir schon einige WG-Zimmer angesehen in den letzten Tagen, aber … so war keines.« Karina Bruns lächelte, dann wurde sie wieder ernst.

»Und Sie wohnen momentan wo?« Dagmar fragte nicht gern Menschen aus, aber sie musste schließlich etwas über die Bewerber herausfinden.

»Oh, ich wohne momentan noch zu Hause bei meinen Eltern. Aber ich glaube, so langsam wäre es an der Zeit … Ich bin jetzt dreiundzwanzig. Ich hoffe, mein Alter ist kein Ausschlusskriterium?«

Dagmar schüttelte den Kopf. »Nein, nein, sonst hätte

ich Sie ja gar nicht eingeladen. Mir ist wichtiger, dass meine zukünftigen Mitbewohner ... na ja ... irgendwie passen. Das Schlafzimmer ist übrigens direkt hier.« Dagmar deutete auf die Tür. »Das Bad liegt genau zwischen diesem und dem nächsten Zimmer. Gut, das muss man sich halt teilen. Das letzte Zimmer hinten hat ein eigenes Bad, aber für das möchte ich auch etwas mehr Miete haben. Vorn bei der Haustür ist auch noch ein Gäste-WC.«

Karina Bruns blickte derweil in das Schlafzimmer. »Schön – so viel Platz!«

»Diese Zimmer hier auf der linken Seite haben am späten Nachmittag Sonne – die auf der anderen Seite morgens und bis mittags.«

»Und der Rest des Hauses? Ich meine ... die Küche? Ein Gemeinschaftsraum vielleicht?«

»Ach so – ja klar!« Dagmar lachte. »Die Küche kann dann von allen benutzt werden, ebenso das Wohnzimmer – also als Gemeinschaftsraum oder wie auch immer. Da gibt's einen Kamin.« Sie bedeutete Karina, ihr zu folgen.

Karina sah sich zögernd im Wohnbereich um. »Das ist alles sehr schön, Frau Gröning. Kommen außer der Miete und den Nebenkosten noch irgendwelche Kosten auf einen zu? Wissen Sie, meine Eltern bezahlen halt meine Miete, bis ich dann arbeite. Ich muss noch ein halbes Jahr zur Schule gehen.«

»Nein, keine weiteren Kosten außer die, die Sie für die Einrichtung oder Gestaltung der Zimmer aufwenden wollen. Jeder bekommt natürlich einen Schlüssel.

Besucher sind okay, aber vornehmlich in den eigenen Räumen.«

Karina Bruns hob kurz die Hände. »Keine Sorge, ich bin keine Partymaus.« Sie lachte.

»So war das auch nicht gemeint. Ich denke nur … Nicht dass jeder ständig Gäste einlädt und es hier … arg voll würde.« Dagmar grinste schief. *Das ist echt nicht einfach!* Wieder fielen ihr tausend Dinge ein, die sie bei ihrer WG-Planung noch gar nicht bedacht hatte. »Autos können draußen vor dem Haus geparkt werden. Der Carport ist allerdings meiner. Es gibt noch einen Keller, dort können kleinere Sachen abgestellt werden, aber es gibt nicht für jeden einen Extrakellerraum.«

»Oh gut, ja.« Karina Bruns sah schon wieder hinaus auf den See.

Dagmar beschlich der leise Verdacht, dass die junge Frau mit ihren Gedanken ganz woanders war. »Haben Sie sonst noch Fragen?«

»Nein, ich glaube nicht. Es ist wirklich sehr schön hier.« Karina Bruns schien sich selbst zur Konzentration zu mahnen und straffte sich etwas. »Ich mag zwar kaum darauf hoffen, aber wenn ich in die nähere Auswahl für ein Zimmer käme, Frau Gröning, würde ich mich sehr geehrt fühlen.«

Dagmar nickte. »Ich habe natürlich noch einige weitere Besichtigungen und werde dann alles wohl überdenken. Aber ich werde mich zeitnah bei Ihnen melden. Auch bei einer Absage, versteht sich …«

»Das wäre sehr nett, denn dann müsste ich noch weitersuchen.«

»Natürlich.«

Als Karina Bruns das Haus verlassen hatte, stand Dagmar einen Augenblick da und atmete tief durch. Diese junge Frau war schon mal nicht schlecht. Sie machte einen ordentlichen Eindruck, schien Benehmen zu haben, und ansonsten war Dagmar nichts Negatives aufgefallen. Außer dass sie manchmal mit ihren Gedanken woanders zu sein schien, aber vielleicht war das in dem Alter ja normal.

Viel Zeit hatte Dagmar nicht, um zu verschnaufen. Um sechzehn Uhr stand der nächste Kandidat an. Hatim Gökcan.

Hatim eroberte nicht nur Hof und Haus, sondern auch spontan Dagmars Herz. Etwas nervös und zappelig stand der große, kräftig gebaute junge Mann vor der Tür.

»Hallo, ich freue mich, Sie kennenzulernen! Darf ich mit meinem Auto da stehen bleiben, oder stört es?« Er deutete mit einem Kopfnicken hinter sich.

Dagmar sah an ihm vorbei auf einen ziemlich zerbeulten Kleintransporter. »Nein, alles okay.«

»Oh, prima. Ist ja schön hier. Aber auch groß. An Ihrem Carport ist die Dachrinne etwas schief. Bestimmt ein Ast draufgefallen. Sollten Sie mal richten lassen.« Hatim zwinkerte. »Nicht dass das Wasser auf das Holz läuft.«

»Aha – oh, gut, das hatte ich noch gar nicht gesehen. Kommen Sie doch erst mal rein.«

»Danke. Ich fühle mich sehr geehrt, dass Sie mich

eingeladen haben. Es … ich … Na, ich bin halt Türke. Da haben viele Menschen gleich Vorurteile. Ich bin aber in Hamburg geboren und aufgewachsen. Ich habe sogar Abitur.« Er hob stolz den Kopf und grinste. »Na ja gut, mit dem Studium des Bauwesens ist das so eine Sache … Geht es hier zu dem Zimmer?«

»Ja.« Dagmar winkte mit der Hand und tappte einfach hinter dem jungen Mann her.

»Studieren war dann doch nicht so mein Ding. Ich bin eher der Macher. Also so mit Hammer und Säge. Oh, das ist ja schön hier.« Hatim hielt inne und sah sich anerkennend um. Dann klopfte er kurz mit zwei Fingern an eine Wand. »Und massiv gebaut – nicht mit so Leichtbauwänden, wie man es heute oft macht.«

Dagmar wusste gar nicht, was sie sagen sollte. Hatims Besuch fühlte sich gerade eher an, als hätte sie einen Handwerker gerufen und nicht jemanden zu einer Zimmerbesichtigung geladen.

»Ich bin jetzt seit vier Jahren Hausmeister an der Grundschule von Wiedelen. Die kleinen Racker sind manchmal ganz schöne Zerstörungskommandos. Haben Sie Kinder?«

»Äh, ja, einen Sohn, der ist aber schon Ende zwanzig und lebt in Hamburg. Macht also nichts mehr kaputt.«

»Oh. Ja, so ist das wohl, die aus der Stadt wollen gern aufs Land, und die vom Land zieht es erst mal in die Stadt. Wissen Sie, ich mag die Natur und mähe auch gern Rasen. Oh, das sind ja sogar zwei Zimmer. Und Sie … leben mit Ihrem Mann auch hier?«

»Mein Mann ist vor einer Weile verstorben.«

»Das tut mich aufrichtig leid, Frau Gröning.« Hatim Gökcan machte ein betroffenes Gesicht und legte ihr kurz die Hand auf den Arm. Eine Geste, bei der Dagmar vielleicht zurückgezuckt wäre, hätte ein anderer Fremder sie gemacht, aber dieser junge Mann wirkte so aufrichtig.

»Und jetzt … jetzt möchten Sie hier die Zimmer vermieten?«

»Nun ja, es ist halt sehr still im Haus, und ich wohne ganz allein hier …«

»Das ist eine wundervolle Idee. Man sollte nicht allein leben. Wissen Sie, deswegen habe ich Ihnen ja auch geschrieben. Ich … ich muss aus meiner derzeitigen Wohnung ausziehen. Nichts Schlimmes. Aber ich wohne auch nicht gern allein. In Hamburg hatte ich eine große Familie. Meine Eltern, drei Onkel und vier Tanten, Neffen und Nichten …«

Dagmar hob lachend die Hände. »Solange die nicht alle dauernd zu Besuch kommen.«

»Nein, nein, keine Sorge. Denen ist das viel zu langweilig hier draußen.«

Hatim war flugs durch alle Zimmer gewandert. Dann deutete er auf genau das, wo der ganze Sperrmüll stand. »Das hier wäre ganz gut, ich muss früh raus, und dann wecke ich nicht alle, wenn ich hier morgens herumlaufe. Wäre das noch frei?«

Dagmar zuckte leicht mit den Achseln. »Ich habe noch gar keins der Zimmer vergeben. Ich möchte erst mal alle potenziellen neuen Mitbewohner kennenlernen und entscheide dann.«

»Richtig, richtig. Man muss sich das ja gut überlegen. Geht es da zur Küche?« Hatim stand schon wieder in der Tür zum Wohnzimmer. »Sie müssen wissen – ich koche sehr gern, und … für einen allein ist das manchmal ganz schön frustrierend. Ich könnte also kochen.«

»Das wird sich dann bestimmt einspielen, wenn erst mal alle eingezogen sind, denke ich.« Dagmar musste lächeln. Dieser junge Mann war wie ein erfrischender Gewitterschauer. Sie wusste nicht recht, was sie von ihm halten sollte, ihr Bauch sagte ihr aber, dass er ein netter, liebenswerter Kerl war.

Hatim war schon weiter Richtung Terrassentür gegangen. »Das hier ist dann auch für alle zur Benutzung?«

»Ja, gedacht ist das so.«

»Oh, wow – Sie haben aber auch ein Riesengrundstück. Dahinten steht ja noch ein Haus.«

»Ja, das ist eine alte Fischerkate. Da ist aber nur Gartenkram drin.«

»Gibt immer viel zu tun hier sicherlich. Na, da wäre ich Ihr Mann!« Er breitete kurz die Arme aus und grinste.

»Da wäre ich mir sicher. Ich werde aber zunächst alle Besichtigungen abwarten, das verstehen Sie doch, Herr Gökcan, oder?«

»Ja, natürlich. Ich würde mich allerdings wirklich sehr freuen, wenn ich …« Er winkte ab. »Nein, hören Sie nicht auf mich. Ich will Sie ja nicht bequatschen.«

Nachdem Hatim Gökcan gegangen war, musste Dagmar lachen. Himmel! Aber er machte wirklich einen netten Eindruck, und einen fähigen Handwerker im Haus zu haben war sicherlich nicht schlecht. Ob von den anderen jemand ein Problem damit hätte, dass er Türke war? Karina Bruns sicher nicht. Die junge Frau war von der Generation her Multikulti gewohnt. Der nächste Bewerber schien ihr aber, zumindest von seinem Schreiben her, eher konventionell.

Ihr Gefühl hatte sie nicht getrogen. Um Punkt achtzehn Uhr stand Karl Reinert vor der Tür und war so ganz anders als die beiden jüngeren Interessenten vor ihm.

Erst mal sah Dagmar von dem Mann gar nichts, denn ein Blumenstrauß versperrte ihr die Sicht.

»Frau Gröning? Wir hatten telefoniert. Reinert mein Name. Karl Reinert.«

»Guten Tag, Herr Reinert, freut mich.« Dagmar nahm den Strauß entgegen, den er ihr entgegenstreckte. »Das wäre aber nicht nötig gewesen.«

Karl Reinert war hochgewachsen und sah sportlich aus. Kurze dunkle Haare mit einem leichten Grauschimmer an den Seiten, braune Augen, die sie aufmerksam ansahen, und feine Gesichtszüge mit einigen kleinen Falten um die Augen herum und an den Mundwinkeln. Auch wenn er jetzt gerade etwas steif wirkte, schien er gern zu lachen. Er trug eine Jeans zu einem grünen Jackett, darunter einen Rollkragenpullover von etwas dunklerem Ton. Irgendwie so gar nicht der Typ, der nach einem WG-Zimmer suchte.

Dagmar besann sich. »Kommen Sie doch bitte rein.«

»Danke.«

Die Besichtigung mit Karl Reinert verlief eher still. Er besah sich alle Räume und nickte hier und da.

»Und Sie arbeiten in Malente?« Dagmar versuchte es mit höflicher Konversation.

»Ja, Amt für Landwirtschaft. Abteilung ›Tierische Erzeugnisse und Förderungsabwicklung‹.«

»Aha.« Dagmar hatte von Landwirtschaft nicht so viel Ahnung, es hörte sich aber nach einer soliden Anstellung an.

Auch Karl Reinert war schnell mit der Besichtigung der Zimmer fertig. Er folgte Dagmar in den Wohnbereich.

»Die Küche steht für alle zur freien Benutzung, ebenso das Wohnzimmer.« Sie deutete kurz von der Küche nach unten zu den Sofas.

Karls Blick blieb einen Augenblick am Kamin hängen. Dagmar meinte, einen Anflug von Wehmut in seinem Blick zu erkennen. Dann wurde sein Gesichtsausdruck wieder neutral.

»Ja, alles sehr schön hier. Was für weitere Mitbewohner haben Sie denn noch so im Auge?«

»Wie meinen Sie?« Dagmar war nicht gleich bewusst, worauf er hinauswollte.

»Nun, Frau Gröning. Ich bin nicht sehr erfahren mit Wohngemeinschaften. Sie sehen zwar nicht aus wie …« Er lachte das erste Mal, und dies sehr sympathisch. »Nun, als wollten Sie hier eine Hippiekommune aufmachen.«

Dagmar riss die Hände hoch. »Nein, nein! Ich suche eigentlich ganz normale Leute, die hier mit einziehen. Das Haus ist für mich allein einfach zu groß.«

Karl Reinert legte den Kopf etwas schief und sah sie kurz an. »Gut, also wenn Sie noch einen ganz *normalen* Mann suchen – ich würde mich freuen. Es gefällt mir hier. Allerdings mag ich auch die Ruhe und fände es schade, wenn … Nun ja.«

»Glauben Sie mir, ich mag es auch ruhig. Ich suche mir die Leute schon sorgsam aus.«

»Gut, dann hoffe ich von Ihnen zu hören, Frau Gröning.« Er reichte ihr die Hand zum Abschied.

Erschöpft ließ sich Dagmar an den Esstisch nieder, nachdem der letzte Besucher das Haus verlassen hatte. *Welch ein Nachmittag.* Aber durchaus erfolgreich. Sie hatte mit Helga eine gute Auswahl getroffen. Alle drei waren wirklich potenzielle Mitbewohner. Jeder auf seine Art.

Kapitel 14

Frank

Fünf Tage noch. Frank sah in seinen Kalender, wo der 23. Februar mit einem dicken Kreuz markiert war. In fünf Tagen wäre er wieder Herr über sein eigenes Leben, dann wäre seine Privatinsolvenz abgeschlossen. Vier Jahre seines Lebens hatte ihn das jetzt gekostet. Vier Jahre, in denen er restlos alles verloren hatte, und vier Jahre, in denen jeder Cent dafür draufging, ihn aus dieser Scheiße wieder rauszubringen. Gottlob hatte er einen guten Anwalt gefunden, der ihn da durchgeboxt hatte. Und er hatte sogar noch seinen ehemaligen Manager zur Rechenschaft gezogen. Etwas, das eigentlich gar nicht in Franks Budget gepasst hatte, aber er wollte dieses Arschloch nicht ungeschoren davonkommen lassen. Der Typ hatte ihn um alles gebracht, er war schuld an dem Desaster. Geprellt hatte er ihn um etliche Gagen und Honorare. Frank hatte sich gutgläubig auf ihn verlassen und sein Leben genossen. Ein Haus auf Sylt, eine Wohnung in Hamburg und ein Apartment in Berlin. Schließlich war er viel unterwegs gewesen, seit das Lied *Ostseesonne* sein Leben verändert hatte. Doch irgendwann war diese immerwährende Party jäh zu Ende gewesen, und der Gerichtsvollzieher hatte sich angekündigt. Frank war in Panik ausgebrochen, hatte gar nicht gewusst, was los war. Sein Manager Olaf Joost hatte nur abgewunken und gesagt, er würde sich kümmern. Frank war in das Partyleben zurückgekehrt, mit Alkohol, Mädels und auch manchmal etwas zu rauchen. Kurzum, er war die meiste Zeit breit gewesen. Bis sie ihm alles genommen hatten und Joost wie vom Erdboden verschluckt gewesen war. Sein Haus ging weg, seine Wohnungen, sein ganzes Hab und Gut. Sogar seine Goldenen Schallplatten rupfte man von der Wand, um sie zu Geld zu machen und Gläubiger zu bedienen.

Frank stand quasi auf der Straße, und die Presse tat ihr Übriges. Sie zerrissen ihn förmlich, ließen nichts in seinem Leben unbeachtet. Absturz, Sucht, Pleite – er konnte die Schlagzeilen bald nicht mehr ertragen.

Irgendwie hatte er es geschafft, sich kompetente Hilfe zu suchen. Seinem Anwalt würde er wohl für den Rest seines Lebens dankbar sein, falls er sein Leben denn irgendwie wieder halbwegs auf die Reihe kriegte. Brav hatte er alle Auflagen erfüllt, war sparsam und zurückhaltend gewesen. Hatte sich völlig aus der Öffentlichkeit zurückgezogen. Es war still um ihn geworden. Seine Gitarre lag etwas angestaubt in der Ecke des Hamburger Wohnheims, in dem er seit fast vier Jahren hauste. Acht Quadratmeter, Waschbecken, Fenster zum Hof. Aber dieses Zimmer war immer noch besser als das Gefängnis gewesen, womit ihm einige der Leute, bei denen Joost in seinem Namen Schulden gemacht hatte, gedroht hatten. Zum Glück war ihm das erspart geblieben. Von einem kleinen Intermezzo mit der Polizei mal abgesehen, da er manchmal wirklich Schwierigkeiten hatte, sein Schicksal nüchtern zu ertragen.

Frank Flaßberg war am Ende gewesen. Aber nun war Schluss mit dieser entbehrungsreichen Zeit. Er war fest entschlossen, alles irgendwie wieder hinzubiegen. Er brauchte nur einen etwas angenehmeren Ort als diesen hier, ein bisschen Ruhe und Zeit, dann würde seine Kreativität sicherlich wiederkommen. Fünf Tage noch, dann wäre er auch wieder Herr über sein eigenes Geld. Viel kam nicht mehr herein, seine alten CDs verkauften sich nach den ganzen Schlagzeilen nicht mehr so gut, Auftritte in Deutschland hatte es seit dem Skandal gar nicht mehr gegeben. Er hatte einen neuen Agenten gefunden, dieser glaubte zwar wohl auch noch nicht so recht an ein durchschlagendes Comeback, aber immerhin hatte er eine Clubtour für Frank auf die Beine gestellt. In zehn Tagen würde es losgehen, einmal von Barcelona nach Malaga – die ganze Küste Spaniens runter in vierzehn Tagen. Es war Wintersaison und Spanien voll von deutschen Rentnern. Es würden sicher nicht so große und glitzernde Auftritte werden wie einst, aber zumindest hätte er überhaupt mal wieder Publikum. Vierzehn Tage, dreiundzwanzig Auftritte und fast zehntausend Euro Honorar, von denen er keinen Euro mehr abdrücken musste. Kein großes Startkapital, aber immerhin, er würde zumindest aus diesem Minizimmer ausziehen können. Um eine neue Bleibe musste er sich langsam kümmern, denn es blieb nicht mehr viel Zeit. So studierte er die Anzeigen in der Zeitung sehr genau. Auf Großstadt hatte er keine Lust. Am besten irgendwo raus aufs Land. Luxus hatte er sich eh abgewöhnt. Eine Anzeige sprang ihm ins Auge. *Haus am Plöner See ...* Das hörte sich doch nach kreativer Stille an. Eine Wohngemeinschaft, vielleicht noch ein paar Künstler? Er musste unbedingt sehen, dass seine grauen Zellen wieder in Schwung kamen. Aber egal wie, mehr als ein Zimmer in einer WG konnte er sich fürs Erste eh nicht leisten. Er musste aufpassen, denn das, was er in den letzten Jahren durchgemacht hatte, wollte er auf keinen Fall noch mal erleben. *Plöner See – prima, da kann ich mich dann gleich ersäufen, wenn's wieder in die Hose geht.* Er verzog das Gesicht. Dann nahm er Stift und Papier zur Hand und verfasste ein kurzes Schreiben. Nur bedeckt halten, hoffentlich erinnerte sich da auf dem Land niemand mehr an ihn.

Kapitel 15

Und, wie war's gestern?« Helgas Stimme am Telefon bebte vor Neugier.

Dagmar unterdrückte ein Gähnen. »Entschuldigung, dass ich mich jetzt erst melde, aber ich bin gestern wie ein Stein ins Bett gefallen. Anstrengend war es, aber im Grunde richtig gut. Also die drei kommen auf jeden Fall in die ganz enge Wahl. Die junge Frau war eher zurückhaltend, macht aber einen ruhigen und anständigen Eindruck. Karl Reinert ist auch eher ein stiller Mensch. Wirkt aber ganz seriös. Ich weiß zwar nicht, was ihn in eine Wohngemeinschaft treibt, aber nun, das kann ja jeder für sich entscheiden. Dieser Hatim, na, das war mal eine Nummer.« Dagmar musste jetzt noch lachen. Von allen hatte er sie am nachhaltigsten beeindruckt. »Der ist sehr nett, wenn auch nicht gerade still. Der würde sicher etwas Leben in die Bude bringen.«

»Ist der denn … na, wie soll ich sagen … sehr türkisch?« Helga versuchte möglichst nicht zu kritisch zu klingen.

»Also, der macht jetzt wirklich keinen radikalen Eindruck oder so, wenn du das meinst. Er kocht gern, ist anscheinend Vollbluthandwerker, hat aber auch Abitur und … redet wie ein Wasserfall.«

»Na, das kann sicher anstrengend werden.«

»Helga, ich will aber auch nicht fünf neue Hausgeister hier haben. Ziel ist es ja, etwas Leben in die Bude zu bekommen.«

»Ja, weiß ich. O Mann, ich will nicht in deiner Haut stecken und das entscheiden müssen«, sagte sie lachend.

»Einfach wird das wirklich nicht. Ich hatte es mir auch irgendwie einfacher vorgestellt, am besten nur mit genau fünf Anfragen.« Dagmar lachte nun auch. »Aber heute sind noch mal zehn Briefe gekommen.«

»Und? Noch jemand Interessantes dabei?«

»Ach, ich weiß nicht … Wieder einige Hunde und Katzen. Zwei Frauen mit Kindern, das wird auch eher nicht klappen, denke ich. Ich meine, Kinder werden größer, brauchen dann ihren eigenen Platz …«

»Ne, da wäre ich auch vorsichtig.«

»Aber ein Name ist mir aufgefallen, den meine ich schon mal gehört zu haben.«

»Und der wäre?«

»Das ist ein Künstler – schreibt er zumindest. Frank Flaßberg.«

Helga quietschte am anderen Ende der Leitung. »Dagmar, den kennst du doch! Also, wenn er wirklich *der* Frank Flaßberg ist …«

»Hilf mir bitte auf die Sprünge.«

Helga trällerte plötzlich los. »*Wir beide – der Strand und das Meer – ach, wenn unsere Liebe doch noch wär …*«

Dagmar musste immer noch überlegen, dann schlug sie sich mit der freien Hand auf die Stirn. »Was – der? Nein, das kann doch nicht sein.«

»Was hat der denn geschrieben?« Helga klang ehrlich aufgeregt. »Wenn er das wirklich ist … Aber nein, der müsste doch jede Menge Kohle haben … Ich dachte, der sitzt irgendwo in einer hübschen Villa auf Sylt oder so.«

»Warte, ich lese vor: ›Lieber Inserent, wenn Sie sich vorstellen könnten, einen fünfzigjährigen Künstler in Ihre Reihen aufzunehmen, würde ich mich über eine Rückmeldung sehr freuen. Mit freundlichem Gruß, Frank Flaßberg.‹«

»Das ist … knapp. Ruf den mal an … biiitttee.«

»Helga? Wie alt sind wir denn heute Morgen? Willst du dann als Groupie hier herumlungern?« Dagmar schüttelte den Kopf, auch wenn Helga das ja nicht sehen konnte.

»Ach komm, vom Alter passt er doch gut, und im Grunde … Auf einen Versuch, Dagmar. Ich schwöre auch, dass ich mich nicht peinlich benehme, sollte er bei dir einziehen.« Helga kicherte.

»Ich werde mal schauen. Heute ist noch ein Umschlag mit Briefen gekommen. Und ich werde niemanden aufnehmen, nur weil er irgendwie berühmt ist. Ist er das eigentlich?«

»Also ich würde sagen, hier oben im Norden kennt den wohl fast jeder. Das Strandlied ist im Radio hoch und runter gedudelt, das war vor sechs Jahren der Sommerhit.«

»Wenn du das sagst. Ich kann mich da irgendwie nicht dran erinnern.«

»Na, halt mich unbedingt auf dem Laufenden, da kommt Kundschaft. Wir hören uns!«

Weg war sie. Dagmar legte ihr Telefon beiseite und blickte noch einmal auf den Brief von diesem Frank. *Na gut, wenn Helga es sagt, was Besseres war gestern eh nicht dabei.* Dagmar wählte die angegebene Nummer – und hatte am Nachmittag einen neuen Besichtigungstermin.

Anschließend nahm sie den Umschlag des heutigen Tages zur Hand. Er war merklich dünner. Dagmar beschlich schon die Angst, dass sie die Zimmer vielleicht doch nicht so schnell vermietet bekäme. Es gab zwar noch den Stapel der eventuell möglichen Kandidaten, aber ihr Bauchgefühl hatte bei keinem von denen so richtig gejubelt.

Sie zog drei kleinere Umschläge aus dem großen, öffnete diese und begann zu lesen. Der erste stammte von einem alleinerziehenden Vater mit zweijähriger Tochter. Ganz nett, aber: erst mal keine Kinder und Haustiere. Sie legte den Brief beiseite. Der zweite kam von einem Studenten. Auch ganz nett, doch Studenten hatte sie von vornherein eher auf den Stapel der »Vielleicht«-Bewerber gelegt. Junge Leute waren ja prima, aber zu viele sollten es auch nicht werden. Irgendwie musste sie eine gute Mischung der Altersklassen finden.

Der dritte Brief fühlte sich etwas dicker an. Sie zog zwei eng mit der Hand beschriebene Blätter hervor. Da hatte sich aber jemand Mühe gegeben. Dagmar faltete das Papier auseinander und begann zu lesen.

Sehr geehrter Inserent,

dies ist wahrscheinlich die seltsamste Anfrage, welche Sie auf Ihre Anzeige erhalten. Ich habe nun lange überlegt, wie ich mein Anliegen formuliere. Ich hoffe, ich stehle Ihnen nicht die Zeit, und würde mich freuen, wenn Sie meine Zeilen lesen würden …

Dagmar las. Sie las den Brief sogar zweimal. Ihr Atem ging dabei schneller, und sie musste bei einem Absatz schwer schlucken. Die Zeilen waren mit so viel Gefühl und Optimismus geschrieben, dass sie Dagmar sehr rührten. Sie legte den Brief auf den Tisch, stand auf und ging schnurstracks in die beiden letzten Zimmer im Nebentrakt. Dort lehnte sie sich mit dem Rücken an die Wand und legte sich eine Hand nachdenklich auf den Mund. Die Sonne schien in den Raum, und draußen vor dem Fenster hüpften die Amseln über die Terrasse. *Keine Experimente. Keine seltsamen Leute.* Sie rief sich ihre selbst gesteckten Anforderungen an die zukünftigen Mitbewohner wieder in Erinnerung. Dann nahm sie die Gedanken und knüllte sie wie ein Stück Papier zusammen. Das galt ab jetzt nicht mehr für diese zwei Zimmer – und das galt auch nicht mehr für Beate, jene Frau, die ihr die vielen Zeilen geschrieben hatte. Wenn Beate wollte, würde dies ihr neues Zuhause werden, ohne viele Fragen, ohne viel Umschweife. Dagmar nickte sich selbst zu. Bei aller Vernunft – ein Wagnis würde dieses WG-Projekt wohl verkraften können. Und wer auch immer in die anderen Zimmer einziehen würde, auch diese Bewohner würden damit klarkommen. Dagmar fühlte in sich hinein. Sie war sich absolut sicher.

Frühling

Kapitel 16

Es war der erste April. Ein Samstag. Dagmar war schon vor Sonnenaufgang aufgestanden und hatte eindeutig zu viel Kaffee getrunken. Sie war nervös. Heute würden ihre neuen Mitbewohner einziehen. Es hatte einfach alles gut gepasst. Alle Auserwählten waren glücklich gewesen, dass sie ein Zimmer bekommen hatten, und ihr erstes Gefühl bezüglich der Bewerbungen hatte sie nicht getrogen – hoffte sie zumindest.

Mit Helga zusammen hatte sie noch den Sperrmüll entsorgt. Es hatte etwas geschmerzt, die vielen Sachen in dem großen orangefarbenen Müllwagen verschwinden zu sehen, doch hinterher hatte sie sich richtig befreit gefühlt. Der gesamte rechte Haustrakt war nun bereit für etwas Neues, und Dagmar ebenso. Im Wohnbereich hatte sie noch einige sehr persönliche Gegenstände fortgeräumt und ihre eigenen Zimmer etwas gemütlicher gestaltet. Das Büro war nun aufgeräumt, und Helgas Gästebett hatte dort einen Platz gefunden. Ihre Bücher standen in den Regalen, die Akten von Heinrichs Firma hatte sie eingekellert. Christoph hatte ihr dazu geraten, bis die Insolvenz abgeschlossen wäre. Der Lesesessel hatte seinen Standort in ihrem Schlafzimmer gefunden, und im Zuge der Entrümpelung war gleich ein Teil der Schrankwand aus dem Ankleidezimmer rausgeflogen. Seit Heinrichs Sachen fort waren, brauchte sie keine zwei Schränke mehr.

Draußen war der Winter einem zarten Frühling gewichen, die ersten Blumen streckten ihre Köpfe in den Wind. Erneuerung und Neuanfang – Dagmar fühlte sich das erste Mal seit Langem wieder richtig gut. Ein bisschen drückte sie das schlechte Gewissen Daniel gegenüber. Sie hatte es geschafft, ihre Pläne vor ihm zu verheimlichen. Zweimal hatte er sie noch angerufen und gedrängt, das Haus nun endlich anzubieten. Ihre Ausreden waren zwar fadenscheinig gewesen, aber er schien ein gewisses Verständnis dafür zu haben, dass sie die Entscheidung nicht übers Knie brechen konnte. *Der wird sich wundern.* Dagmar musste lachen, wenn sie jetzt daran dachte. Wenn er erst mal spitzkriegte, dass – anstelle eines Verkaufs – plötzlich fünf neue Mitbewohner bei seiner Mutter eingezogen waren, würde er vielleicht merken, dass sie auch noch einen eigenständigen Willen hatte.

Christoph und Barbara hielten sie wohl inzwischen für verrückt. Der Steuerberater hatte seine Frau vorbeigeschickt, um Dagmar ins Gewissen zu reden. Dagmar und Barbara waren durchaus Freundinnen, auch wenn es nicht so eine enge Freundschaft war wie mit Helga, aber sie hatten schon so manchen Abend und Urlaub zusammen verbracht.

Der Besuch stand ihr noch lebhaft vor Augen …

»Bist du dir ganz sicher?«, fragte Barbara. »Ich meine, mit so vielen fremden Leuten ... Hast du keine Angst, dass da was passiert?« Barbara lief auf ihren hohen Schuhen durch den leer geräumten Trakt, und ihre Schritte hallten durch die Räume.

»Ich werde mir schon keine Kriminellen ins Haus holen, ein bisschen Menschenkenntnis habe ich ja auch.«

Der darauffolgende Seitenblick von Barbara ärgerte Dagmar. Er schien zu sagen: »Na, aber ganz richtig im Oberstübchen bist du auch nicht mehr.«

»Was meint denn Daniel überhaupt dazu?«

»Der weiß davon nichts, und – Barbara, das soll auch erst mal so bleiben. Ich möchte mir mein Leben allein gestalten und nicht noch mit meinem Sohn ringen müssen.«

Barbara schüttelte nur den Kopf. »Wenn du meinst, das ist der richtige Weg. Dass du einfach viel zu viel Platz hast, sehe ich ja auch. Ach, ich wüsste mit den ganzen Räumen schon was anzufangen.«

»Barbara, ich mache das ja nicht nur zum Spaß. Ich habe faktisch kein Geld mehr, seit Heinrich ... Ich muss ja irgendwie weiterleben.«

Barbara zuckte mit den Achseln und stöckelte zu einer der Terrassentüren. »Kommst du im Juli dann mit nach Scharbeutz?«

Dagmar schüttelte den Kopf, anscheinend hatte Barbara ihr nicht zugehört. Sie erzählte ihr davon, dass sie finanziell den Gürtel enger schnallen musste, und Barbara fragte, ob sie mit zur Segelwoche an die Ost-

135

see käme. Ein Urlaub, der bekannterweise nicht gerade günstig war.

Dagmar schluckte ihren Ärger hinunter und antwortete nur knapp: »Muss ich sehen, ob ich das schaffe.«

Wenn sie jetzt daran zurückdachte, ärgerte sie sich schon wieder. Helga sagte zwar auch ganz offen, dass sie Dagmars Idee nach wie vor für *außergewöhnlich* hielt – aber von ihren anderen, früher recht engen Freunden hätte sie sich zumindest etwas mehr Verständnis erhofft. Wenn schon nicht von Barbara, die lebte ja genau genommen auch in so einer Ehefrauenblase, wie Dagmar es bis Heinrichs Tod getan hatte, aber von Christoph schon, er konnte den wirtschaftlichen Aspekt schließlich einschätzen und nicht abstreiten, welche Vorteile die Lösung finanziell mit sich brachte. *Ärgere dich nicht, Daggi, sie werden schon sehen.*

Dagmar seufzte und brachte ihre leere Kaffeetasse zur Spüle. Da hörte sie, wie draußen der erste Wagen vorfuhr. Es ging los!

»Hey, Hallo!« Frank Flaßberg war der Erste, der vor der Tür stand.

Der Frank Flaßberg, denn er war es wirklich. Dagmar hatte ihn allerdings nicht ausgewählt, weil er ein bekannter Sänger war, sondern weil er bei der Besichtigung sympathisch und aufgeschlossen aufgetreten war.

»Guten Mo…« Weiter kam Dagmar nicht, denn irgendetwas Kleines, Braunes schoss zwischen ihren Beinen hindurch ins Haus.

»Oh, Entschuldigung.« Frank lachte. »Ich wollte noch anrufen, habe es dann aber bei dem ganzen Stress einfach vergessen. Das ist Ferdinand. Ich habe ihn vor vierzehn Tagen aus Spanien mitgebracht. Schmuggeln musste ich ihn sozusagen. Ich hoffe, das ist okay? Frank und Ferdi – lustig, oder? Und wir beide – Frank und Dagmar? Wir wohnen ja jetzt schließlich zusammen ab heute …«

Dagmar zog die Augenbrauen hoch und sah hinter dem braunen Blitz hinterher – sie hatte bei der Geschwindigkeit nicht mal ausmachen können, was es gewesen war. »Komm erst mal rein, *Frank*, es wird heute sicher etwas chaotisch hier.«

»Ferdi? Ferdi, wo bist du hin?« Frank lief bis zur Küche. »Ah – hat sich schon häuslich eingerichtet. Wieder lachte er. Allerdings so charmant, dass Dagmar ihm nicht böse sein konnte.

»Ich fang mal an auszupacken, ich muss den Transporter bis Mittag wieder zurückbringen. Hast du Werkzeug da? Ich muss das Bett und ein paar Möbel dann noch aufbauen und … äh … Hilfe beim Tragen wär auch ganz gut.« Er zwinkerte ihr zu. »Ach, ich freu mich so – das wird super!«

»Super.« Dagmar nickte und versuchte mit diesem ersten überfallartigen Einzug klarzukommen. *Das ist Frank, und der wohnt ab heute auch hier.* Sie musste tief durchatmen. Dann blickte sie ins Wohnzimmer. Auf dem Sofa lag ein neues Plüschkissen, zumindest sah es so aus. Wenn man genau hinsah, hatte das Kissen zwei Ohren.

»Ferdi?«, sagte Dagmar leise. Der kleine Hund hob

kurz den Kopf, streckte die Zunge raus und hechelte ein paarmal, wobei es aussah, als ob er glücklich lächelte. Dann kuschelte sich das Tier wieder zusammen. *Gut – Ferdi wohnt dann jetzt wohl auch hier.* Dagmar hoffte nur, dass dies der einzige zusätzliche Mitbewohner war, der heute hier eintraf, und dass von den anderen niemand eine Allergie gegen Hundehaare hatte.

Frank schleppte die ersten Kisten durch die Haustür, als ein zweites Auto auf den Hof fuhr. Dagmar trat auf den Hof hinaus. Gott sei Dank war es trocken an diesem Tag, und die Sonne kroch langsam am Horizont hinter einer Baumreihe hervor.

Aus einem Auto mit einem kleinen Planenanhänger stiegen Karina und ein älterer Mann. *Ihr Vater?*

Karina kam gleich auf Dagmar zu. »Guten Morgen, ich hatte schon Angst, wir sind zu früh, aber wie ich sehe …« Sie deutete auf Frank, der gerade wieder aus dem Haus kam und fröhlich winkte.

»Guten Morgen, ja – geht wohl los heute. Ich freue mich.« Dagmar reichte Karina und dann dem älteren Herrn die Hand, der hinter der jungen Frau stand und misstrauisch auf das Haus starrte.

»Guten Morgen, Walter Bruns, ich bin Karinas Vater. Ganz schön weit draußen hier, und so ein großes Haus …«

»Ach, Papa, auf der anderen Seite ist gleich der See, das ist total schön.«

»Hm«, machte der Mann nur und öffnete die Plane des Anhängers.

Frank bugsierte soeben einen weiteren Karton an

den Frauen vorbei. »Hi – ich bin Frank, zweites Zimmer zum See raus ab heute.« Er wollte Karina die Hand geben, verlor aber fast den Karton dabei.

»Karina – erstes Zimmer zum See raus. Sind wohl Nachbarn jetzt. Freut mich.« Karinas Wangen bekamen wieder eine leichte Röte.

Dagmar klatschte leicht in die Hände. »Ich denke, heute Abend werden wir uns dann alle kennenlernen. Die anderen werden auch heute einziehen. Wird sicher ein langer Tag, ich werde am Abend für alle kochen.«

»Hört sich gut an.« Frank lief mit seinem Karton in Richtung Haustür.

»Wohin?« Karinas Vater stand inzwischen mit einem kleinen Regal in der Hand hinter ihr.

»Ich zeig's dir.«

»Na dann …« Dagmar blieb etwas unschlüssig stehen. Ihr war gerade siedend heiß etwas eingefallen. Über das Thema Essen, Kochen und die allgemeine Versorgung musste sie mit den Bewohnern am Abend unbedingt als Erstes sprechen. Sie hatte keine Ahnung, wie das in Wohngemeinschaften gewöhnlich ablief. Hatte jeder seine eigene Ecke im Kühlschrank? Kaufte und kochte man gemeinschaftlich oder eher jeder für sich? Ein wichtiges Thema, das sie ganz vergessen hatte.

Der nächste Wagen rollte die Einfahrt hinauf. Unverkennbar der zerbeulte Transporter von Hatim. Dagmar verspürte Erleichterung, denn wenn jemand heute handwerkliche Hilfe brauchte, wäre Hatim wohl der Mann der Stunde. Sie selbst konnte gerade mal einen Hammer von einem Schraubenzieher unterscheiden.

Kapitel 17

Karina

»Hier lang, Papa! Guck, das sind meine Zimmer.« Karina stand nicht ohne Stolz im Türrahmen ihrer neuen Behausung. In der Ferne schimmerte die grün-bläuliche Wasserfläche des Sees, und vor der Terrassentür spross schon ganz zartes Grün.

Ihr Vater schob sich mit dem Karton auf dem Arm an ihr vorbei und stutzte kurz. »Gut – ja, das ist … schön. Wohin?« Seine Augen deuteten auf seine Fracht.

»Stell es einfach erst mal hin, ich muss gleich mal schauen, wie ich drüben im Schlafzimmer das Bett hinstelle, und dann müssen die Regale und der Schrank da auch irgendwie mit rein. Das kleine Sofa soll hier an die Wand, und da drüben kommt der Schreibtisch hin.« Sie deutete auf die Wand neben dem Ausgang zur Terrasse. Von dort hätte sie eine gute Aussicht, obwohl … Wahrscheinlich würde sie eh bald wieder ausziehen müssen. Sie drückte fürchterlich das schlechte Gewissen, Frau Gröning nichts von ihrer Schwangerschaft erzählt zu haben, aber die beiden Zimmer waren ein Traum und perfekt, um erst mal den Absprung von zu Hause zu schaffen. Irgendwie würde sich alles fügen, Karina war sich da ganz sicher, auch wenn sie die Angst vor der Zukunft manchmal unwillkürlich ergriff und sie schaudern ließ.

»Ich gehe mal die nächsten holen.« Ihr Vater verschwand schon wieder durch die Tür.

Er und ihre Mutter hatten Karinas Stimmungsschwankungen der letzten Wochen gottlob auf den nahenden Auszug geschoben. Ihre Mutter war heute nicht mitgekommen. Sie würde das nicht ertragen, hatte sie gesagt. Karina hatte in den letzten Wochen sehr viel aus ihrem Zimmer geräumt und weggeworfen. Es war an der Zeit, die Kindheit hinter sich zu lassen. Manchmal hatte sie heimlich ihre Mutter dabei beobachtet, wie diese die aussortierten Sachen noch mal inspizierte und einiges davon heimlich beiseiteräumte. Karina tat es auch weh, es war ein großer Schritt, und unabhängig von ihrem Zustand war sie bereit, sich von ihren Eltern abzunabeln.

»Hallo, ich bin Hatim.« Ein kräftiger junger Mann stand plötzlich in der Tür und hob die Hand zum Gruß. »Ich wohne jetzt wohl schräg gegenüber.«

Karina riss sich aus ihren Gedanken, schenkte ihm ein Lächeln und gab ihm die Hand. »Freut mich, Karina.«

Er sah sich in dem leeren Raum um. »Wenn du Hilfe brauchst …«

»… hat sie ihren Vater dabei!« Karinas Vater schob sich vorwurfsvoll an Hatim vorbei in den Raum. Dann musterte er ihn kurz abschätzend über den Karton hinweg. »Danke, wir kommen klar.«

»Wie du hörst, bin ich in guten Händen.« Karina zuckte mit den Achseln und lachte verlegen.

»Gut, wie gesagt, wenn was ist – ich bin da drüben. Ansonsten sehen wir uns später.« Hatim nickte Karinas Vater zu und verschwand.

»Wohnt der etwa auch hier?«

»Papa.«

»Na, ich frag ja nur.«

»Ja, scheint so. In dem Karton da sind zerbrechliche Sachen drin.«

Ihr Vater stellte den Karton neben einen anderen. »Ist aber schon eine etwas komische WG hier. Ich dachte ja eher … na ja, dass die Leute jünger sind.«

»Also, ich find's super.« Karina zuckte mit den Achseln. »Zumindest ist es so sicher etwas ruhiger. Eine Studentenbude, wo dauernd Party ist, wäre doch auch nichts für mich.«

Am Blick ihres Vaters erkannte sie, dass es auch ihm ganz lieb war, dass sie nicht in einer Party-WG gelandet war.

»Und die Frau des Hauses – diese Frau Gröning –, die wohnt auch hier?«

»Ja, Papa. Sie wohnt oben. Hab ich doch erzählt, ihr Mann ist gestorben, und ihr Sohn ist aus dem Haus, da wollte sie die Räume sinnvoll nutzen.«

»Hm, und dann holt man sich einen Haufen Fremder ins Haus?«

»Papa …«

Ihr Vater hob entwaffnet die Arme und ging wieder nach draußen. »Du könntest mal tragen helfen …«, rief er noch.

Karina beeilte sich, ihm hinterherzukommen.

Etwas später hatte die gesamte Fracht des Anhängers seinen Weg in Karinas neue Zimmer gefunden. Man kam kaum noch vor und zurück, aber sobald die Möbel aufgestellt wären, würde es wohl besser werden.

Karina half ihrem Vater beim Zusammenschrauben ihres Bettes. Dann stellten sie die Regale und alle weiteren Möbelstücke auf. Viel hatte Karina nicht dabei. Aus dem Keller ihrer Eltern hatte sie noch eine Kommode mitgenommen und einen kleinen, alten Schuhschrank.

»Sieht gar nicht so schlecht aus.« Ihr Vater blickte sich zufrieden um. »Du musst deine Mutter bald einladen, ihr wird es nicht reichen, wenn ich ihr nur erzähle, wo du nun gelandet bist.«

»Ja, das werde ich machen.« Karina wuchtete ihre Matratze auf das Bettgestell. »Gibst du mir mal die Kiste, die als letzte reingekommen ist?« Darin waren ihre ganz persönlichen Sachen, und die wollte sie gern im Schlafzimmer haben.

»Die große?«, ertönte es aus dem Nebenzimmer.

»Ja, pass auf, die ist schwer!«

»Oh ja.«

Ein Knall war zu hören.

»Ach, Mist! Karina? Karina! Der Boden ist aufgegangen, komm mal …«

Karina trat durch die Tür und sah ihren Vater in einem Haufen Kram stehen.

»'tschuldigung«, sagte er, »aber der Karton war wohl zu alt.«

»Macht nichts, warte, ich räum es zusammen.«

Ihr Vater bückte sich, um zu helfen. »Ne, Papa lass

143

mal …« Ihr fiel siedend heiß ein, dass er tunlichst nicht in diesen Sachen herumkramen sollte.

»Na, ich hab's runtergeschmissen, dann räum ich es auch wieder auf.«

Karina war schon mit einem Arm voll rüber in das Schlafzimmer gegangen und wandte sich hastig zu ihm um. »Nein, Papa, lass mich das machen, ist ja sofort weg, das Zeug.«

»Ich … Was ist?«

Karina kam zurück und sah, wie ihr Vater wie angewurzelt dastand.

Mist!, durchfuhr es sie.

»*Was* ist das, Karina?« Er hielt ein kleines Heftchen in die Höhe.

»Papa …«

»Ist es das, was ich denke?« Sein Gesicht wurde rot, das wurde es immer, wenn er besonders wütend oder aufgeregt war.

»Papa, lass mich das erklären.«

»Da gibt es wohl nichts zu erklären. Das ist ja wohl selbsterklärend!« Er wedelte mit dem Mutterpass in der Luft. »Wann wolltest du uns das erzählen? Kommende Weihnachten? Das Christkind unterm Baum? Na?«

Karina hob entwaffnet die Arme. »Ich wollte es euch ja sagen, aber … das hier war erst mal wichtiger.«

»Wichtiger? Und der Erzeuger? Wohnt der auch hier? Oder kommt der später?«

»Es … es gibt keinen.«

Ihr Vater schüttelte den Kopf. »Wie, es gibt keinen …

Ich fasse es nicht. Karina, haben wir nicht alles für dich getan? Und jetzt *so was*?«

Ja, genau so hatte sie sich das vorgestellt. Ihr war klar gewesen, dass ihre Eltern weder erfreut noch besonders verständnisvoll sein würden. Sie hatten immer auf den konventionellen Weg gehofft, einen netten Mann kennenlernen, irgendwann mal heiraten und dann ein oder zwei Enkelkinder. Natürlich erst, wenn man etwas Lebenserfahrung hatte und auf eigenen Füßen stand. Wie hätte Karina ihren Eltern beibringen sollen, dass es jetzt eben anders kam, als sie sich ausgemalt hatten?

»Ach verdammt, Karina.« Er warf ihren Mutterpass einfach wieder auf den Haufen zu seinen Füßen. »Deine Mutter wird sich grämen für dich.«

»Papa, bitte, sag es ihr noch nicht. Ich … ich ziehe jetzt erst mal hier ein, und dann … lass uns noch mal ganz in Ruhe darüber sprechen.« Was sollte sie tun? Was sollte sie sagen? Jetzt war das Kind sprichwörtlich in den Brunnen gefallen.

»Mit Sicherheit reden wir da noch drüber, Fräulein Tochter, mit Sicherheit! Jetzt sag endlich, wer ist der Vater?«

Karina schüttelte den Kopf.

»Na prima, einen Vater gibt es also auch nicht. Haben wir dir denn gar nichts fürs Leben beigebracht, Kind?« Er fuhr sich mit einer Hand über die Stirn. »Nun – es gibt ja Mittel und Wege … Wir werden sehen.«

Kapitel 18

Zur Mittagszeit ebbte das Kommen und Gehen an der Haustür ab.

Karl war als Letzter der ersten vier eingetroffen und hatte die wenigsten Sachen dabei. Eine zusammengerollte Matratze, mehrere Säcke sowie ein paar Kartons. Keine größeren Möbelstücke. Auf Dagmars fragenden Blick reagierte er mit einem beschämten Lächeln. »Ich muss mir noch ein neues Bett kaufen.«

Aus den Zimmern ertönten leises Kramen und ab und an auch lautere Geräusche. Vornehmlich war es Hatim, der, mit einem Akkuschrauber bewaffnet, gleich allen seine Hilfe angeboten hatte.

Dagmar stand in der Küche, bereitete einen großen Topf Suppe für den Abend vor und versuchte sich an das plötzliche Leben in ihrem Haus zu gewöhnen.

Die Aufteilung der Zimmer hatte sich wie von selbst ergeben. Karina hatte Daniels alte Räume übernommen, daneben war Frank eingezogen. Auf der rechten Seite belegte Hatim das erste Doppelzimmer, und daneben hatte Karl seine spärliche Habe untergebracht. Dagmar fragte sich im Stillen, wie er wohl vorher gelebt hatte, denn obwohl er ein gestandener Mann war, hatte er wenig Persönliches dabei. Alle hatten kleinere bis größere Möbel durch den Flur bugsiert und Bettgestelle, Regale und Schränke aufgebaut. Auf die fünfte Bewohnerin wartete Dagmar noch. Beate hatte sie wissen lassen, dass sie gegen fünfzehn Uhr mit einem Transporter und weiterer Hilfe ankommen würde. Sie hoffte nur, dass ihre Entscheidung bei den anderen vier nicht auf Gegenwind stieß.

Nachdem die Suppe in dem größten Topf, den Dagmar gefunden hatte, auf dem Herd vor sich hin köchelte, zündete sie den Kamin an und setzte Kaffee sowie Wasser für Tee auf. Es konnten sicherlich jetzt alle eine kleine Stärkung gebrauchen. Während sie eine Packung Kekse aus dem Schrank holte, bemerkte sie einen kleinen Schatten neben sich. Ferdi saß neben ihr und wedelte mit dem Schwanz. Das Rascheln hatte ihn wohl veranlasst, seinen neu gewonnenen Platz auf dem Sofa zu verlassen und Dagmar in der Küche zu besuchen. Die Rasse des kleinen Hundes war undefinierbar und sein Fell vom Grundton her bräunlich und schwarz meliert. Aus seinen dunklen Knopfaugen beobachtete er Dagmar sehr genau. Er reichte ihr nicht einmal bis zu den Knien, und wenn er auch sonst so ruhig war wie am heutigen Vormittag, würde er wohl kaum auffallen.

Dagmar sah ihn an.

»Na, hast du Hunger? Da müssen wir aber erst dein Herrchen fragen, was du wohl fressen darfst.«

Wie zur Bestätigung wedelte Ferdi mit dem Schwanz, was ein leises rhythmisches Klopfgeräusch auf dem Fliesenboden erzeugte.

»Komm mit …« Dagmar klopfte sich auf den Schenkel und machte sich auf den Weg zu Franks Zimmer. Ferdi folgte ihr.

Die Tür stand offen. Frank räumte gerade Unmengen von Schallplatten in ein Regal.

Dagmar blieb in der Tür stehen und klopfte an den Rahmen. »Hallo, Frank – so weit alles in Ordnung? Dein Hund hat, glaube ich, Hunger.«

Frank sah zu Dagmar und dann auf Ferdi, der sich neben Dagmar gesetzt hatte.

»Hunger … äh ja«, Frank stemmte die Hände in die Hüften und schien zu überlegen. »Ich hatte irgendwo eine Tüte Hundefutter.« Er ging zu einem Karton und grub darin herum. »Hier!« Er streckte Dagmar die Tüte entgegen.

»Soll ich ihn füttern?« Dagmar sah zu Ferdi hinab, der sie mit großen Augen erwartungsvoll ansah.

»Ich habe leider nicht mal einen Napf für ihn, 'tschuldigung.« Frank zuckte mit den Achseln.

Dagmar schüttelte den Kopf und sprach den Hund an. »Na, dann komm mal mit, wir finden schon was.« Sie war etwas verärgert. Was dachte sich dieser Frank dabei, einfach einen Hund mitzubringen und sich dann noch nicht einmal um dessen Versorgung zu kümmern?

In der Küche suchte sie zwei alte Schälchen aus dem Schrank. Ferdi war seit dem Anblick des Futtersacks deutlich aufgeregt und wuselte um Dagmars Beine herum. Sie füllte eine Schale mit etwas Futter, eine mit Wasser und stellte diese Ferdi hin. Der kleine Hund stürzte sich regelrecht auf seine Mahlzeit, und Dagmar fragte sich, ob Frank das Tier überhaupt schon gefüttert hatte, seit sie beide aus Spanien zurückgekehrt waren.

»Oh, der ist ja niedlich. Ist das deiner?« Karina war in der Küche aufgetaucht und betrachtete mit leuchtenden Augen das fressende Tier.

Dagmar schüttelte den Kopf. »Nein, das ist Franks Hund. Ich wusste leider nicht, dass er auch mit einzieht, sonst hätte ich vorher natürlich alle gefragt.«

Karina winkte ab. »Mich stört der nicht, ich mag Tiere.«

»Ich habe Kaffee und Tee gekocht, magst du den anderen Bescheid geben? Ich glaube, es haben sich alle eine Pause verdient.«

»Ja klar.« Karina drehte sich um und machte sich auf den Weg.

Nettes Mädchen. Schade, dass Daniel nicht ... Dagmar verbot sich gleich solche Gedanken. Ihre Schwiegertochter Sabine war ja auch ... nett. Wenn sie mal von ihrem doch recht hohen Ross abstieg. Sie war die Tochter eines Hamburger Geschäftsmanns und es wohl gewohnt, alles zu bekommen, was sie wollte. Um die Hochzeit vor zwei Jahren hatte es reichlich Gezerre gegeben. Heinrich hatte sich mit Sabines Mutter regelrecht gestritten, als es um die Organisation der Feierlichkeiten gegangen war. Irgendwie hatte das Ganze einen leicht bitteren Nachgeschmack gehabt, und seit der Hochzeit waren die Fronten der beiden Familien etwas verhärtet. Da Daniel aber in Hamburg mehr Kontakt zu seinen Schwiegereltern hatte als zu seinen Eltern auf dem Land, war er ihnen noch fremder geworden.

»Oh, Kaffee – das ist jetzt genau das Richtige.« Frank kam als Erster aus dem Nebentrakt und setzte sich ganz selbstverständlich an den Tisch. Er war wohl der Einzige der Gruppe, der schon WG- oder gar Kommunenerfahrung hatte. Ferdi, der seine Mahlzeit beendet hatte, würdigte Frank keines Blickes, sondern blieb neben Dagmar sitzen.

Nach und nach trudelten auch die anderen drei ein. Karina trug eine kleine Grünpflanze vor sich her. »Hier, Dagmar, die ist für dich, als kleines Dankeschön und Willkommensgruß sozusagen.«

»Danke schön.« Dagmar musste lächeln und stellte den Blumentopf fürs Erste auf den Tisch. »Das ist nett.« Sie blickte in die Runde. »Nun, dann sind wir fast vollständig. Ich freue mich wirklich, euch hierzuhaben, und wünsche euch schon mal vorab eine gute Zeit. Ich denke, wir werden noch einiges zu bereden haben, und auch das Kennenlernen wird ja ein bisschen dauern. Heute Abend habe ich für alle etwas gekocht.«

»Das ist sehr nett, Frau Gröning.« Hatim nickte ihr dankbar zu.

»Sagt bitte alle Dagmar, mit einigen war ich ja jetzt schon per Du.«

»Dagmar.« Wieder nickte Hatim. »Ich bin der Hatim.«

»Ich bin Karina.«

»Ich der Frank.«

»Und ich bin Karl.« Karl hatte sich etwas zurückgehalten. Ihm schien das Ganze noch nicht so geheuer.

»Fein, dann setzt euch.« Dagmar klatschte in die Hände und deutete auf den großen Esstisch.

Frank griff nach der Kaffeekanne, schenkte sich ein und reichte diese dann weiter. »Was ist denn mit dem fünften Zimmer? Kommt da noch jemand?«

Dagmar schluckte. »Ja, da kommt gleich noch jemand, der dort einzieht.«

Karina ließ den Kaffee an sich vorbeigehen und nahm Tee. »Oh – ein Mann oder eine Frau?«

»Eine Frau.«

Hatim grinste. »Also ich weiß ja nicht, wie es euch geht – aber ich finde das alles total aufregend, und … ich muss sagen, soweit ich das sehe, werden wir uns, glaube ich, gut verstehen.« Er hob seine Tasse, als wollte er der Runde zuprosten.

Alle nickten zustimmend – bis auf Karl, der saß noch etwas verklemmt da.

Die ersten Gespräche am Tisch bezogen sich nochmals auf eine kurze Vorstellung aller untereinander. Frank war am redseligsten und berichtete gleich von seiner letzten Tour durch irgendwelche spanischen Musikclubs.

Zwischendurch hob er kurz entschuldigend die Hände. »Ich versuche zu üben, wenn ihr alle unterwegs seid. Allerdings singe ich oft und gern – Berufskrankheit sozusagen.«

Dagmar hatte gar nicht auf die Uhr gesehen. Erst ein leises *Wuff* von Ferdi ließ sie aufhorchen. Von draußen drangen Motorengeräusche herein. Das musste Beate sein! Dagmar stand eilig auf.

»So, da kommt jetzt wohl unsere letzte Mitbewohnerin.«

Aller Augen richteten sich gespannt auf die Tür.

Kapitel 19

Sehr geehrter Inserent,

dies ist wahrscheinlich die seltsamste Anfrage, die Sie auf Ihre Anzeige erhalten. Ich habe lange überlegt, wie ich mein Anliegen formuliere. Ich hoffe, ich stehle Ihnen nicht die Zeit, und würde mich freuen, wenn Sie meine Zeilen lesen würden.

Mein Name ist Beate Fänger, ich bin 72 Jahre alt. Momentan lebe ich im Karl-Augustin-Stift in Bad Segeberg – und dies ist so furchtbar weit weg von meinem geliebten Plöner See.

Ich bin in Sandkaten in der Gemeinde Bösdorf aufgewachsen. Schon als Kind habe ich dort am Ufer gespielt, war als Jugendliche im See schwimmen, und im Erwachsenenalter zog es mich jeden Tag an sein Wasser.

Vielleicht können Sie sich noch an den kleinen Dorfladen in Sandkaten erinnern, wenn Sie von hier kommen. Wir haben diesen bis zum Tode meines Mannes 1997 geführt. Danach verschlug es mich erst nach Lensahn und anschließend noch einige Jahre nach Oldenburg in Holstein. Leider immer weiter fort von meinem geliebten See.

Da meine Ehe leider kinderlos blieb und ich sonst keine Verwandtschaft mehr habe, musste ich aus Gründen der Vernunft meine letzte eigene Wohnung aufgeben.

Ich habe Krebs.

Bitte hören Sie jetzt nicht auf zu lesen! Ich kämpfe nun seit vier Jahren gegen diese Krankheit, mal mit mehr und mal mit weniger Erfolg. Man wird mich nicht heilen können – dennoch geht es mir dank vollem Einsatz der modernen Medizin den Umständen entsprechend gut. Ich führe noch ein recht eigenständiges Leben, allerdings begleitet mich ein Pflegedienst, damit ich meine Untersuchungen, Behandlungen und meinen Alltag möglichst stressfrei absolvieren kann. Deswegen lebe ich auch zurzeit in dieser Einrichtung. Dennoch fühle ich mich hier aus zwei Gründen nicht sehr wohl. Der erste Grund ist in der Tat der Umstand, dass ich mich noch für zu jung und geistig fit halte. Für die vielen, teils sehr alten und dementen Menschen hier ist dieses Haus ein wundervoller Ort, ich hingegen komme mir etwas fehl am Platze vor. Zum anderen treibt mich eine ungebrochene Sehnsucht an den Plöner See zurück. Ich habe das Gefühl, dass es meiner Seele und auch meinem Körper guttun würde, wenn ich wieder in seine Nähe käme.

Es ist vielleicht eine verrückte Idee, Ihnen nun zu schreiben und um Berücksichtigung bei der Zimmervergabe Ihres Wohnprojektes zu bitten. Ich weiß ja auch gar nicht, was Sie sich so vorstellen und was für Mitbewohner Sie suchen. Aber sollte die leiseste Chance bestehen, dass ich eventuell einen Platz bei Ihnen bekommen könnte, würde mich dies aus vollem Herzen freuen. Ich

brauche weder Pflege von Ihrer Seite noch habe ich besondere Wohnansprüche. Ich kümmere mich dahingehend um
alles selbst. Einzig der Pflegedienst wird mein stetiger
Begleiter sein und vorerst täglich weiterhin zu mir kommen und nach mir sehen. Natürlich kann es sein, dass es
einmal mehr wird – aber die Damen von dort sind alle
sehr nett und machen keine Unruhe. Ich ebenso nicht. Ich
gehe gern noch kurze Strecken spazieren, lese viel und bin
ansonsten ein ganz geselliger Mensch. Ich möchte anmer-
ken, dass ich weder alt noch tüttelig bin – im Gegenteil.

Ich weiß natürlich nicht, wie lange ich überhaupt als
Mieter zur Verfügung stehen würde. Diesbezüglich wagt
kein Arzt eine Prognose, wie das leider so ist. Ich möchte
einfach für meine restliche Zeit dorthin zurück, wo ich
einst verwurzelt war, um vielleicht dann auch meinen
Frieden zu finden.

Natürlich stehe ich Ihnen bei weiteren Fragen zur
Verfügung. Die Entscheidung, mich als Mieterin aufzunehmen, ist keine leichte, das ist mir bewusst.

Ich würde mich dennoch sehr über eine Rückmeldung
freuen und verbleibe mit hoffnungsvollen Grüßen

Ihre Beate Fänger

Kapitel 20

Dagmar erschrak etwas, als sie Beate vor der Tür sah. Vor wenigen Wochen hatte sie die Frau zur Besichtigung eingeladen, und da war ihre Haut noch rosiger gewesen. Jetzt war Beate blass, lächelte aber glücklich, als sie Dagmar sah. Auf dem Kopf trug sie ein dünnes blaues Tuch. Ein Sauerstoffschlauch führte von ihrer Nase über die Wangen und von dort hinter die Ohren. Er war aber nirgends angeschlossen.

Beate schien Dagmars Beobachtung sofort aufzufallen. »Ist nur zur Sicherheit.« Sie zupfte an dem dünnen Gummiding. »Ich bin heute im Stift so viel hin und her gelaufen und bin so aufgeregt, dass Frau Schröder« – mit einem Kopfnicken deutete sie hinter sich zu ihrer Pflegerin – »mich genötigt hat, den Sauerstoff anzulegen.« Dann winkte sie ab. »Alles halb so wild, ich habe nicht vor, gleich am ersten Tag hier aus den Latschen zu kippen.«

Dagmar hatte sich auf Anhieb mit der älteren Frau verstanden. Beate war in Begleitung einer Dame vom Pflegedienst gekommen, diese hatte sich aber im Hintergrund gehalten. Beate hatte verlegen gelächelt. »Ich lebe halt unter Aufsicht, man gewöhnt sich dran, und sicherer ist es auch bei meiner Geschichte.«

Dagmar hatte verständnisvoll genickt. Dieselbe Dame stand nun auch wieder ein paar Schritte hinter Beate und winkte fröhlich zur Begrüßung.

Schnell waren Dagmar und Beate per Du gewesen und hatten mehr über den See und das Umland geredet als über die Zimmer, die Beate beziehen könnte. Dass sie dies tun würde, war nach der Besichtigung absolut klar gewesen, Dagmar wohl mehr als Beate selbst. Sie hatten noch einige Male telefoniert und alles rund um den Einzug geregelt. Im ersten Augenblick hatte es sich in der Tat etwas aufwendig angehört: Pflegebett, behindertengerechte Ausstattung des kleinen Bads, Notrufanlage. Doch alles war unkompliziert geliefert und durch von Beates Krankenkasse beauftragte Handwerker installiert worden.

»Dann komm mal rein, die anderen trinken gerade Kaffee – Tee habe ich auch.«

»Ist … ist denn jemand da, der gleich etwas tragen helfen kann?« Unsicher sah sich Beate zu dem Transporter vom Stift um, mit dem sie hergekommen waren.

»Da sitzen drei starke Männer am Tisch, und zwei, drei Frauen sind auch noch da. Mach dir keinen Kopf, Beate, deine Sachen kriegen wir nachher hier blitzschnell rein.«

Beates Gesicht entspannte sich etwas.

»So, und nun komm.« Dagmar geleitete sie durch den Flur hin zum Küchenbereich.

Die leisen Stimmen, die eben noch zu hören gewesen waren, verstummten abrupt. Acht Augenpaare richteten sich auf Beate und Dagmar. Der Einzige, der spon-

156

tan freudig reagierte, war Ferdi. Wie der Blitz schoss er vom Tisch her auf Dagmar und Beate zu und wuselte schwanzwedelnd um die beiden herum.

»Oh, so eine stürmische Begrüßung. Hallo!« Beate sah erst kurz nach unten, dann verlegen in die Runde und hob eine Hand zum Gruß. »Ich bin Beate.«

Ein peinlicher Schweigemoment folgte, bis Karl sich als Erster besann, aufstand und auf Beate zuging.

»Hallo – ich bin Karl. Setzen Sie sich doch.« Er deutete auf den Platz, auf dem er gerade noch selbst gesessen hatte.

Jetzt rührten sich auch die anderen drei.

»Karina, ich bin Karina.« Karina winkte.

Frank stand auf und begrüßte Beate mit einem angedeuteten Handkuss. »Frank – Frank Flaßberg.«

Beate lächelte verlegen. »Oh ja, die *Ostseesonne*. Ich habe schon gehört.«

Dagmar bemerkte, wie Frank ihr einen vorwurfsvollen Blick zuwarf. *Hatte er etwa gedacht, er könnte hier inkognito einziehen?* Sie lächelte einfach darüber hinweg.

»Hatim – ich bin Hatim. Freut mich sehr.« Hatim machte einen eher verlegenen Eindruck. Beates Kopftuch und der dünne Gummischlauch in ihrem Gesicht sprachen eine deutliche Sprache.

Beate war sich dessen durchaus bewusst und holte nun tief Luft. »Ich freue mich sehr, hier zu sein und euch alle kennenzulernen. Ich habe mit Dagmar …«, sie legte ihr kurz eine zarte Hand auf den Arm, »… besprochen, dass sie nichts von mir sagen soll. Ich wollte nicht, dass meine eventuelle Anwesenheit andere potenzielle Mitbewohner negativ beeinflusst. Ich werde die beiden hinteren Zimmer beziehen, worauf ich mich mehr als freue. Alles Weitere werde ich später gern erklären. Ich werde niemanden stören und auch keinem zur Last fallen.«

»Das … das ist so wundervoll.« Karinas Stimme hörte sich an, als müsste sie gerade Tränen unterdrücken. »Dagmar, das ist eine ganz wundervolle fünfte Mitbewohnerin.«

Die anderen drei murmelten zustimmend und nickten.

Beate wurde rot und strahlte über das ganze Gesicht.

»Und nun setzen Sie sich.« Karl bot ihr den Arm und führte sie zum Tisch.

»Kaffee oder Tee?« Frank hob die beiden Kannen.

»Tee bitte.«

»Ferdi – *ksch* –, nun hau mal ab.« Frank sah den kleinen Hund, der an Beates Beinen zu kleben schien, scharf an.

»Lassen Sie ihn, ich mag Hunde.«

Dagmar atmete erleichtert aus. Das sah ja gar nicht so übel aus. Erst jetzt merkte sie, dass ihr das Herz bis zum Hals klopfte. Sie hatte wirklich Angst gehabt, wie die anderen Bewohner reagieren würden, wenn sie Beate das erste Mal sahen. Insgeheim hatte sie sogar befürchtet, dass spontan jemand kündigen könnte. Doch so wie sie nun alle um den Tisch herumsaßen, hatte sie Hoffnung, dass sie eine gute Wahl getroffen hatte und sich alle verstehen würden.

Kapitel 21

Beate

Der Mond stand über dem See. Beate beobachtete, wie das silbrige Licht auf der Wasseroberfläche glänzte. Sie fühlte sich erschöpft, erleichtert und, das war das Wichtigste, angekommen.

Nach einem ersten Kennenlernen am Tisch hatten alle anderen Mitbewohner sofort mit angepackt und Beates Sachen aus dem Transporter in ihr Zimmer verfrachtet. Sie hatte ja auch nicht viel dabei. All ihre Erinnerungen, ihr ganzes Leben, passte inzwischen in fünf Umzugskartons. Dazu kamen noch zwei große Koffer mit ihrer Kleidung, das war es. Als sie damals ihr Haus, in dem sich auch der kleine Dorfladen befunden hatte, verlassen musste, hatte sie alles aufgegeben. Sie trug die Erinnerungen im Herzen, und auch wenn an jedem Möbelstück und an jedem sonstigen großen oder kleinen Gegenstand noch etwas von der alten Zeit haftete, wollte sie mit dieser abschließen. Der Tod ihres Mannes Albert war ein Schock gewesen, sie konnte Dagmars derzeitigen Zustand gut verstehen. Auch sie selbst hatte alles darangesetzt, ihrem Leben wieder eine Ordnung

159

zu geben, aber möglichst so, dass es doch ein anderes Leben wurde als zuvor. Es war schließlich wie mit einer Lieblingshose, man konnte sie tragen, bis sie zerschlissen und löchrig war, aber genau so eine Hose fand man eben nie wieder.

Beate war froh, damals so gehandelt zu haben, denn das, was das Leben danach für sie parat gehalten hatte, wäre vielleicht im Dunst ihres vorherigen Lebens noch schwerer zu ertragen gewesen – zumal die Einsamkeit an Alberts Stelle getreten war. Aber diese Einsamkeit haftete ebenso nur an der Gewohnheit.

Sie hatte sich zunächst eine kleine Wohnung gesucht, war noch arbeiten gegangen in einem größeren Supermarkt, doch dann, bei einer Routineuntersuchung, hatten die Ärzte einen Tumor gefunden. Er hatte sich als bösartig herausgestellt und lag an einer Stelle, wo man ihn nicht entfernen konnte. Beate hatte immer gedacht, ihr könnte so etwas nicht passieren. Natürlich hörte man von Krebs. Junge Frauen traf es ebenso wie ältere, Männlein wie Weiblein. Sie hatte bei jedem neuen Fall im Kreis der Menschen, die sie kannte, geglaubt, dass der Kelch wohl an ihr vorübergegangen wäre. Zudem hatte sie nicht ungesund gelebt. Als junge Frau hatte sie mal ein paar Jahre geraucht und gelegentlich auch mal etwas getrunken. Aber wie ein Arzt später dann so schön zu ihr sagte: »Frau Fänger, da können Sie in der heutigen Zeit noch so gesund leben, selbst wenn Sie auf eine einsame Bergspitze ziehen und sich nur noch von Luft und Liebe ernähren, kann es Sie trotzdem jederzeit treffen. Man weiß doch noch gar nicht, was alles krebserregend ist … Hier mein Kittel, die Fasern? Das Waschmittel? Die Bleiche? Dieser Behandlungsraum, das ganze Plastik, die Desinfektionsmittel … selbst mein heutiges Frühstück, Müsli mit Milch und einen Kaffee … Niemand kann einem eine Garantie geben.« Die Worte waren so aus ihm herausgesprudelt, dass sie seine ehrliche innere Verzweiflung heraushören konnte. Natürlich sollte man möglichst gesund leben, mit gutem Essen und ausreichend Bewegung, aber man sollte darüber nicht das Leben vergessen. Das hatte sie sich zu Herzen genommen, denn ihr Leben hatte eine ganz neue Ablaufzeit bekommen. Das Dumme war: Niemand sagte einem, wie lange es noch gehen würde.

Sie hatten Beate sofort in den großen Kreislauf der Behandlungen gesteckt. Bestrahlungen, Chemotherapie, Immuntherapie, wieder Chemo, noch mal bestrahlen. Das alles gebot dem Krebs zwar Einhalt, entfernen konnte es ihn aber nicht. Die Nebenwirkungen waren gnädig zu Beate. Ab und an etwas Übelkeit, Gewichtsabnahme, leichte Störungen von Geschmacks- und Geruchssinn und natürlich der Verlust der Haare und Augenbrauen.

Wenn sie im Infusionsraum der Tagesklinik saß, hörte und sah sie, dass es anderen deutlich schlimmer erging. Sie nannte es bald ihren »Chemo-Kaffeeklatsch«, man traf meist dieselben Leute dort, und alle teilten das gleiche Schicksal. Bis auf die Metallständer, an denen die Beutel baumelten, und die verstellbaren Stühle, die fast eher an eine Zahnarztpraxis denn an eine onkologische Station erinnerten, versuchten die Schwestern es den

Patienten dort so angenehm wie möglich zu machen. Es gab Zeitschriften und Getränke, viele der Frauen handarbeiteten beim Warten, oder man unterhielt sich halt.

Schloss jemand seine Behandlung erfolgversprechend ab, gab es manchmal sogar Kuchen zur Feier der letzten Infusion. Kam jemand aus traurigem Grund nicht wieder, stand eine Kerze am Fenster. So lief das halt. Beate hatte kein normales Leben mehr – ihr Leben fand nur noch im Paralleluniversum der Krebsbehandlung statt.

Eines Tages war sie in ihrer Wohnung gefallen. Einfach so, die Schwäche hatte ihr die Beine weggezogen, und dann lag sie dort im Flur. Es war ein eigentümliches Gefühl, sich nicht rühren zu können. Auch das konnte passieren, sie wusste es, doch hatte sie es bisher nicht erwischt. Während sie da lag, wurde ihr bewusst, wie allein sie war. Das Telefon lag zu weit weg, der Notfallknopf für den Pflegedienst, der bereits seit Längerem kam, um nach ihr zu sehen und sie im Alltag zu unterstützen, befand sich in der Küche im Regal, und sie lag auf dem Fußboden, und es war kalt. Ihr Körper gehorchte ihr einfach nicht, so als hätte jemand Luft aus einem Ballon gelassen, und sie war nun die wabbelige Gummihülle. Ihr kamen die schrägsten und schlimmsten Gedanken, als sie dort so lag. Vielleicht sollte dies ja sogar der Moment sein, in dem ihr Leben enden würde.

Aber es endete doch nicht so. Die junge Dame vom Pflegedienst kam noch am Abend, fand Beate und verständigte den Notarzt. Einige Tage verbrachte sie im Krankenhaus, wo man ihren Körper mit Aufbaumitteln wieder aufpäppelte, doch riet man ihr, sich in eine geschützte Umgebung zu begeben. Kurzum – eine Pflegeeinrichtung, denn andere Alternativen gab es kaum. Der Sozialdienst des Krankenhauses setzte alle Hebel in Bewegung, und kurz darauf konnte Beate ihr Zimmer in dem Stift beziehen. Das nächste Paralleluniversum. Es war eine gemischte Einrichtung, dort lebten jüngere, behinderte Erwachsene, aber auch Senioren und andere Krebskranke. Alle waren nett, und die Pfleger kümmerten sich sehr gut um ihre Patienten, doch Beate fühlte sich dennoch fehl am Platz. Vor allem aber war es eine Einbahnstraße. Tagtäglich sah sie an anderen, wie es wohl mit ihr enden würde. Tief in ihrem Innern bäumte sich etwas dagegen auf. Nein – sie würde jetzt nicht hier in dieser Einrichtung warten, bis ihre Krankheit ihr das letzte Hemd anzog. Sie wollte wenigstens selbst entscheiden, wie sie ihre letzte Zeit verbringen würde.

Es hatte fast drei Jahre gedauert, bis sie alle Informationen über häusliche Pflege zusammengetragen, die ganzen Anträge ausgefüllt und schließlich kompetente Hilfe eines wirklich guten Pflegedienstes organisiert hatte. Es ging auch ohne feste Einrichtung, selbstbestimmt und sicher. Nur fehlte noch die passende Unterkunft. Eigentlich hatte sie an ein kleines Apartment gedacht, am See – denn dieser war ihr Ziel gewesen. Dann war ihr die Anzeige der Wohngemeinschaft ins Auge gefallen. Gut, dass sie den Mut gefunden hatte, an Dagmar einen Brief zu schreiben.

Beate verließ den Platz am Fenster und ging zu ihrem neuen Bett. Ein gutes Pflegebett, sie hatte es in den Wohnbereich ihrer beiden Zimmer stellen lassen, denn so konnte sie von dort aus dem Fenster auf den See blicken und durch die Terrassentüren in die Natur neben dem Haus. Sie hörte noch leises Rumoren aus den anderen Zimmern, noch nicht alle hatten sich fertig eingerichtet. Aber es waren andere Geräusche als im Wohnstift, zuversichtliche. Der gemeinsame Neuanfang aller trug so viel positive Energie in sich, dass Beate sich trotz des aufreibenden Tages gestärkt fühlte und der Krebs in ihr wie ein geduckter dunkler Schatten in der Ecke hockte und erst mal zum Stillhalten verdammt war.

Kapitel 22

»Hey, Daggi, ich brenne vor Neugier! Wie war dein Tag?«

»Hallo, Helga, ich bin ziemlich k. o., aber alles ist gut gelaufen.« Dagmar lag auf ihrem Bett, ihre Beine schmerzten, und ihr Kopf brummte, doch wusste sie, dass Helga wohl vor Neugierde platzen würde, wenn sie nicht noch einen ausführlichen telefonischen Bericht bekam.

»Sind alle eingezogen?«

»Ja, es sind alle angekommen. Perfekter hätte es nicht laufen können. Hätte ich auch nicht gedacht, dass alles an einem Tag vonstattengeht.«

»Und, wie sind die denn so?«

Dagmar überlegte kurz. »Also, bis jetzt gibt es keine Überraschungen im Vergleich zu den Besichtigungen, wenn du das meinst. Ansonsten muss man sich ja erst mal kennenlernen, denke ich.«

»Aber dein erster Eindruck?«

Dagmar lachte leise. »Helga ... du hättest dir ja auch ein Zimmer hier nehmen können.«

»Ach nun komm, erzähl schon.«

»Also, zunächst ist Beate gut angekommen und hier eingezogen. Davor hatte ich echt Angst.«

»Da ist auch wirklich eine mutige Aktion – Hut ab, Frau Gröning. Ich finde es toll … Ich meine, jeder von uns könnte in so eine Situation kommen, und wer will da schon allein leben oder in einem muffigen Heim.«

»Ja, das war auch mein erster Gedanke. Mein Bauchgefühl hat mich nicht getäuscht, die anderen haben auch so empfunden. Und Beate ist ja noch fit, und das mit ihrer Betreuung läuft wohl auch.«

»Und die anderen?«

»Also, Karina ist ein recht stilles, liebes Mädchen. Allerdings hat sie sich wohl heute mit ihrem Vater gestritten. Ich hab's nur aus der Ferne gehört, sie wurden mal kurz lauter.«

»Hm, das Vögelchen verlässt ja auch grad das Nest, so wie ich es verstanden hab. Da sind Eltern sicher mal etwas schwierig. Du hast damals bei Daniel auch einen Riesenaufstand gemacht.« Helga lachte.

»Na, der ist ja auch nach Hamburg gezogen und nicht einfach nur fünf Dörfer weiter.«

»Ach, das ist doch im Grunde das Gleiche. Für Eltern ist das wohl quasi eine zweite Geburt, das Abnabeln …«

»Wie auch immer – ansonsten ist sie ganz lieb, ein bisschen emotional wohl, aber ich denke, das liegt auch am Alter und der neuen Situation.«

»Und der Frank?«

»Frag lieber nach Ferdi.«

»Wer ist Ferdi?«

»Der Typ hat erst mal einen kleinen Hund mitgebracht, der jetzt seit heute Morgen auf meinem Sofa wohnt.«

»Ach wie niedlich, was denn für einen?«

»Irgendwas Braunes, Wuscheliges. Hat er wohl in Spanien aufgelesen.«

»War er auf Tour? In Deutschland hat der ja ewig kein Konzert mehr gegeben.«

»Stalkst du den etwa, Helga?« Dagmar lachte wieder.

»Nein – ich bin nur gut informiert.«

Dagmar wechselte lieber zum Nächsten. »Hatim ist auf jeden Fall eine handwerkliche Wundertüte. Der hat nicht nur allen zack, zack geholfen, die Möbel aufzubauen, er hat heute Nachmittag sogar noch schnell meinen Geschirrspüler repariert, du weißt schon, da fiel doch immer die obere Schiene ab. Kabelbinder dran, und schon funktioniert das wieder. Heinrich wollte schon vor einem Dreivierteljahr einen neuen kaufen, hat es aber nie geschafft.«

»Na, wenn's jetzt wieder geht …«

»Karl ist der Ruhigste von allen. Sehr zurückhaltend. Und er hatte auch nur ganz wenig Sachen dabei, nicht mal ein Bett hat er.«

»Der hat aber nicht unter 'ner Brücke geschlafen vorher?« Helga kicherte.

»Ne, aber ich weiß auch nicht, warum er nicht mehr hat. Er erzählt nicht wirklich etwas darüber, wie und wo er vorher gelebt hat. Irgendwann hat er mal etwas von einem eigenen Hof gesagt, aber frag mich nicht.«

»Na, Dagmar, ein bisschen besser hättest du deine Mitbewohner schon durchleuchten sollen. Wer weiß, was jeder von denen so … Na, aber soll mir auch egal sein. Vielleicht will er auch einfach nur neue Sachen haben.«

»Möglich, er sagte so was in der Art.«

»Und wie geht es dir dabei? So mit dem Wissen, dass auf der anderen Seite des Hauses nun fünf Fremde leben und ein Hund?«

»Gut.« Dagmar horchte einen Augenblick in sich hinein. »Wirklich gut. Ich denke immer noch, es war die beste Lösung.«

»Dann ist ja alles erst mal gut. Ich freu mich wirklich für dich, dass dein Plan aufgegangen ist. Ein bisschen für verrückt habe ich dich ja schon gehalten. Ich komm dann die Tage mal rum. Will die ja auch kennenlernen, und mit mir müssen die ja auch zurechtkommen. Oder brauchst du mich jetzt nicht mehr?« Helgas Stimme klang gespielt trotzig.

»Helgalein, du darfst jederzeit kommen, das weißt du doch.«

»Gut, dann Küsschen – ich muss jetzt nämlich mal ins Bett. Wir hören uns!«

»Schlaf gut!« Dagmar ließ ihr Telefon sinken. Sie fühlte sich wirklich gut. Und sie war stolz, dass sie schon mal bis hierher gekommen war.

Kapitel 23

Der erste gemeinsame Tag im Haus am Plöner See begann mit einem herzzerreißenden Jaulen. Dagmar war bei dem ungewohnten Geräusch vor Schreck quasi aus dem Bett gefallen und traf zeitgleich mit Karina im Wohnzimmer ein, die ebenso davon aufgeschreckt worden war. Ferdi trippelte vor der Terrassentür hin und her und schien nach draußen zu wollen. Karina und Dagmar eilten beide zur Tür. Dagmar erwischte den Griff als Erste, und Ferdi sauste hinaus.

»Das war wohl nötig. Guten Morgen.« Karina strahlte Dagmar an.

»Guten Morgen. Ich werde mal mit Frank reden müssen – irgendwie hat er mit seinem Hund wohl noch keinen gemeinsamen Rhythmus gefunden. Hast du gut geschlafen?«

Karina nickte. »Ja, überraschend gut, es ist ja sehr ruhig hier. Morgens hört man nur die Vögel.«

»Freut mich! Hm … ich glaube, ich koche dann gleich mal Kaffee und Tee.« Dagmar war sich noch nicht ganz sicher, wie dieser erste Tag starten würde. Würden sie gemeinsam frühstücken? Sie hatte zwar vorsorglich etwas mehr Brot eingekauft, aber sie würden sich heute über solche Dinge unterhalten müssen.

»Kann ich was helfen?« Karina war Dagmar in die Küche gefolgt.

»Ja gern, der Tee ist da oben im Schrank.«

Gerade als Frank verschlafen auf dem Nebentrakt kam, stand Ferdi draußen winselnd vor der Tür.

»Guten Morgen. Er wollte vorhin raus.« Dagmar deutete auf den Hund.

»Oh – ja. Guten Morgen. Entschuldigung. Ich hab ihn gestern Abend glatt vergessen hier im Wohnzimmer. Er hat so friedlich geschlafen. Ich … ich sollte ihn nachts wohl besser mit zu mir ins Zimmer nehmen.«

Frank ging zur Tür und ließ Ferdi herein. Dieser sprang sogleich wieder auf seinen Platz auf dem Sofa, nicht ohne dabei mit seinen nassen Pfoten Abdrücke auf dem hellen Stoff zu hinterlassen.

»Und eine Decke oder so besorge ich ihm wohl lieber auch …«

Dagmar sah auf den kleinen Hund und hatte ein bisschen Mitleid. »Ich habe noch eine alte. Er scheint das Sofa nicht freiwillig wieder aufgeben zu wollen.«

»Prima, danke. Gibt es schon Kaffee?«

Nach und nach trudelten alle neuen Mitbewohner am Esstisch ein – auch Beate, die an diesem Morgen ausgeruht und deutlich rosiger aussah und auch keinen Sauerstoffschlauch mehr trug.

Nachdem der erste Kaffee getrunken war und die Gesichter nicht mehr ganz so verschlafen wirkten, ergriff Dagmar das Wort.

»Also, ich habe für heute Frühstück für alle im Haus, aber wir sollten nachher mal einiges besprechen. Wir brauchen einen guten Plan, sonst versinken wir wohl im Chaos. Essen, einkaufen, kochen, putzen … und all so was.«

Die Runde nickte zustimmend.

Dann lächelte Dagmar allerdings etwas verlegen. »Ich habe allerdings keine Ahnung, wie man so eine Wohngemeinschaft dahingehend am besten organisiert.«

Verlegene Blicke auch bei den anderen.

Karl, der sich nach wie vor immer etwas im Hintergrund hielt, hob sachte die Hand. »Am besten ist es wohl, wenn jeder seine Kleinigkeiten selbst einkauft, also was Dinge wie Müsli oder Obst, Joghurts und all das angeht. Dagmar, wenn das in Ordnung ist, sollten wir die Küche und den Kühlschrank dahingehend umorganisieren, dass jeder seine Ecke hat.«

»Das hört sich schon mal logisch an.«

Nun hob Hatim die Hand. »Ich koche sehr gern und würde mich freuen, das ab und zu abends für alle tun zu dürfen. Ich koche auch alles – also nicht nur Türkisch, obwohl das sehr lecker ist, aber ich kann natürlich auch Rouladen, Gulasch und so richtig deutsches Essen. Ich könnte immer eine Liste machen, wann es was gibt, und ihr tragt euch einfach ein, damit ich weiß, wer jeweils zum Essen da wäre. So kann ich danach einkaufen.«

Frank grinste. »Das ist super. Ich schaffe so gerade mal ein Spiegelei. Wie ist es mit dem Bezahlen? Wollen wir eine gemeinsame Abendessenkasse einrichten, oder wie?«

Karina nickte. »Wäre sicherlich gut, so im Groben, und wenn es mal mehr oder weniger kostet, dann …«

Beates zarte Stimme erklang. »Ich bin ja meistens den ganzen Tag zu Hause. Ich würde mich gern um die Listen und die Kasse kümmern. Ich hab ja mal im Supermarkt gearbeitet – ich glaube, das krieg ich ganz gut hin.«

Frank sah kurz zu Beate und lächelte. »Ich bin übrigens auch meist zu Hause, also wenn dir mal langweilig ist – ich wohne ja direkt neben an.« Er schnalzte mit der Zunge und zwinkerte.

Dagmar hob die Hand, sie fand diese Anmerkung für Beate ganz wichtig. »Ich ja auch – also falls du was brauchst.«

Karl räusperte sich. »Ich komme jeden Tag am Einkaufsladen und am Getränkemarkt vorbei. Wenn ich weiß, was ich mitbringen soll, kann ich das erledigen.«

Nach und nach besprachen sie, wie sie ihre gemeinsame Versorgung angehen würden. Dagmar beobachtete zufrieden, wie sich eine gewisse Eigendynamik entwickelte und alle schnell vertraut miteinander umgingen. Das war sicher der Vorteil, wenn sich erwachsene Menschen zu einer WG zusammenfanden – bei Studenten, die gerade noch an Muttis Rockzipfel gehangen hatten, lief so etwas vielleicht chaotischer ab.

Als die wichtigsten Details besprochen waren, jeder seinen Kaffee oder Tee getrunken hatte und alle dankbar das von Dagmar gekaufte Brot und die Marmelade gegessen hatten, verteilte sich die Gruppe langsam wieder in ihre Zimmer. Jeder hatte noch etwas auszupacken und aufzubauen und schien sich so schnell wie möglich häuslich einrichten zu wollen.

Nur Karl blieb etwas unschlüssig bei Dagmar am Tisch sitzen. Er schien seine Räume schon eingerichtet zu haben.

»Du hast gar nicht so viele Möbel mitgebracht«, bemerkte Dagmar.

Karl schüttelte den Kopf. »Nein, ich ... ich wollte einen kompletten Neuanfang. Außerdem waren meine Sachen sehr alt. Ich muss nächste Woche mal in ein Möbelhaus und mir ein Bett und wohl auch einen neuen Schrank besorgen.«

Dagmar fiel auf, dass sie von Karls Vorgeschichte am wenigstens wusste. »Hast du denn eine Wohnung gehabt bis jetzt oder ...?«

»Nein, ich habe bis vorgestern auf meinem Hof gewohnt.« Er lachte etwas schief. »War nicht mehr sehr gemütlich da, seit ich alle Möbel in den Sperrmüll gegeben hatte.«

»Oh, ja, das ist nicht einfach. Ich habe auch ganz viel Zeug wegtun müssen, als es darum ging, die Zimmer frei zu räumen. Hast du den Hof denn verkauft?«

Karl senkte den Blick. Das Thema schien ihm nicht leichtzufallen, und Dagmar fühlte sich gleich schlecht, weil sie so neugierig war.

»Ja, ich musste verkaufen. Es lohnte sich einfach nicht mehr, und dann so ganz allein da draußen auf dem platten Land …«

»Hm-hm«, machte Dagmar und nickte. Sie wollte nicht weiterbohren. Vielleicht würde er ihr ja eines Tages erzählen, was passiert war, dass er seinen Hof aufgeben musste.

»Also, wenn du Bedarf nach Arbeit an der frischen Luft hast – das Grundstück ist riesig, da ist immer was zu tun, und ich würde mich freuen, etwas Hilfe zu haben.«

»Gern.« Das erste Mal schien seine Maske, hinter der er sich versteckte, abzufallen. Hervor kamen ein offenherziger Blick und ein sympathisches Lächeln.

Dagmar lächelte zurück.

Kapitel 24

Wie schnell die ersten Tage vergingen! Dagmar stand manchmal still in der Küche und beobachtete das Treiben um sich herum.

Morgens war Hatim als Erster auf den Beinen. Es schien ihm nichts auszumachen, dann für alle schon die Kaffeemaschine anzustellen und den Tee aufzubrühen. Karl und Karina folgten ihm und nahmen diese Geste dankbar an, auch wenn Hatim schon das Haus verließ, als sie sich setzten. Karina übernahm es, Ferdi morgens rauszulassen, denn Frank bekam es einfach nicht auf die Reihe. Alle sahen aber in Anbetracht des kleinen plüschigen Hundes, der schnell jedes Herz erobert hatte, darüber hinweg.

Kurz nachdem Karina und Karl sich auf den Weg gemacht hatten, kam Frau Schröder vom Pflegedienst, um nach Beate zu sehen. Dies war auch die Zeit, in der Dagmar an den Frühstückstisch kam. Meist war der Besuch kurz, und Beate gesellte sich anschließend zu Dagmar. Nur donnerstags nahm Frau Schröder Beate mit auf eine Tour zum Arzt. Beate erklärte, sie hätte gerade eine Behandlungspause und würde in vier Wochen wieder mit der Chemo beginnen.

Dann müsste sie wieder regelmäßig in die Tagesklinik.

Dagmar genoss die morgendliche Gesellschaft von Beate, und auch Beate schien dieses neue Ritual zu gefallen. Als Letzter kam immer Frank aus seinem Zimmer, etwas zerknautscht und noch unrasiert holte er sich wortkarg den ersten Kaffee und schien erst in Schwung zu kommen, wenn das Koffein seine Wirkung tat.

Es wurde nur zögerlich wärmer in diesem Frühjahr, aber immerhin war es meist trocken, und so machten es sich Dagmar und Beate zur Gewohnheit, nach dem Frühstück ein bisschen hinaus in den Park zu gehen. Dagmar zeigte Beate den Rosenpavillon, der im Hochsommer ein lauschiges Plätzchen war, und auch den Steg, wo man direkt am Ufer des Sees saß.

»Ach Gott, ist das schön, ich hätte nicht gedacht, dass ich noch mal an so einen wundervollen Ort komme.« Beate blickte sichtlich gerührt auf den See hinaus. Dagmar hoffte derweil im Stillen, dass Beate diesen Ort noch recht lange genießen konnte.

Wenn sie zurück ins Haus kamen, waren aus Franks Zimmer meist mehr oder minder lauter Gesang oder Gitarrenklänge zu hören. Beide Frauen lächelten sich dann kurz an.

Den Tag über war es eher ruhig, geschäftig wurde es erst wieder, wenn Hatim nach Hause kam. Meist bugsierte er ein bis zwei große Einkaufstüten mit sich durch die Haustür, stellte diese in der Küche ab, verschwand unter der Dusche und machte sich dann an die Zubereitung des Abendessens.

Zunächst schienen sich alle etwas zu genieren, Hatims Versorgung in Anspruch zu nehmen, aber dem Duft des Essens konnte bald kaum jemand widerstehen. Das gemeinsame Abendessen wurde schnell zu einer festen Institution. Je nach Bedarf ging eine der Frauen Hatim in der Küche zur Hand, während Karl und Frank sich hinterher um das Aufräumen kümmerten.

Am Abend saßen sie im Wohnzimmer vor dem Kamin, der Fernseher blieb meist ungenutzt. Irgendwie gab es immer Gesprächsstoff – zwar dies erst noch zögerlich und nicht unbedingt in den privaten Bereich greifend, dennoch kam man sich langsam immer näher. Als weiterer Gast gesellte sich an so manchem Tag Helga dazu. Sie wurde ebenso nett aufgenommen, wie es die Bewohner unter sich getan hatten.

Nach dem ersten Kennenlernen nahm Helga Dagmar kurz beiseite. »Also, das ist zwar ein bisschen wie bei Big Brother hier – aber mir gefällt's! Ehrlich, die sind alle richtig nett.«

Es war ein Samstag, drei Wochen nach Beginn ihres Zusammenlebens, als es mittags plötzlich an der Tür klingelte.

Dagmar stand mit Hatim gerade in der Küche, und Karl ging ganz selbstverständlich zur Tür und öffnete diese.

Dagmar erschrak, als sie die Stimme hörte. »Und wer, bitte schön, sind Sie?« Es war unverkennbar Daniel.

177

Schon kam dieser in die Küche gerauscht, sah noch mal zurück zu Karl, blickte zu Hatim und riss die Hände hoch.

»Mutter, was ist hier los?«

Dagmar musste ihren ganzen Mut zusammennehmen. Sie hatte sich bisher einfach nicht getraut, ihn über die Wohngemeinschaft zu informieren. Zwar hatte er ein paarmal angerufen, sie aber war seinen Fragen und seinem Drängen nach dem Hausverkauf ausgewichen. Nun steckte sie wohl knietief im Schlamassel.

»Was sind das für Leute?« Daniel sah sich um und bemerkte die gewisse Unordnung, die neuerdings im Haus herrschte – was wohl nicht ausblieb bei so vielen Menschen. Ihm schien bewusst zu werden, dass hier irgendetwas vorgegangen war. Als dann auch noch Ferdi vom Sofa sprang und an seinem Bein schnüffelte, riss er verärgert die Arme hoch.

Karl verschaffte Dagmar ein paar Sekunden Bedenkzeit, denn er stand plötzlich neben Daniel und streckte ihm die Hand hin.

»Sie sind wohl Dagmars Sohn? Karl Reinert. Freut mich, Sie kennenzulernen.«

»Hatim Gökcan.« Hatim tat es Karl nach.

Daniel stand im Raum, als hätte er gerade eine Gruppe Gespenster gesehen.

»Mutter?« Seine Augen verengten sich misstrauisch.

»Ja, Daniel.« Dagmar klatschte verlegen in die Hände. »Jetzt kennst du schon mal zwei meiner neuen Mitbewohner.«

»Mit… was?« Er schüttelte den Kopf.

Karl schien zu spüren, dass sich gerade eine enorme Spannung in der Luft zusammenbraute. Er lehnte sich lässig an die Arbeitsplatte zwischen Dagmar und Daniel und ließ kurz den Blick hin und her huschen. »Ja, wir wohnen jetzt hier. Der Hatim, ich … und außerdem noch Karina, Frank und Beate.«

Daniel riss nochmals die Arme empor. »Bin ich im falschen Haus? Mama, was soll das? Kannst du mir das erklären?«

Wenn Daniel von Mutter zu Mama wechselte, dann war bei ihm eine gewisse Schwelle erreicht, das war Dagmar nur zu bewusst. Aber sie würde sich jetzt nicht unterkriegen lassen von ihrem Sohn.

»Ja, Daniel, also … Da ich das Haus nicht verkaufen wollte, habe ich einfach die Zimmer im Nebentrakt vermietet.« Sie versuchte möglichst ruhig zu klingen.

»Vermietet? Hast du jetzt ein Hotel aufgemacht, oder was?« Daniels Stimme klang leicht schrill.

Karl schüttelte den Kopf. »Nein, wir wollen schon länger hier wohnen.«

»Länger?« Jetzt war sein Ton abfällig. »Na, das ist ja was … Mutter, könnten wir mal kurz unter vier Augen …«

»Bitte.« Dagmar war nicht danach, ihren Sohn in ihren privaten Zimmern zu haben. Dass sie dort so viel umgeräumt hatte und vor allem die Sachen seines Vaters entsorgt hatte, würde ihm wohl den nächsten Schock versetzen. Daher deutete sie auf die Terrasse.

Dort raufte sich Daniel zunächst die Haare, und Dagmar sah aus dem Augenwinkel, wie sich Karl auf dem

179

Sofa platzierte. Er hatte wohl Bedenken, die beiden aus den Augen zu lassen.

Barsch drehte sich Daniel zu Dagmar um und fuchtelte mit den Händen in der Luft herum. »Bist du jetzt völlig bescheuert? Du kannst doch nicht einfach die Zimmer vermieten!«

Dagmar zuckte betont gleichgültig mit den Achseln, verschränkte dann aber die Arme vor der Brust. »Wieso nicht? Es ist mein Haus.«

»*Dein Haus* ... Wir wollten es verkaufen!«

»Du wolltest das Haus verkaufen, Daniel. Ich habe da nie zugesagt.«

»Ja, aber jetzt ...« Er wies zum Haus hin. »So wird das nichts – die Leute bekommst du ja nie wieder raus hier.«

Dagmar lachte. »Das will ich doch auch gar nicht.«

»Du bist verrückt – total durchgeknallt!«

»Danke, Daniel.«

»Das läuft so nicht, Mutter. Du hättest das mit uns besprechen müssen.«

»Ich habe es mit Christoph besprochen, und er hat für die finanzielle Seite sein Okay gegeben. Ich habe eine Vereinbarung mit der Bank getroffen, und alles ist gut.«

»Nichts ist gut!« Jetzt deutete Daniel mit einem Zeigefinger auf Dagmar. »Das wird ein Nachspiel haben, damit kommst du nicht durch. Wir wollten zusammen ein Haus in Hamburg kaufen.«

»Daniel, das war deine Idee, nicht meine. Ich habe in keinster Weise verlauten lassen, dass ich das auch möchte.«

»Du hast doch keine Wahl.« Er funkelte sie bitterböse an.

»Doch.« Dagmar machte eine weitschweifende Geste. »Du siehst ja, dass ich eine hatte.«

Daniel schnaubte und stürzte von der Terrasse aus durch das Wohnzimmer in Richtung Haustür.

»War nett, Sie kennengelernt zu haben, Herr Gröning«, rief Hatim ihm aus der Küche nach. Daniel machte eine wegwerfende Bewegung mit dem Arm und war auf und davon.

Dagmar atmete einmal tief ein und aus und ging dann zurück in das Haus.

Karl grinste. »Nettes Kerlchen, dein Sohn. So was von freundlich.«

»Ich habe ihm nichts von dem hier erzählt.« Dagmar hörte, wie ihre Stimme zitterte.

»Begeistert schien er nicht gerade.«

»Na ja … Er wollte, dass ich das Haus verkaufe und zu ihm und seiner Frau nach Hamburg ziehe.«

»Aha, aber das wolltest du nicht?« Karl grinste inzwischen nicht mehr, sondern sah Dagmar ernst an.

»Sagen wir mal so: Er war weniger auf die Gesellschaft seiner Mutter scharf als auf das Geld, welches sie mitbringen würde.«

»Ja, die lieben Kinder. Manchmal ist man ganz froh, dass man keine hat. Nun, er wird sich wohl damit abfinden müssen, dass seine Mutter andere Pläne für ihr Leben hat. Hat er denn irgendwelche Anrechte – von wegen Erbe oder so?«

»Mein Steuerberater sagte, er könne seinen Pflichtteil einfordern.« Dagmar schwante, dass Daniel diesbezüglich wohl jetzt erst recht nichts unversucht lassen würde.

»Hm. Ich kenne mich da nicht so genau aus, aber wenn das so ist ...« Karl stand vom Sofa auf. »Auf jeden Fall ist er ein ganz schön ungehobeltes Bürschchen. Hätte ich je mit meiner Mutter so geredet, mein Vater hätte mir die Leviten gelesen.«

Dagmar schwieg. Heinrich hätte das vermutlich auch getan. Wenn er noch da gewesen wäre.

Kapitel 25

Dagmar kam gerade aus Plön, wo sie Helga ein paar Stunden im Blumenladen ausgeholfen hatte, und huschte in Ascheberg noch schnell in den Supermarkt, um Milch zu kaufen. Kurz vor der Kasse stieß sie fast mit Frauke Bloch zusammen. Die Nachbarin kam so spontan mit ihrem Wagen aus der Abteilung für Konserven geschossen, als hätte sie nur auf Dagmar gewartet.

»Oh, Dagmar, hallo«, grüßte sie scheinheilig. »Wie geht es dir?« Frauke Bloch war eine hochgewachsene, ziemlich füllige Frau mit üppigem Busen, immer etwas zu bunten Kleidern und grauen Haaren, die sie stets mit einem Stirnband im Zaum hielt.

Sie hätte ja auch mal rüberkommen können und direkt fragen, schoss es Dagmar durch den Kopf. Aber gut, ihre nachbarschaftliche Beziehung war ja nicht die beste. »Ganz gut so weit«, antwortete Dagmar knapp.

Frauke schob ihren Wagen so, dass Dagmar ihr nicht entwischen konnte. »Du, sag mal, was ist eigentlich neuerdings für ein Betrieb bei dir? Baust du um? Hast du Handwerker im Haus?«

Dagmar hob die Augenbrauen. »Nein, wieso?«

»Na, weil dauernd so viele Autos bei dir vor der Tür stehen.«

»Ach so, nein. Ich habe einige Zimmer untervermietet.«

»Untervermietet?«, fragte Frauke verdutzt. »Ach, und an wen?«

»Na, das sind ganz unterschiedliche Leute – aber alle ganz nett und sehr ruhig.«

»Ja, ich habe im Garten bei dir schon jemanden gesehen, dann war es wohl nicht der neue Gärtner? Er sah so … so südländisch aus.«

»Das war wohl Hatim, der wohnt jetzt auch bei mir.«

»Hatim? Araber?«

»Nein, Türke.«

»Und die Frau mit dem Kopftuch? Ist das seine Frau?«

Dagmar ärgerte sich, dass Frauke anscheinend schon gehörig spioniert hatte. Sie konnte sich regelrecht vorstellen, wie sie an ihrem Badezimmerfenster stand – denn dies war der einzige Ort, von wo aus sie auf Dagmars Grundstück blicken konnte – und sich die Nase am Fenster platt drückte.

»Nein, die Frau mit dem Kopftuch ist Beate.«

»Beate … Also die zwei wohnen jetzt bei dir?«

»Noch drei weitere.« Was machte es schon. Frauke würde sowieso keine Ruhe geben, bis sie alle Informationen hatte.

»Drei? Ach was …«

»Noch zwei Männer und eine junge Frau. Und bevor

du fragst, ja, auch ein Hund. Glaub mir, Frauke, alles ganz anständige, nette Leute.«

»Da ist ja wirklich jede Menge los bei dir jetzt.«

Sagte die Frau, die im Sommer in ihrem Garten regelmäßig einen Kinderfreizeitpark eröffnete. »Ja, langweilig wird es momentan nicht.« Dagmar machte Anstalten, sich aus dieser unfreiwilligen Befragung zu befreien.

»Und der Plan, das Haus zu verkaufen?«, stieß Frauke nun direkt zu.

Woher wusste sie denn das schon wieder? Dagmar merkte, wie sie sauer wurde. »Davon war eigentlich nie die Rede, da hast du wohl etwas falsch verstanden.«

»Oh, in Ordnung … Na ja, ich dachte … Also Claudia und Georg – wenn du doch mal darüber nachdenkst … Aber wenn du grad frisch vermietet hast …« Frauke winkte ab.

Claudia war Fraukes älteste Tochter, und soweit Dagmar es im Blick hatte, auch die gebärfreudigste. Wahrscheinlich wäre ein Haus mit fünf Kinderzimmern gerade passend gewesen.

»Nein, wirklich nicht, Frauke, tut mir leid. Und ich muss jetzt auch mal weiter.« Sie wackelte mit den zwei Packungen Milch in ihrer Hand.

Draußen im Auto verharrte Dagmar einen Augenblick. Wer hatte denn da wohl geplaudert? Es gab außer Helga im Grunde nur drei Menschen, die von dem Rat wussten, das Haus zu verkaufen: Daniel, Christoph und Barbara. Christoph hatte sicher nichts gesagt, zumal er die Blochs gar nicht so gut kannte. Barbara schon eher, sie war durchaus in der Gegend engagiert. Dagmars Vertrauen in sie bekam einen kleinen Riss. Oder Daniel – hatte er etwa die Unverfrorenheit besessen, die Nachbarn schon mal über einen möglichen Verkauf zu informieren? Ähnlich sähe ihm das. Dagmar schnaubte. Man hatte nach Heinrichs Tod schon genug Gesprächsstoff über sie gehabt. Dass die beiden Firmenfilialen geschlossen hatten, war sicherlich auch dem einen oder anderen aufgefallen, vielleicht sogar die Geschichte mit der Vermietung. Aber dass auch noch Gerüchte gestreut wurden, missfiel ihr.

Als sie nach Hause kam, wartete die nächste unschöne Überraschung auf sie. Beate saß am Tisch und erwartete Dagmar mit besorgtem Blick.

»Alles in Ordnung?« Dagmar packte die Milch in den Kühlschrank.

»Hm, ich weiß nicht«, antwortete Beate leise.

»Geht's dir nicht gut? Brauchst du was?« Dagmar war sofort alarmiert.

Beate schüttelte den Kopf. »Nein, ich nicht, aber Karina kam vorhin völlig verheult nach Hause und ist sofort in ihrem Zimmer verschwunden.«

Dagmars Blick sprang zum Flur des Nebentrakts. »Vielleicht … vielleicht hat sie Liebeskummer oder so?«

Beate wiegte den Kopf. »Hm, wenn's mal nichts Ernsteres ist.«

»Was meinst du?« Dagmar setzte sich zu Beate.

Diese beugte sich etwas vor. »Also – ist dir nichts aufgefallen?«

»Aufgefallen? Was denn?« Dagmar wusste nicht, worauf Beate hinauswollte.

»Also, ich bin ja schon älter, aber hier oben kann ich schon noch ein bisschen kombinieren.« Sie tippte sich an die Stirn. »Und ich habe dreißig Jahre lang an der Kasse eines Dorfladens gearbeitet – glaub mir, da bekommt man ein Auge für so was.«

»Ja, was denn?« Dagmar zuckte hilflos mit den Schultern.

Beate sah sich um, als wollte sie sichergehen, dass ihnen niemand zuhörte. »Na, schau doch mal, das Mädchen isst für zwei, ist morgens ewig im Bad und trägt gern Schlabberpullis.«

Dagmar brauchte einen Augenblick, bis ihr Gehirn diese Dinge kombiniert hatte. Dann schlug sie sich mit der Hand auf den Mund. »Nein! Du meinst, sie ist …?«

Beate nickte. »Da würde ich grad meinen Krebs drauf verwetten.«

Dagmar verzog das Gesicht. Beate hatte manchmal eine etwas ulkige Art, mit ihrer Krankheit umzugehen, und benannte diese auch ohne Umschweife immer beim Wort.

»Denkst du, wir sollten mal mit ihr reden?«

»Also so, wie sie hier vorhin vorbeigestürzt ist … vielleicht ja.«

Dagmar nickte in Richtung Nebentrakt. »Dann los.«

Beide Frauen sahen sich kurz an und holten noch mal tief Luft, bevor Dagmar an Karinas Zimmertür klopfte.

Es dauerte einen Augenblick, bis die junge Frau öffnete. Ihre Augen waren verquollen und rot, ihr Gesicht hingegen aschfahl.

Dagmar sah sie liebevoll an. »Hey, Karina, Beate meinte ... Wir dachten ... Vielleicht willst du reden?«

Karina hob nur die Schultern und öffnete die Tür.

»Dürfen wir?«, fragte Beate.

Karina nickte.

Dagmar schloss die Tür hinter sich, sicherlich wollte Karina nicht, dass es gleich das halbe Haus mitbekam, wobei wohl nur Frank da war.

Dagmar legte der verheulten Karina eine Hand auf die Schulter. »Hör mal, Karina ... Wir wollen nicht neugierig sein, und wenn du nicht willst, musst du uns auch nichts erzählen. Aber ich kann es nicht gut ertragen, wenn in meinem Haus jemand unglücklich ist, verstehst du.«

Dagmars Worte schienen bei Karina wieder alle Schleusen zu öffnen, dicke Tränen kullerten ihr über die Wangen, und sie schniefte.

Beate zog ein Taschentuch aus ihrer Hosentasche. »Hier, bitte.«

»Da... danke«, schluchzte Karina.

»Was ist denn los? So schlimm?« Dagmar war nicht gut im Mädchentrösten.

»Es ... es ... Jetzt ist alles aus ...« Karina drehte beschämt den Kopf zur Seite.

Beate machte einen Schritt auf Karina zu. »Was ist denn? Hast du Kummer mit einem Mann?«

»Pfff, Mann ... Wenn es mal so wäre. Ich ... ich war

bei meinen Eltern, und … sie … sie wollen mich nicht mehr sehen.«

Dagmar brannte eine Frage auf der Zunge, aber sie verkniff sich diese. Dafür fragte sie leise: »Was haben denn deine Eltern? Sind sie noch sauer, weil du hierhergezogen bist?«

»Ja … nein … Sie sind böse auf mich, weil ich es ihnen nicht gesagt habe.«

Beate legte Karina eine Hand auf den Arm. »Was denn, Schätzchen?«

»Na, dass ich … ich … Ich bin schwanger.«

Dagmar und Beate warfen sich blitzschnell einen Blick zu.

»Oh, nun …« Dagmar wusste gerade nicht, was sie sagen sollte. Immerhin hatte Karina es ihr auch verheimlicht, aber noch mehr Vorwürfe konnte das Mädchen gerade nicht gebrauchen.

Beate fand da schneller die passenden Worte. »Aber das ist doch wundervoll – das ist doch kein Grund, traurig zu sein und sich zu streiten!«

Karina sackte zusammen und stand da wie ein Häufchen Elend. »Meine Eltern finden das nicht. Meine Mutter hat mich angeschrien, dass ich mir alles verbauen würde und … und … was sie nur falsch gemacht hätte. Papa hat nur den Kopf geschüttelt, er wusste es schon seit … seit meinem Einzug hier.« Karina sah verlegen zu Dagmar. »Ich werde mir natürlich schnell etwas anderes suchen, es ist ja nicht … also mit einem Baby hier … Wobei meine Eltern eh fordern, dass ich es weggeben soll.«

»Moment!« Beate richtete sich auf, sah kurz zu Dagmar und dann wieder zu Karina. »Ich denke, erstens wird Dagmar dich jetzt nicht sofort vor die Tür setzen, und zweitens: Über das Weggeben will ich erst mal gar nichts hören. So weit bist du ja noch nicht.«

Sie warf einen Blick auf Karinas Körper, dem man wirklich noch nichts ansah.

»Ich bin jetzt in der neunzehnten Woche. Der Geburtstermin ist am 20. September.«

»Na also – bis dahin ist es ja noch eine ganze Weile. Beruhige dich erst mal.«

Dagmar bewunderte Beate für ihre Ruhe und ihre klare Ansage. Ihr selbst waren jetzt gerade zig Dinge durch den Kopf geschossen. *Ich muss einen neuen Mieter finden, wenn Karina geht. Was zum Henker ist denn mit dem Vater des Kindes? Würde es gar mit einem Baby hier im Haus klappen?* Sie besann sich und schüttelte kurz den Kopf, um diese Gedanken zu stoppen. Da ging wohl die Mutter mit ihr durch.

Dagmar räusperte sich und pflichtete Beate bei. »Nein, Karina, ich setz dich auf keinen Fall vor die Tür. Und schwanger sein ist jetzt auch nicht so schlimm. Das wird schon irgendwie.«

»Aber … ich bin doch noch so jung.«

Dagmar legte Karina eine Hand auf die Schulter. »Also hör mal, ich war damals sogar noch jünger, als du es jetzt bist, und ich habe es auch geschafft.«

»Ja, du warst aber auch verheiratet und hattest einen Mann.« Karina schüttelte verdrossen den Kopf, dann richtete sie sich ein wenig auf. »Sagt es bitte den anderen noch nicht …« Sie schniefte dabei immer noch.

»Nun, Männer sind da ja manchmal etwas … unaufmerksam, aber lange wirst du es vor ihnen wohl nicht mehr verheimlichen können.« Beate grinste schief. »Was ist denn mit dem Vater des Kindes?«

Falsche Frage. Karina heulte wieder los.

»Der … Das war eine Feier kurz vor Weihnachten. Ich … Also ich trinke eigentlich ja nicht viel … und …«

Beate hob die Hand. »Lass nur, das reicht schon. Will er nicht oder kann er sich nicht um dich und das Kind kümmern?«

»Er … er weiß es gar nicht. Ich habe ihn seitdem nicht wiedergesehen und …« Karina schlug sich die Hände vor das Gesicht. »Ich war so doof!«

»Ach, Karina, jeder baut mal Unsinn, wenn er jung ist.«

Karina lachte abfällig und schluchzte: »Ja, aber nicht jede wird gleich schwanger davon!«

»Wir werden schon eine Lösung finden. Oder, Dagmar?« Beate sah Dagmar eindringlich in die Augen.

Die nickte bekräftigend. »Ja, natürlich. Karina – erst mal musst du dir keine Sorgen machen.« Dagmar war sich dessen zwar selbst noch nicht sicher, aber Beates stille Forderung nach Unterstützung war unmissverständlich.

Kapitel 26

Hatim

»Herr Gökcan, hier ist noch ein Brief für Sie.« Frau Schiller, die Sekretärin der Grundschule, wedelte mit einem Umschlag. »Sie sind doch schon umgezogen? Haben Sie denn keinen Nachsendeantrag gestellt bei der Post?«

»Danke, Frau Schiller. Doch, habe ich, der Brief ist wohl falsch zugestellt worden.« Hatim nahm eilig den Umschlag entgegen. Natürlich hatte er einen Nachsendeantrag gestellt, an die Adresse der Schule allerdings. Ebenso hatte er sich bei seiner neuen Adresse am Plöner See noch nicht offiziell gemeldet.

Sein Auszug aus der gemeinschaftlichen Wohnung mit Serap war kein leichtes Unterfangen gewesen. Er hatte bis zur letzten Minute seinen Plan verheimlicht und sie dann am Tag seines Umzugs vor vollendete Tatsachen gestellt. Sie war sehr zornig geworden, hatte ihn beschimpft und Sachen nach ihm geworfen. Was er denn denken würde? Er würde ihre Ehre besudeln! Ob sie keine gute Frau wäre? Er hatte versucht, sie zu beschwichtigen, natürlich wäre sie eine gute Frau – aber vielleicht nicht zu ihm passend. Sie kreischte weiter, dass er sich ja keine Mühe gegeben hätte …

Es war egal – er hatte es ausgesprochen, und es gab ab dem Augenblick kein Zurück mehr. Sie waren offiziell nach deutschem Recht verheiratet und nicht nach dem islamischen, dennoch würde es kein einfacher Weg werden. Wie seine Familie und auch ihre darauf reagieren würden, wollte er lieber erst gar nicht wissen. Er hatte sie alle beschämt.

An jenem Samstag hatte er seine wenigen Sachen gepackt, diese in sein Auto verfrachtet und war davongefahren. Den Streit zu schüren würde ihm nichts bringen. Alles Weitere würde sein Anwalt regeln. Er hoffte einfach, dass Serap nicht auf dumme Gedanken käme. Sie hatte eine große Familie mit Brüdern, Onkeln und Neffen.

Hatim schauderte, wenn er daran dachte, was ihm bevorstünde, wenn auch nur einer davon das Gefühl hätte, die Ehre von Serap sei beschmutzt.

Daher hatte er bisher seine neue Adresse verheimlicht und seine Post an die Schule schicken lassen. Es wäre besser, wenn etwas Ruhe einkehrte und seitens der Familien erst mal keiner wusste, wo er jetzt lebte.

Seit dem Tag seines Auszugs fühlte er sich trotz allem befreit. Es war die richtige Entscheidung gewesen. Das erste Mal sah er wieder so etwas wie eine Zukunft in seinem Leben. Und das Leben in der Gemeinschaft tat ihm gut. Es machte ihm Freude, sich einzubringen und seinen Anteil am Zusammenleben beizusteuern. Und es lenkte ihn von seinem großen, gewagten Schritt ab, den er getan hatte, um ein neues Leben zu beginnen.

Der Brief kam von seinem Anwalt. Dieser bestätigte ihm, dass jetzt alles den Rechtsweg gehen würde. Er atmete auf.

»Herr Gröllkram, Herr Gröllkram!« Hatim schreckte auf. Ein kleiner Junge, wohl aus einer der ersten Klassen, stand hinter ihm.

»Na, was ist denn?«

»Herr Gröllkram, ich soll Sie holen, bei uns hängt die Tafel schief.«

Hatim musste lächeln. Viele der Kinder sprachen seinen Namen falsch aus, was ihn aber nicht störte. »Dann lauf, und sag deinem Lehrer, dass ich gleich komme. Ich muss nur etwas Werkzeug holen.«

Der Kleine nickte eifrig und sauste davon. Hatim griff nach seinem Werkzeugkasten. Er hatte schon überlegt, ob er vielleicht sein Studium wieder aufnehmen sollte. Aber die Arbeit hier machte ihn eigentlich glücklich und zufrieden. Und er war vielleicht auch schon zu alt. Allerdings waren bereits zwei seiner großen Träume zerplatzt: ein Studium abzuschließen und eine kleine, glückliche Familie zu gründen. Er verzog mit leichter Verbitterung das Gesicht, während er den Klassenraum mit der schiefen Tafel suchte. Besonders erfolgreich war er bis jetzt nicht gewesen. Zumindest hatte er für den Anfang einen guten Ersatz für eine Familie gefunden. Das erste Mal seit Jahren freute er sich am Feierabend wieder darauf, nach Hause zu fahren.

Kapitel 27

Mitte Mai wurde es endlich richtig Frühling. Die Luft erwärmte sich, und die ersten Boote waren auf dem See zu sehen. Ferdi rannte kläffend durch den Park und jagte Vögel.

Dagmar fegte mit einem Besen die Gartenstühle ab. Es war Freitag, und am Wochenende würde man sicherlich die ersten Stunden in der Sonne sitzen können.

Beate stand an der Terrassentür und blickte nach draußen. »Kann man wohl schon grillen?«

»Man kann doch immer grillen.« Frank gesellte sich zu ihnen.

»Na, ich meine, abends … draußen sitzen und so, vielleicht sogar unten am See.« Beates Blick wurde sehnsüchtig.

Frank überlegte kurz. »Warum nicht? Wär doch eine schöne Idee. Hast du einen Grill, Dagmar?«

Dagmar sah auf, stützte eine Hand in die Hüfte und musste nachdenken. Es war ewig lange her, dass sie das letzte Mal hier gegrillt hatten. »Ja, wir hatten mal einen. Ich glaube, der steht noch in der Kate unten am See. Das war so ein großer Schwenkgrill, wo unten Holz reinkommt. Ich geh gleich mal gucken.«

»Ach, das ist schön! Dann rufe ich Hatim an und sage ihm, er soll für heute Abend etwas zum Grillen mitbringen.« Beate verschwand im Haus.

Frank trat auf die Terrasse hinaus und streckte sich. »Sie ist irgendwie süß, wenn sie sich so freut.«

Dagmar lachte. »Ja, da hast du recht.« Und es stimmte wirklich. Wenn Beate glücklich war, strahlte sie so von innen heraus, dass man gar nicht anders konnte, als sich selbst auch glücklich zu fühlen. Wahrscheinlich war dies der Grund, warum wirklich alle besonders zuvorkommend und lieb zu Beate waren. Selbst Frau Schröder vom Pflegedienst war es aufgefallen, dass die neue Umgebung der Kranken sichtlich guttat, und sie hatte Dagmar sogar einmal dafür gedankt, dass sie Beate dies alles ermöglichte. Dagmar hatte sich geschmeichelt gefühlt. Etwas Sorge hingegen bereitete ihr Karina. Die junge Frau war noch stiller geworden und hatte sichtlich an dem Streit mit ihren Eltern zu knapsen. Dagmar hatte sogar kurz überlegt, mit den beiden in Kontakt zu treten, sich dann aber zur Ordnung gerufen. Das war nicht ihre Baustelle, und es war sicher nicht gut, sich zu weit in das Leben der Mitbewohner einzubringen. Ihre Bemühungen sollten sich auf das Zusammenleben und das Miteinander hier im Haus beschränken, und dabei sollte jeder seinen Freiraum behalten.

»Vermisst du eigentlich dein altes Leben?« Diese Frage von Frank kam so abrupt, dass Dagmar zusammenzuckte.

»Wie kommst du gerade drauf?«

»Na ja, du wirkst manchmal sehr nachdenklich, und

ich frage mich, ob du die Endscheidung, uns alle hier reinzulassen, vielleicht schon mal bereut hast.«

Dagmar brauchte nicht lange über eine Antwort nachzudenken. »Nein! Um Himmels willen, nein! Ich muss gestehen, dass ich verdammt wenig an mein altes Leben denken muss, und das … das ist wohl auch gut so.« Sie senkte den Blick.

»'tschuldigung, ich wollte nicht …«

»Schon gut. Es ist halt so: Wenn ich wirklich mal daran denke, tut es weh.«

»Ja, das kann ich gut nachvollziehen.« Frank seufzte.

»Was ist denn mit dir? Gefällt es dir hier?« Bis auf Beate hatte Dagmar noch mit keinem darüber gesprochen. Sie ging davon aus, dass alle so weit zufrieden waren … oder besser gesagt, hoffte sie es.

Frank stützte die Hände in die Hüften und sah auf den See hinaus. »Doch, mir gefällt es hier. Ich habe zumindest das Gefühl, dass ich hier zur Ruhe komme.«

»Hm, du hast früher bestimmt ein aufregendes Leben gehabt, oder?« Dagmar fuhr fort, mit dem Besen die Stühle zu säubern.

»Ganz früher – oh ja –, aber zu der Zeit hättest du mich als Mieter wohl nicht aufgenommen.«

»Na ja, da hast du sicher auch irgendwie anders gelebt …« Dagmar fragte sich schon seit Längerem, warum ausgerechnet Frank Flaßberg bei ihr gelandet war. Der Mann musste doch Geld haben wie Sand am Meer.

»Dagmar, ich muss gestehen, ich war damals eigentlich nur zugedröhnt.« Seine Stimme war nun sehr ernst.

»Ich habe gesoffen wie ein Loch, habe Pillen geschluckt und bin fast jeden Morgen neben einer anderen Frau wach geworden – ohne dass ich mich erinnern konnte, wer sie war oder wo ich sie am Vortag kennengelernt hatte. Mein Leben spielte sich in Hotels ab oder in meinem Haus auf Sylt, aber selbst da traf ich morgens manchmal Leute, die ich gar nicht kannte. Mein Leben war eine Dauerparty.«

»Das konntest du dir aber wohl auch leisten.« Dagmar hielt kurz inne und sah zu ihm hin, er blickte aber immer noch auf den See.

»Ja, dachte ich auch. Bis dann der Absturz kam. Mein damaliger Manager hat mich gehörig über den Tisch gezogen. Ich war so pleite, dass ich mir nicht mal mehr was zu essen kaufen konnte. Und alle waren hinter mir her, weil ich plötzlich überall und bei jedem Schulden hatte. Ich … ich musste dann in die Privatinsolvenz gehen.«

Dagmar bekam große Augen. »Echt? Das wusste ich nicht.«

»Liest nicht viele Klatschzeitungen, hm?« Er blickte kurz zu ihr hin und grinste etwas schief. »Kurzum, bevor ich hierherkam, habe ich in einem Minizimmer in einem Heim für sozialschwache Männer gelebt. Da gab es zumindest eine Heizung und ein Bett, und ich bekam dreimal am Tag etwas zu essen. Ich habe jeden Cent, aber auch wirklich jeden, dafür eingesetzt, dass ich aus dem ganzen Mist wieder rauskomme.«

»Aber jetzt ist alles wieder in Ordnung?«

»Fast. Ich habe in Spanien das erste Mal wieder Geld

für mich verdient. Das ist jetzt meine Reserve. Bestenfalls sollte ich bald mal wieder einen guten Song schreiben oder, noch besser, eine Idee für ein neues Album haben. Aber irgendwie hakt es noch.«

»Das wird schon wieder, da bin ich mir ganz sicher. Zumindest hört sich das …«, Dagmar deutete nach hinten auf Franks Terrasse, »… was man da so hört, doch schon ganz schön an.«

»Danke. Aber noch ist kein ganzer Song dabei herumgekommen.« Er seufzte.

In diesem Augenblick kehrte Beate zurück und gesellte sich zu ihnen.

»Hatim findet die Idee toll, er besorgt alles.«

Karl trat auch auf die Terrasse, er war gerade von der Arbeit gekommen. »Welche Idee?«

»Wir wollen heute Abend am See grillen«, verkündete Beate fröhlich.

»Hört sich gut an.« Karl nickte.

Grillen. Dagmar stand in ihrem Bad und wusch sich den Ruß von den Fingern. Sie hatte mit Karl und Frank die große Grillschale aus der Kate geholt und zum Steg getragen. Frank hatte gleich angefangen, das alte Ding sauber zu machen, und Karl hatte sich bereit erklärt, Holz zu hacken, damit sie den Grill am Abend befeuern konnten. Dagmar war ins Haus zurückgegangen, um sich zu waschen, denn sie sah ein bisschen aus wie eine Schornsteinfegern. Bei all dem Trubel der letzten Wochen war ihr etwas eingefallen. Früher hatten Heinrich und sie sich am ersten Mai immer mit Christoph,

Barbara und noch ein paar anderen Freunden auf der Prinzeninsel auf der gegenüberliegenden Seite des Sees getroffen. Dort gab es ein schönes Café. Dieses Jahr war dieser Termin irgendwie an ihr vorbeigegangen. Es war schon seltsam, dass niemand sie angerufen hatte, so wie sich überhaupt keiner mehr meldete, auch ihre sonstigen alten Bekannten nicht. Selbst Helga machte sich in letzter Zeit rar – aber gut, sie hatte im Laden gerade viel zu tun.

Dagmar trocknete sich die Hände ab und sah in den Badezimmerspiegel. Hatte sie sich verändert? Natürlich hatte Heinrichs Tod sie mitgenommen, und die erste Zeit mit den neuen Bewohnern war recht anstrengend gewesen. Doch sie war immer noch dieselbe, oder nicht? Sie richtete sich auf und zupfte an ihren Haaren und dann an ihrer Bluse. Vielleicht war es ja auch an ihr, sich mal wieder bei den anderen zu melden. Sie musste Christoph sowieso anrufen wegen der Bankunterlagen zu den neuen Vereinbarungen.

Hatim kam vollbepackt wie ein Esel nach Hause. Er hatte so viel eingekauft, dass es wohl gleich für mehrere Grillabende reichen würde.

Während die Männer unten am See das Feuer für den Grill entfachten und noch einige der alten Gartenmöbel aus der Kate zum Steg trugen, kümmerten sich Beate, Karina, die inzwischen aus der Schule gekommen war, und Dagmar um Salate und Beilagen.

Dabei stupste Beate Karina von der Seite her an. »Du, hör mal – das wäre doch eine schöne Gelegenheit heute, um es den anderen zu sagen.«

Karina wurde stocksteif und hielt inne. »Meint ihr? Ich weiß nicht …«

Beate lachte. »Na, hör mal, Mädchen, viel größere Pullis wirst du bald nicht mehr tragen können. Also ich denke, der Zeitpunkt ist genau richtig.«

Dagmar nickte. »Ich denke auch, es wäre nur fair, wenn du es den Männern sagst. Was soll schon passieren? Beißen wird dich keiner.«

Karina nickte und seufzte. »Ihr habt ja recht.«

Funken flogen vom Feuer in die milde Abendluft. Das Essen war vorzüglich gewesen. Satt und zufrieden saßen alle um das Feuer, das Karl nochmals geschürt hatte.

Die Männer tranken Bier, Dagmar und Beate je ein Glas Wein.

»Darfst du das überhaupt?« Dagmar wollte nicht zu überfürsorglich klingen, aber sie wunderte sich, denn ansonsten achtete Beate auf eine gesunde Lebensweise.

»Ich sterbe sowieso«, antwortete sie sarkastisch und prostete Dagmar zu.

Karina hielt sich an einem Glas Wasser fest. Irgendwann schien sie es nicht mehr auszuhalten und räusperte sich laut.

Dagmar tauschte mit Beate einen vielsagenden Blick.

»Also, Leute – wo wir hier heute so schön beieinandersitzen.« Karina stand auf und sah sich verlegen um. »Ich müsste euch da noch etwas sagen.«

Aller Augen richteten sich auf die junge Frau.

»Ich mach's mal kurz. Ich bin schwanger.«

Verwundertes Schweigen.

Plötzlich sprang Hatim auf, wobei er fast seine Bierflasche umstieß, stürmte auf Karina zu und umarmte sie innig. »Oh, das ist wundervoll! Herzlichen Glückwunsch.« Dann drehte er sich zu den anderen um, breitete die Arme aus und lachte. »Mensch, Leute – wir werden Eltern! Ist das nicht fantastisch?«

Alle lachten.

Dagmar hob die Hand. »Äh, ich hab das schon hinter mir – danke!«

Über das Feuer hinweg begegnete Dagmars Blick dem von Karl. Während alle noch über Hatims Freude kicherten, blieb für Dagmar die Welt eine Millisekunde stehen, denn Karls Blick hielt sie gefangen. Dann blinzelte er einmal und hob seine Flasche. »Herzlichen Glückwunsch, Karina.«

Dagmar nippte verlegen an ihrem Wein.

»Ja, herzlichen Glückwunsch!« Auch Frank nickte.

Karina lächelte vor Erleichterung. »Danke! Ich … ich hoffe, ihr seid nicht böse, dass ich es euch nicht schon früher gesagt habe, aber ich musste erst mal selbst damit klarkommen.«

Beate erhob ihr Glas. »Auf Karina!«

»Auf Karina!«, erklang es aus aller Munde.

Und an Karina gewandt, meinte Beate lächelnd: »Guck, du schaffst das. *Wir* schaffen das!«

Natürlich gab es an diesem Wochenende kaum ein anderes Thema. Dagmar beobachtete beruhigt, wie sich alle um Karinas Wohl sorgten und dass die Frage, wie

es wohl im Haus am Plöner See mit einem Baby weitergehen würde, keine Bedenken nach sich zog.

Hatim plante gleich, wie er Karinas Zimmer und das
Bad babygerecht umbauen könnte. Frank und Beate
boten sich sofort als Babysitter an. Wobei Frank dafür
von Karina einen leicht misstrauischen Blick erntete.

»Was? Traust du mir das nicht zu?« Gespielt empört
klopfte er sich auf die Brust.

Karina hatte inzwischen ihre Schüchternheit der vergangenen Tage wieder abgelegt. »Na hör mal – wenn
ich sehe, wie du dich um Ferdi kümmerst?« Sie kraulte
dem kleinen Hund, der auf ihrem Schoß lag, die Ohren.

»Ich stehe dir natürlich auch zur Seite«, warf Dagmar
ein. »Ich habe zwar seit fünfundzwanzig Jahren kein
Baby mehr gewickelt, aber so viel wird sich an der Tech-
nik nicht verändert haben.« Sie sah an Karinas dankba-
rem Blick, dass es ihr sehr viel bedeutete, mit ihrem Problem nicht mehr allein zu sein. Gleichzeitig fluchte sie
im Stillen über Karinas Eltern, die ihre Tochter in dieser
Lage einfach im Stich ließen.

Kapitel 28

Am Montagmorgen stand gleich die nächste Überraschung vor der Haustür. Dagmar war mit Beate gerade vom Seeufer zurückgekommen und hatte sich mit ihr für einen zweiten Kaffee an den Tisch gesetzt, als es an der Haustür klingelte. Da der Postbote schon da gewesen war und sie niemanden erwartete, hob Dagmar überrascht die Augenbrauen. Ferdi quittierte das Klingeln mit einem leisen Knurren vom Sofa her.

»Nanu, wer kann denn das sein?«, meinte Dagmar und ging zur Haustür.

Davor stand ein junger Mann in grauem Jackett und zerknitterter Krawatte. Unter dem Arm trug er eine schwarze Aktenmappe.

»Guten Morgen, sind Sie Frau Gröning?«

»Ja, das bin ich. Guten Morgen.«

Der junge Mann nickte gewichtig und machte ein ernstes Gesicht. »Mein Name ist Mayer, ich komme vom Ordnungsamt zur Überprüfung der hier gemeldeten Personen.«

»Aha.« Dagmar hatte keine Ahnung, ob so etwas üblich war. »Wie kann ich Ihnen behilflich sein?«

Der Mann schielte an Dagmar vorbei ins Haus. »Also,

es wäre nett, wenn Sie mir kurz bestätigen könnten, dass alle Personen, die ich hier als gemeldet verzeichnet habe, auch wirklich bei Ihnen leben.«

»Ja, kein Problem.« Dagmar war nicht ganz wohl dabei, den Mann hereinzulassen, aber ihn vor der Tür abzufertigen wäre unhöflich gewesen. Sie bat ihn also herein.

»Guten Morgen.« Beate begrüßte den Besucher vom Esstisch her.

»Guten Morgen.« Sein abschätzender Blick fiel gleich auf seine Liste. »Es geht wirklich schnell, ich werde nicht lange stören. Also … da habe ich als Erstes Sie natürlich, Frau Gröning.«

Dagmar hob kurz die Hände. »Ja, wie zu erwarten wohne ich hier.«

»Dann sind seit Kurzem weitere Personen hier gemeldet, als da wären ein Herr Frank Flaßberg?«

»Ja, der wohnt hier.«

»Frau Beate Fänger?«

Beate hob die Hand. »Das bin ich.«

Der Mann nickte kurz.

Ferdi kam von seinem Platz auf dem Sofa und schnüffelte am Bein des Mannes.

»Ferdi, lass das.« Beate nahm den kleinen Hund auf den Schoß.

»Dann noch eine Frau Karina Bruns.«

»Ja, ist auch korrekt, die ist aber gerade nicht da«, antwortete Dagmar.

»Und ein Herr Karl Reinert.«

»Ja, auch korrekt. Allerdings auch momentan auf der Arbeit.«

»Es geht nur um die Richtigkeit meiner Daten. Und ansonsten? Lebt noch jemand hier?«

Dagmar und Beate tauschten einen schnellen Blick.

Herr Mayer setzte eine strenge Miene auf. »Wenn hier nicht gemeldete Personen wohnhaft sind, muss ich das wissen.«

»Nun ja … ich kann Ihnen jetzt nicht sagen, warum er sich noch nicht umgemeldet hat, aber es lebt noch jemand hier.« Dagmar spürte, dass es keine gute Idee wäre, den Mann vom Ordnungsamt anzuflunkern, und sah auch keinen Grund dafür.

»Und der Name wäre?«

»Hatim Gökcan. Er hat aber natürlich einen anständigen Mietvertrag. Ich denke, er hat es einfach noch nicht geschafft, sich umzumelden.«

»Bitte teilen Sie diesem Herrn Gökcan mit, dass er das unverzüglich nachzuholen hat. Die Anmeldefrist beträgt vierzehn Tage. Wenn man dieser nicht nachkommt …«

»Ich sagte ja, er hat es bestimmt einfach noch nicht geschafft. Herr Gökcan ist beruflich sehr eingespannt.«

»Dann sollte er es schnellstmöglich nachholen.«

Dagmar nickte beschwichtigend. »Ich werde es ihm ausrichten.«

»Gut, dann sind wir auch schon fertig. Übrigens muss der Hund auch angemeldet werden. Hundesteuer. Wem gehört das Tier?«

»Es gehört Herrn Flaßberg, aber er hat ihn noch nicht lange. Ich denke, auch er hat es einfach verschwitzt bis dato.«

»Bitte geben Sie auch ihm Bescheid, dass er dies noch zu erledigen hat. Und bedenken Sie bitte, dass die Ummeldefristen für Aus- beziehungsweise neue Einzüge dann ebenso gelten.« Sein Blick schweifte kurz durch den Wohnraum. Dagmar empfand ihn als eher abwertend und ärgerte sich darüber. »Erst mal wird wohl niemand mehr aus- oder umziehen. Ich strebe ein langfristiges Mietverhältnis mit meinen Mitbewohnern an.«

Herr Mayer packte kommentarlos seine Liste wieder ein und verabschiedete sich knapp, dann war er auch schon fort.

Dagmar und Beate blieben verdutzt zurück.

»Hast du so was schon mal erlebt, Beate? Also, dass Mieter überprüft werden?« Dagmar holte sich einen frischen Kaffee, nachdem sie die Tür hinter dem Beamten geschlossen hatte.

»Ne. Oh Ferdi – du bist auch noch ein Schwarzwohner.« Sie kraulte dem Hund, der sich auf ihrem Schoß zusammengerollt hatte, die Ohren. »Komisch.« Beate schüttelte nachdenklich den Kopf. »Vielleicht ... vielleicht hat jemand dem Amt einen Tipp gegeben, dass man hier mal kontrollieren sollte.«

»Meinst du?«

Dagmar wägte schnell ab, wer da wohl infrage käme. Bis auf Daniel und Frauke Bloch von nebenan fiel ihr spontan niemand ein. In ihr kroch ein ungutes Gefühl empor. Hatte sie wirklich jemand angeschwärzt? Oder besser gesagt, es versucht? Denn eigentlich ging hier ja alles mit rechten Dingen zu. Bis auf die Sache mit

Hatim, aber das würde sie gleich heute Abend klären.
»Na, ich hoffe mal nicht, denn wenn uns jetzt jemand
an den Pelz will …«

»Aber das ist doch alles legitim hier, oder?«, fragte
Beate und deutete vage in Richtung des Wohntrakts.

Dagmar lachte auf. »Ja natürlich, was denkst du
denn?«

Als am Abend alle am Esstisch versammelt waren, fand
Dagmar, es wäre eine gute Gelegenheit, von dem morgendlichen Besuch zu berichten.

»Also, Leute, heute Morgen war jemand vom Amt
da.« Sogleich sahen alle sie aufmerksam an. »Er wollte
kurz überprüfen, ob alle Personen, die hier wohnen,
auch gemeldet sind. Frank – der Ferdi muss noch angemeldet werden wegen der Hundesteuer.«

Frank sah kurz zu dem kleinen Hund. »Ach was! Du
kostest Steuern?«

Karl lachte leise. »Bei uns kostet alles Steuern, was
denkst du denn. Aber vielleicht kannst du ihn als Wachhund anmelden, dann wird es etwas günstiger.«

Karina kicherte. »Wachhund – ja, wenn sich der Einbrecher aus Versehen auf ihn draufsetzen würde, dann
würde er wohl bellen.«

Karl schüttelte den Kopf und sagte grinsend: »Ob der
wacht oder nicht, ist egal.«

Dagmar sah zu Hatim. Der saß mit gesenktem Blick
da und stocherte in seinem Essen herum. »Hatim. Du
müsstest dich auch noch hier anmelden. Der Herr
bemängelte, dass das noch nicht geschehen ist.«

»Hm, ja …«, gab Hatim knapp zurück.

Karl stieß ihn von der Seite her an. »Hey, das ist wichtig. Wir wollen doch nicht, dass Dagmar Ärger bekommt.«

Hatim sah auf. »Nein, natürlich nicht. Ich werde es dann wohl mal erledigen müssen.« Er verzog den Mund.

Karina sah ihn unverwandt an. »Hatim? Gibt es da ein Problem?«

Jetzt richteten sich alle Blicke auf Hatim. Der legte sein Besteck hin und machte ein betrübtes Gesicht. »Nein … Ja …«

»Was?« Karl richtete sich auf.

Hatim warf Dagmar einen entschuldigenden Blick zu. »Es tut mir leid, ich … ich habe mich noch nicht hier angemeldet, weil … weil ich nicht wollte, dass jemand meine Adresse herausfindet.«

Dagmar merkte, wie Frank hellhörig wurde. Kauend deutete er mit einem Finger auf Hatim. »Du hast aber keinen Dreck am Stecken, oder?«

Beate warf ihm einen strafenden Blick zu. »Frank!«

Frank zuckte mit den Achseln. »Ich kenne so was.«

Hatim schüttelte den Kopf. »Nein, nein – ich … Es ist nur so …« Er schien innerlich mit sich zu ringen.

Karina sah ihn beschwichtigend an. »Hey, Hatim, wir haben alle irgendwie unser Päckchen mitgebracht. Schau – Beate, die nicht wollte, dass wir von ihrem Einzug wissen. Ich, die allen verheimlicht hat, dass ein Baby unterwegs ist … Egal was, ich denke, wir kommen damit klar.«

Dagmar nickte zustimmend und sah Karina dankbar an.

»Ach Mann, ja okay … Ich müsste auch etwas beichten.« Hatim sackte in sich zusammen.

Dagmar wand sich innerlich. *Nein – nicht noch eine Katastrophe.*

Hatim holte tief Luft und zog die Schultern hoch. »Also, ich … ich war verheiratet. Mit meiner Frau bin ich aber nie sonderlich gut klargekommen. Meine Eltern hatten sie ausgesucht, und nun … Na ja, es hat nicht sollen sein mit uns. Da habe ich beschlossen, sie zu verlassen, und bin hier gelandet.«

Karl nickte verständnisvoll, fragte dann aber: »Und was hindert dich daran, deinen Wohnsitz hier anzumelden?«

Hatim zog die dunklen Augenbrauen zusammen. »Ich bin Türke, Mann, meine Frau hat Brüder, Onkel, Cousins, und sie sind jetzt alle mächtig sauer auf mich.«

Frank grinste. »Ja, da würd ich mich auch verstecken.«

»Frank!« Jetzt war es Karina, die ihn strafend ansah.

Dagmar seufzte. »Du wirst dich aber trotzdem bei mir melden müssen, Hatim. Ich möchte nicht, dass es von der Seite des Amtes Ärger gibt.«

»Nein, ich ja auch nicht. Ich werde es noch diese Woche erledigen. Tut mir wirklich leid.«

Dagmar fixierte nun den Nächsten. »Und Frank, du meldet den Hund an!«

Frank nickte gequält. »Ja, Chefin.«

»Ich bin hier nicht die Chefin, aber für ein gutes Miteinander ist es wohl unumgänglich, dass solche Dinge besprochen und dann geregelt werden.«

Alle nickten.

Karl hob die Hand. »Wo wir gerade so nett beisammensitzen …«

Dagmar zog die Stirn in Falten. Hatte er auch noch irgendwelche Dinge zu beichten?

Doch Karl lächelte sie nur verschmitzt an. »Ich hätte einen Vorschlag.«

»Und welchen?« Dagmar reichte es für diesen Tag eigentlich, aber sie gab nun mal jedem eine Chance.

»Also, letzten Freitag, als wir unten am See gegrillt haben, da habe ich mir den Park mal etwas genauer angesehen. Wie wäre es, wenn wir in der Kate vielleicht ein paar Hühner halten würden? Ich würde auch gern den Gemüsegarten wieder auf Vordermann bringen.« Er hob die Hände. »Das käme uns allen zugute.«

»Hühner?« Dagmar spitzte die Lippen. »Ich hab keine Ahnung von Hühnern.« Bei dem Gedanken an ihren Gemüsegarten schämte sie sich etwas, dass sie die Beete dieses Jahr noch gar nicht beachtet hatte. Ihre Erfolge in Sachen Gemüseanbau waren überschaubar gewesen in den letzten Jahren, daher lagen die kleinen Anbauäcker etwas verwaist im Dornröschenschlaf.

»Na, ich aber – ich bin schließlich Bauer. Wir hatten immer Hühner, und einen Garten hatten wir auch. Da draußen ist so viel Fläche, da könnten wir uns ja fast selbst versorgen.«

Beate nickte. »Also, ich finde das eine gute Idee. Und was den Gemüsegarten angeht … Ich kann zwar keine

Bäume mehr ausreißen, aber ein bisschen Unkraut zupfen und buddeln schaffe ich wohl noch.«

Hatim war wohl dankbar, dass das Thema gewechselt worden war. »Ich finde die Idee auch gut, ich kenne mich zwar mit dem Anbau nicht so aus, aber ich kann zumindest aus fast allem etwas kochen.«

»Ich bin auch dabei.« Karina lächelte.

Nur Frank schüttelte leicht den Kopf »Ich hab da keine Ahnung von, aber beim Aufessen bin ich auf jeden Fall dabei.« Auf Karls Blick hin ergänzte er: »Na gut, und helfen kann ich natürlich auch.«

Aller Augen richteten sich auf Dagmar.

»Gern! Ihr könnt den Garten natürlich nutzen. Ich hatte bisher nicht viel Erfolg mit Gemüse. Zwei, drei Tomaten gab es schon mal, aber vielleicht schaffen wir zusammen ja etwas mehr Ertrag.«

Karl rieb sich die Hände. »Prima, wir müssen nämlich schnell anfangen, sonst ist es zu spät, da noch etwas zu pflanzen. Ab morgen wird also gebuddelt.«

Kapitel 29

*I*ch hatte dich ja gewarnt.« Helga schnippelte mit einer Schere an einigen Blumenstängeln herum.

Dagmar saß auf ihrem Platz an dem kleinen Tisch und beobachtete ihre Freundin. »Na ja, so schlimm ist es auch wieder nicht. Mir ärgert es nur ein bisschen, dass fast jeder irgendetwas verheimlicht hat beim Einzug.«

»Ich fasse zusammen. Du hast eine unverhofft Schwangere, einen Türken, der ein große, verärgerte Familie hat – und das war es doch eigentlich schon.« Helga sah zu Dagmar. »Dass Beate krank ist, wusstest du vorher.«

»Ja, es geht auch gar nicht darum. Und Karina … na ja, was soll ich machen? Das Mädchen vor die Tür setzen? Nein, auf keinen Fall. Was die Sache mit Hatim allerdings noch für Folgen haben wird …« Dagmar seufzte.

»Die werden wohl nicht gleich alle vor der Haustür stehen. Oder meinst du, das gibt Ärger?«

Dagmar zuckte mit den Achseln. »Ich hoffe mal nicht.«

»Und die anderen beiden – Frank und Karl? Denkst du, die haben auch noch Leichen im Keller?« Helga grinste.

»Also Karl bestimmt nicht. Das ist ein ganz anstän-

213

diger Kerl. Bei Frank … ich weiß nicht. Du kennst ja seine Vorgeschichte. Wahrscheinlich besser als ich sogar.« Dagmar grinste Helga zu. »Irgendwie hat er Stimmungsschwankungen. Morgens bekommt er meist kaum einen Ton raus, nachmittags hört man ihn arbeiten, und abends ist er oft etwas überdreht.«

»Vielleicht ist er einfach nur ein Morgenmuffel. Angeblich hat er sein Leben aber nun im Griff. Du solltest nur hoffen, dass er bald auch mal wieder kreativ wird – nicht dass er wieder pleitegeht und du ihn gar noch aushalten musst.«

»Das könnte ich gar nicht – ich bin finanziell ja selbst scharf an der Grenze, aber bisher haben alle ihre Miete bezahlt, und auch das mit dem Kostgeld funktioniert. Der Putzplan schleift manchmal etwas hinterher, aber die sind alle erwachsen, und ich muss wohl nicht die Sauberkeit ihres Badezimmers kontrollieren.«

»Nein, das ist nicht dein Job. Versteh das jetzt nicht falsch, Daggi, aber ich finde, ihr seid schon ganz schön eng alle zusammen in dem Haus.«

»Wie meinst du das?«

»Na, dass ihr ständig zusammenhängt. Ich dachte ja eher … na, dass es weniger intim abläuft.«

»Also *intim* würde ich es jetzt ja noch nicht nennen.« Dagmar schüttelte den Kopf.

»Aber da bildet sich schon ein bisschen mehr als nur eine Zweckgemeinschaft heraus, finde ich.«

Dagmar musste plötzlich lachen, als sie bemerkte, welch ein Gesicht Helga bei diesen Worten zog. »Bist du eifersüchtig?«

»Nö … na gut, ein bisschen vielleicht. Früher hattest du mehr Zeit für mich.« Helga machte ein gespielt vorwurfsvolles Gesicht.

»Helga, das hab ich doch immer noch. Und ich gelobe Besserung. Aber es ist wohl wirklich so, dass mich meine neuen Mitbewohner gerade ziemlich auf Trab halten. Das wird sich aber einpendeln.«

Wieder im Haus am See angekommen, drückte Dagmar das schlechte Gewissen. Sie hatte sich in der Tat seit Heinrichs Tod etwas rargemacht. Ihre Freunde hatten dafür in den ersten Wochen sicherlich Verständnis gehabt, aber inzwischen war der Alltag wieder eingekehrt. Wobei Dagmar sich eingestehen musste, dass ihr Alltag inzwischen völlig anders aussah. Sie genoss die Zeit im Haus und die Anwesenheit ihrer Mitbewohner; vielleicht zog es sie daher nicht so sehr in die alten Gewohnheiten zurück. Dennoch war es längst an der Zeit, selbst einen Schritt auf die anderen zuzumachen und nicht einfach nur darauf zu warten, dass sich jemand bei ihr meldete. Entschlossen ging sie in ihr Bürozimmer und wählte die Nummer von Barbara.

»Hallo, Barbara – Daggi hier«, meldete sie sich mit möglichst fröhlicher Stimme.

»Oh, hallo.« Barbara klang ehrlich verwundert.

»Ich wollte einfach mal hören, wie es euch so geht. Ich meine, ich spreche ja ab und an mit Christoph, aber dann nur über Steuerkram und so. Was ist denn mit euch? Geht es euch sonst gut?«

»Ja, uns geht's so weit gut. Und dir?«

»Oh, mir geht es wirklich gut, muss ich sagen. Könnte kaum besser laufen.«

»Aha, das ist schön zu hören.« Barbara klang immer noch etwas zögerlich.

»Wart ihr dieses Jahr zum ersten Mai gar nicht auf der Prinzessinneninsel?« Dagmar konnte sich die Frage einfach nicht verkneifen.

»Hm, doch … schon, ja. Wir waren mit Frauke und Gerd dort.«

»Oh, da hättet ihr ja mal einen Ton sagen können.«

»Na ja, wir dachten, dass es vielleicht noch zu früh wäre für dich.«

Dagmar verzog das Gesicht. Gut – sie ließ diese Ausrede gelten. »Habt ihr nicht Lust, mal wieder zum Essen zu kommen? Ich kann was Leckeres kochen, und … man sitzt draußen ja auch schon ganz gut.«

»Zu dir?« Barbaras Stimme klang ein wenig spitz, das entging Dagmar nicht. Es hörte sich fast so an, als gäbe es irgendein unbequemes Problem.

»Warum nicht?«, entgegnete sie. »Ihr könntet so auch mal meine Mitbewohner kennenlernen.«

»Ach, Daggi, es tut mir leid. Wir haben momentan so viele Einladungen, und Chris ist auch alle paar Tage in Hamburg, und an den Wochenenden bauen wir gerade die Terrasse um …«

»Hm, schade, hätte mich gefreut.«

»Aber wir schaffen das dieses Jahr schon irgendwie«, sagte Barbara und versuchte sich offenbar in Schadensbegrenzung.

»Ja, sicherlich. Gut, du, ich muss Schluss machen. Grüß Christoph.«

»Ja, mach ich. Tschüss, Daggi.« Barbara legte auf.

Dagmar starrte verdrossen auf ihr Telefon. Es lag also wirklich an ihrer neuen Lebenssituation, dass ihre Freunde sich abwandten. Vielleicht war alles ja auch noch zu frisch. Sie seufzte. Irgendwas würde ihr schon einfallen, sodass Barbara und Christoph vorbeikämen. Sie sollten sich kein Urteil bilden, ohne überhaupt miterlebt zu haben, wie es in ihrem Haus zuging.

Ein lautes Scheppern von draußen riss Dagmar aus ihren Gedanken. Sie riss die Haustür auf.

»Oh, Dagmar, gut, dass du kommst! Kannst du mal mit anfassen?«

Karl lud gerade eine große Rolle Drahtzaun aus seinem Auto, und aus dem Kofferraum guckten lange Holzlatten hervor.

Dagmar schmunzelte. »Wolltest du dir nicht erst mal neue Möbel kaufen?« Sie wusste, dass Karl immer noch recht spartanisch eingerichtet war in seinen Zimmern.

»Ach, das hat doch Zeit … Hier sind der Draht und das Holz für den Hühnerstall.«

»Na, das hab ich mir schon gedacht – als Bett wäre das wohl auch etwas seltsam.« Dagmar packte die große Drahtrolle an einer Seite und half Karl, diese anzuheben. »Wohin?«

»Am besten gleich hinters Haus.« Karl ging mit seinem Ende der Drahtrolle voran.

Wenig später lagen vor der alten Kate am See ein Stapel Holzlatten und auch der Draht.

»So, jetzt müssen wir da drin nur noch etwas Ordnung schaffen.« Karl wischte sich mit dem Ärmel über die Stirn.

»Du ziehst das jetzt durch, wie?« Dagmar schmunzelte.

Karl wirkte verunsichert. »Das stört dich doch nicht, oder? Ich meine, dass ich die Idee mit den Hühnern hatte und so.«

Dagmar winkte ab. »Nein, nein. Keine Sorge. Ich freue mich gerade nur über deinen neuen Enthusiasmus. Du …« Sie sah ihn verlegen an. »Du warst ein wenig zurückhaltend in den ersten Wochen.«

Er zuckte mit den Achseln. »Ist auch nicht ganz so einfach gewesen, sich hier einzufinden. Für eine kleine Weile habe ich gedacht, das wäre doch nichts für mich … also mit den ganzen Leuten. Ich habe jahrelang allein gelebt.«

Dagmar nickte. »Ja, ich muss gestehen, ich war auch etwas überrumpelt, wie viel Kontakt man dann doch hat. Zumal man in Mietwohnungen ja auch nicht so eng mit seinen Nachbarn ist.«

Karl sah ihr nun direkt ins Gesicht. Dagmar spürte, wie sein Blick sie innerlich berührte.

»Stört dich diese Nähe denn?«

Sie versuchte seinem Blick standzuhalten, allerdings kribbelte es dabei in ihrer Magengegend. »Nein, ich finde es inzwischen sehr schön, es ist ja ein bisschen wie eine Familie.« Jetzt musste sie doch wegsehen, denn bei dem Wort Familie brannte es in ihrer Kehle.

»Ich finde es inzwischen auch sehr schön«, sagte Karl

leise. »Und es macht Spaß. Ich mag Beate unheimlich gern, sie ist ein bisschen wie die liebe Tante, die man nie hatte ... Und Karina – so ein nettes Mädchen! Da ist man ja fast traurig, dass man keine eigene Tochter hat.« Karl lächelte bei diesen Worten in sich hinein. »Gut, Hatim – ich weiß noch nicht, wo ich den hinstecken soll ... und Frank wäre dann wohl der etwas nervige Bruder oder so ...«

»Und ich?«, fragte Dagmar leise.

Karl sah sie kurz von der Seite her an und hielt einen Augenblick inne. »Lass uns mal gucken, wie es in der Kate aussieht.« Er wies mit der Hand auf die niedrige Tür.

Kapitel 30

Frank

Er war doch ein Lügner! Frank lag auf seinem Bett, den Blick nach oben an die Decke gerichtet, und grübelte vor sich hin. Etwas, das er tagein und tagaus tat, seit er in diese Räume gezogen war. Manchmal nahm er seine Gitarre zur Hand und spielte ein paar Akkorde, damit seine Finger nicht einrosteten, und manchmal sang er einige seiner alten Lieder. Doch *was* sang er da überhaupt? In Spanien hatte es ihn wie der Blitz getroffen. Es war am vierten Abend gewesen, eine Kneipe mit ein paar Gästen. Ob einer von denen ihn überhaupt erkannt hatte? Er hatte keine Ahnung. Ganz professionell hatte er seine Lieder runtergespielt, doch mittendrin war es ihm so vorgekommen, als wäre er plötzlich wach geworden. Er hatte keinen blassen Schimmer gehabt – nicht mal die leiseste Ahnung –, wovon er da sang. Die große Liebe, die einzige Liebe, die erste Liebe, die unendliche Liebe – was für ein Käse! Er hatte noch nie wirklich geliebt in seinem Leben – er hatte ja noch nicht mal richtig gelebt! Das, was er früher als sein Leben erachtet hatte, war doch alles nur aufgesetzter Mist gewesen. Lauter Leute, die ihn nur deshalb toll fanden, weil er berühmt war, Frauen, die ihre Blusen auszogen, weil sein Gesicht in der Zeitung gewesen war, er war umgeben gewesen von Ja-und-Amen-Sagern. Und all die Heuchelei, die er in seinen Liedern verbreitet hatte, er konnte da doch gar nicht mitreden, er wusste überhaupt nicht, wie sich das in echt anfühlte. Das, was er mal für kleine Anflüge von Liebe gehalten hatte – vor allem wenn sein Alkoholpegel hoch genug gewesen war –, das war doch nur Sex und sonst nichts gewesen. Himmel, er schämte sich jetzt dafür. Und all die Fans, die ihm vielleicht sogar geglaubt hatten, was er da besang – er hatte sie alle betrogen. Selbst die *Ostseesonne* war doch bloß ein Song, den er irgendwie von anderen abgekupfert hatte. Er hatte immer nur gesungen, was die Leute hören wollten, wahrscheinlich weil deren wahres Leben auch nicht gerade erfüllend war, sodass sie Trost in der Musik suchen mussten.

Und jetzt? Er konnte es nicht mehr. Jedes Mal wenn er versuchte, einen neuen Text zu entwickeln, musste er über sich selbst lachen. *Junge, Junge, schreib doch nicht so einen Scheiß*, rief es dann in ihm. Aber worüber sollte er sonst schreiben? Seine Erfahrungen bezogen sich – nüchtern betrachtet – auf ein enormes persönliches Versagen. Er war ein Niemand, und sein Leben war ebenso leer wie sein Kopf. In Spanien hatte er es noch geschafft, dieses Gefühl zumindest so weit einzudämmen, dass seine Songs nicht gänzlich tonlos rüberkamen, doch das Feeling war einfach weg – er konnte nicht mehr überzeugend von etwas singen, was gar nicht in ihm steckte.

Eines Abends, nach einem Auftritt, hatte er vor irgendeiner spanischen Bar gestanden, eine Zigarette geraucht und ernsthaft darüber nachgedacht, sich mal wieder so richtig zu besaufen. Dann hätte das alles vielleicht nicht mehr so wehgetan. Aber genau in dem Moment war dieser kleine Hund aufgetaucht, hatte sich neben ihn gesetzt und ihn mit großen Augen angesehen. Er hatte es nicht mehr gekonnt, das mit dem Besaufen. Diese Hundeaugen schienen ihm sagen zu wollen: Tu das nicht!

Er hatte Ferdinand einfach mitgenommen – das Gefühl, vielleicht nicht auf sich selbst aufpassen zu können, war bedrückend gewesen. Ferdi war seine lebende Ermahnung gewesen, sich selbst nicht aufzugeben. Seit ein paar Tagen aber konnte er die Nähe des kleinen Hundes, so süß er auch war, kaum noch ertragen, denn er hatte nicht nur Ferdi betrogen, sondern auch sich selbst. Der Hund schien das zu spüren, denn er sah ihn nur noch emotionslos an und ging dann zu jemand anders. Zu Beate oder Karina – klar, die beiden waren ja auch der Inbegriff der Ehrlichkeit. Gut, vielleicht jetzt nicht faktisch gesehen, aber sie hatten ein gutes Herz. Wie irgendwie alle hier in diesem Haus ein gutes Herz zu haben schienen. Nur er, Frank Flaßberg, fühlte sich wie eine hohle Nuss.

Verärgert setzte Frank sich in seinem Bett auf und strich sich mit beiden Händen über das Gesicht. Seine Bartstoppeln kratzten, er war schon wieder auf dem besten Weg, sich gehen zu lassen. Vor einigen Tagen war er mit dem Bus nach Hamburg gefahren. Manchmal musste er einfach auch mal in die Stadt, obwohl ihm die Ruhe hier am See gefiel. Dummerweise blieb man ja bei Dingen, die man kannte, und so war es ihm auch bei seinem Besuch in Hamburg ergangen. Er war nur die Straßen entlanggelaufen, die er kannte und die ihn unweigerlich in Ecken gebracht hatten, in denen er sich eigentlich nicht mehr aufhalten sollte. Es hatte auch nicht lange gedauert, bis er einen jungen Mann mit Kapuzenpullover getroffen hatte, den er noch von früher kannte.

»Hey – alles cool, Mann? Willst du was?«, hatte der Typ gesagt und genickt.

Frank hatte nicht lange nachgedacht, zwanzig Euro aus der Tasche gezogen und dafür ein kleines Tütchen kassiert. Dieses steckte nun in seiner Jacke. Wenig, nur ganz wenig hatte er davon gestern in seinen Tabak gemischt. Es hatte zum Kotzen geschmeckt, er hatte husten müssen. Doch kurz darauf hatte er das erste Mal eine neue Melodie gespielt. *Verdammt!* Es konnte doch nicht sein, dass sich seine Kreativität nur durch einen Rausch wecken ließ. Das roch doch genauso nach Betrug wie sein früheres Gesinge von Liebe und so. Er musste einen anderen Weg finden. Er stand auf und streckte sich kurz. *Verdammter Mist*, murmelte er halblaut.

Vom Fenster aus sah er in den Park. Die Sonne stand schon etwas tiefer am Himmel, er hatte den Tag mal wieder einfach so verstreichen lassen. Bald würde es Sommer werden, und er hätte immer noch nichts vorzuweisen. Er wollte sich doch einen neuen Agenten suchen, vielleicht sogar einen neuen Manager, obwohl er da sehr kritisch sein würde mit der Auswahl. Aber dafür brauchte er einen neuen Song. Einen beschissenen neuen Song – das konnte doch nicht so schwer sein! Früher hatte er in einem Jahr vier und mehr geschrieben und auch noch eingesungen und produzieren lassen …

Er sah aus den Augenwinkeln, wie sich unten am See irgendetwas tat. Karl und Dagmar werkelten an der Kate herum. Er sollte nachsehen, ob er vielleicht helfen konnte. Dass er nicht allein im Haus war, war bisher das einzig Positive. Es hinderte ihn daran, sich gänzlich hängen zu lassen, und dafür war er im Stillen dankbar.

Frank fuhr sich mit den Händen durch das Haar und beschloss, nach draußen zu den beiden zu gehen. Ablenkung tat gut, nur nicht an den Stoff in seiner Jacke denken. Den rührte er besser gar nicht erst wieder an.

Kapitel 31

Karina

Karina saß auf der Terrasse in der Sonne. Ferdi lag zu ihren Füßen und schnarchte leise, unten am Ufer des Sees werkelten Dagmar, Frank und Karl am zukünftigen Hühnerstall. Karina hatte helfen wollen, doch die anderen hatten einhellig den Kopf geschüttelt. Sie solle nicht schwer heben und überhaupt. Karina lächelte in sich hinein. Sie fühlte sich gut, sehr gut sogar. Die markanten Schwangerschaftssymptome wie Übelkeit und Stimmungsschwankungen waren inzwischen abgeklungen, und die Sorge der anderen Hausbewohner rührte sie. Alle waren so aufmerksam ihr gegenüber, etwas, das sie sich von ihrer eigenen Familie auch gewünscht hätte. Sie seufzte. Zwischen ihren Eltern und ihr herrschte nach wie vor Funkstille. Sie würden sich eines Tages wieder einkriegen, dessen war sie sich sicher. Doch den Ablauf hatte sie sich eigentlich anders vorgestellt, mit einer glücklichen zukünftigen Oma und einem stolzen Opa. Dass sie im Haus am Plöner See plötzlich fünf fürsorgliche Ersatzonkel und -tanten gefunden hatte, tröstete allerdings ein wenig.

Sie setzte sich auf und atmete zufrieden die warme Luft ein. Es schien ein warmer Frühsommer zu werden. Hoffentlich brachte der Sommer dann nicht noch mehr Hitze, wenn sie erst mal eine dicke Kugel vor sich herschob. Sie legte liebevoll die Hände auf ihren Bauch. Seit Kurzem konnte sie die Bewegungen des Babys spüren. Erst war es wie ein zartes Flattern gewesen – ein Gefühl, das ihr bis in die Haarspitzen geschossen war. Inzwischen vernahm sie deutlich ein leichtes Boxen und auch mal einen Tritt. Etwas, was jedes Mal einen Schwall Glückshormone durch ihren Körper jagte und gleichzeitig eine dunkle Stelle in ihren Gedanken vergrößerte. Würde sie das Kind behalten können? Was hatte man denn als junge, alleinerziehende Mutter ohne abgeschlossene Berufsausbildung für eine Zukunft? Hier musste sie den Argumenten ihrer Eltern leider recht geben, ihr angedachter Lebensweg war irgendwie in tausend Teile zerbröselt, und bisher hatte sie es noch nicht geschafft, über diesen Schutthaufen wieder eine Brücke zu zeichnen. Der Gedanke, das Baby nach der Geburt fortzugeben, war immer noch da. Dies wäre der einfache Weg, sie würde es zur Welt bringen und dann hoffen, dass es in eine geordnete, anständige Familie käme. Doch war die Vorstellung auch erschreckend. Karina hatte einiges darüber gelesen und kannte natürlich auch die einschlägigen Fernsehsendungen. Was wäre, wenn ihr Kind dann in zwanzig oder dreißig Jahren nach ihr suchen würde, weil es die ganze Zeit mit der Frage des *Warum* gelebt hatte? Und was sollte sie diesem Kind, das sie dann gar nicht kennen würde, darauf antworten? *Du passtest einfach nicht zu meinem Lebensweg.* Sie spürte, wie diese Gedanken sie herunterzogen, so wie jedes Mal, wenn sie ihnen nachhing. Eine solche Entscheidung traf man doch nicht einfach mal so nebenher, und sie konnte sich auch nur schwer vorstellen, diese in ein paar Monaten zu treffen. So gravierend schlecht war ihr Leben nun auch nicht, obwohl sich zukünftige Dinge wie Ausbildung, Geldverdienen und die gesamte Organisation noch gar nicht absehen ließen. Aber andere Frauen schafften es doch auch als alleinerziehende Mutter. Nur leider gab das Fernsehen da auch so manche Steilvorlage in Sachen gescheiterte Existenzen.

»Hey, was sitzt du hier so allein?« Es war Hatim, der gerade nach Hause gekommen war.

Karina steckte eilig die Gedanken in eine Schublade in ihrem Kopf und verschloss diese ganz fest. Dann lächelte sie verlegen.

»Die anderen haben gesagt, ich dürfte nicht mithelfen.« Dabei deutete sie nach unten zur Kate, von wo man die Geräusche eines Akkuschraubers vernahm.

»Nein, du solltest dich schonen.« Hatim nickte, während er die Augen mit einer Hand beschirmte und zu erspähen versuchte, was dort am Seeufer vor sich ging. »Sind aber fleißig am Bauen, hm? Karl macht Ernst mit seinen Hühnern.«

»Also, ich finde das super. Die Eier schmecken viel besser von eigenen Hühnern. Wir hatten früher auch welche im Garten.« Der Gedanke an den Garten ihrer Eltern versetzte ihr sofort wieder einen Stich.

Hatim wedelte mit der Hand. »Also, ich kenn mich da gar nicht mit aus. Und schlachten will ich die auch nicht, da bin ich …«

»… ein Weichei.« Karina lachte.

»Ja, und? Darf ein Mann kein Weichei sein? Ich koche und esse fast alles, das gebe ich ja zu, aber schlachten … Was, wenn man das Huhn vielleicht sogar Monate oder gar Jahre immer schon gefüttert hat? Neee.«

»Das muss ja auch nicht sein.« Sie schenkte ihm ein verständnisvolles Lächeln. Sie würde das auch nicht mit ansehen können, geschweige denn, selbst Hand anzulegen. »Und, wie war dein Tag?«, fragte sie, um das Thema zu wechseln.

Hatim zog sich einen Stuhl heran und setzte sich neben Karina. »Anstrengend. Die Kinder haben heute wieder alles gegeben.«

»Ja? Erzähl mal.«

Er verzog das Gesicht. »Also, vor der ersten Pause hatten sie schon eine Toilette komplett verstopft, zwei Türschlösser lahmgelegt – Kaugummi, das Zeug sollte verboten werden –, und in der Pause haben sie so lange an einem großen Ast geschaukelt, bis der abgekracht ist. Gut, dass der bei keinem auf dem Kopf gelandet ist.«

»Immer was los, hm?«

»Das kannst du wohl laut sagen. Und hier so – wie geht's euch denn?« Er ließ den Blick blitzschnell und fast beschämt über Karinas Bauch gleiten.

Karina legte automatisch die Hand auf den Baby-bauch. »Uns geht's gut, keine Klagen, und … es macht auch noch keinen Unsinn.«

Hatim lächelte. »Das ist schön.«

Karina beobachtete ihn bei diesen Worten. Seine dunklen Augen schienen kurz aufzuleuchten, und seine Mundwinkel zuckten. Er meinte es ehrlich. Ihr wurde ganz warm ums Herz. Wenn sie doch nur so einen besorgen Vater für das Baby hätte, dann wäre vieles einfacher.

Er klopfte sich auf die Knie. »Dann werde ich mal gucken gehen, was die da unten so zusammenzimmern.« Hatim stand auf, als Beate in der Terrassentür auftauchte.

»Hallo, na, was ist bei euch los?« Sie sah erschöpft aus. Karina wusste, dass sie den ganzen Nachmittag beim Arzt gewesen war.

»Ich wollte gerade schauen gehen, wie weit die da unten mit dem Hühnerstall sind.« Hatim deutete zum See.

»Oh, bauen die etwa schon?« Beate versuchte mit zusammengekniffenen Augen etwas zu erkennen, doch die Sonne stand schon tief, und das Wasser des Sees spiegelte deren Strahlen, sodass sie blendeten. »Ich werde mir das später ansehen, ich bin ziemlich erledigt.« Sie ging auf den Stuhl zu, den Hatim gerade frei gemacht hatte.

Karina betrachtete Beate aus den Augenwinkeln. Sie war blass, und ihre Lippen hatte eine leicht bläuliche Farbe. Auch schien sie in den letzten Tagen etwas abgenommen zu haben.

Beate bemerkte wohl ihren Blick, denn nun verzog sie die Mundwinkel und schüttelte den Kopf. »Die Ärzte wollen mich wieder in einen Therapiezyklus stecken. Ich … ich weiß gar nicht, ob ich das will.« Sie seufzte leise.

Karina verspürte ein leichtes Krampfen in der Magengegend. Beate sprach meist ganz offen und unverblümt von ihrer Krankheit. Das machte den Umgang mit ihr zwar in vielem leichter, brachte allerdings auch oft die unschöne Wirklichkeit ans Licht. Trotz aller Offenheit wusste Karina so manches Mal nicht, wie sie mit Beate umgehen solle.

»Wird es denn helfen?«

»Helfen … helfen … Wirklich helfen wird nichts mehr. Es bremst den Krebs aus, hofft man. Aber ob es das auch wirklich tut, kann keiner sagen.«

»Ganz schöner Mist«, rutschte es Karina heraus.

»Ja, Kind – da hast du wohl recht.« Beate lächelte sie traurig an. »Und wie geht es dir so?«

»Och, eigentlich sehr gut.« Wieder wanderte ihre Hand zu ihrem Bauch, eine Handlung, die ganz unwillkürlich geschah.

Beate lehnte sich in ihrem Stuhl zurück und streckte das Gesicht in die Sonne. »Herrlich, diese Wärme, oder? Weißt du eigentlich schon, was es wird?«

Karina schluckte. »Nein.« Sie hatte es noch nicht wissen wollen. Je mehr sie über das Baby unter ihrem Herzen erfuhr, desto schwieriger würde es werden, es wirklich wegzugeben.

Beate saß inzwischen mit geschlossenen Augen da. »Mir sind Kinder ja leider verwehrt geblieben.«

»Hat es nicht geklappt, oder wolltet ihr keine?«, hakte Karina interessiert nach.

»Hat nie klappen wollen.« Beate seufzte. »Heute hätte man da ja vielleicht ganz andere Möglichkeiten, aber vor fünfzig Jahren war man noch nicht so weit, und … ich habe mich immer etwas geschämt deswegen.«

»Aber das muss ja nicht an dir gelegen haben.«

Beate blinzelte kurz. »Na, die Frage, ob der Mann an so was schuld sein könnte, wurde damals ja erst recht nicht gestellt.«

»Hm, das stimmt wohl. Wird heute wohl immer noch bei vielen so sein. Und ich blindes Huhn lande gleich einen Volltreffer.«

Beate schmunzelte. »Hat wohl so sein sollen.«

Karina stöhnte auf. »Das Schicksal hätte aber auch eine Kurve um mich machen können.«

Beate setzte sich auf und sah Karina nun direkt an. »Was soll ich denn da sagen? Aber ich bin mir sicher, dass nichts ohne Grund passiert – so abgedroschen sich das auch anhört. Für irgendwas wird das alles gut sein.« Dabei machte sie eine weitschweifende Handbewegung. »Selbst dass wir jetzt alle hier zusammen in einem Boot – oder Haus – sitzen. Ich glaube, das ist irgendwie Fügung.«

»Na, wenn du meinst.« Karina konnte den Sinn ihrer Worte nicht wirklich ergründen.

»Du wirst schon sehen. Und dann denk daran, was ich gesagt habe.« Beate lächelte und lehnte sich wieder zurück.

Kapitel 32

Die neuen gefiederten Mitbewohner waren insbesondere Ferdi nicht geheuer. Schon als Karl später als gewohnt von der Arbeit kam und dann nicht gleich ins Haus ging, sondern mit einer großen Kiste auf dem Arm durch den Park lief, machte der kleine Hund ein Riesenspektakel. Er schoss aus dem Wohnzimmer über die Terrasse und umkreiste Karl kläffend, als ginge es darum, einen Einbrecher zu stellen.

Dagmar versuchte noch, den Hund aufzuhalten, aber er war zu schnell. »Ferdi! Ferdi – aus!«, rief sie. Allerdings brachte das keinen Erfolg.

Das Gebell trommelte alle anderen zusammen.

»Was ist denn los?« Karina kam aus ihrem Zimmer.

Dagmar stand an der Terrassentür und hob die Arme. »Karl hat wohl Hühner mitgebracht. Was Ferdi davon hält, hört man ja.«

Beate schob sich an Karina vorbei. »Oh, gehen wir gucken?«

»Was ist denn mit dem Hund los?« Frank tauchte nun auch auf. Er sah etwas zerstrubbelt aus, als wäre er gerade erst aufgestanden. Dagmar kniff kurz die Augen zusammen. Dass Frank sich so gehen ließ, gefiel ihr gar nicht. Bei seinem Einzug war er so dynamisch und fröhlich aufgetreten, aber in den letzten Wochen schien jegliche Energie aus ihm gewichen zu sein. Manchmal sah er schlimmer aus als Beate.

»Ist Karl zurück?« Hatim kam als Letzter nach draußen.

Beate hakte sich bei Karina unter. »Los – ich will sehen, was Karl mitgebracht hat.«

Gemeinsam gingen alle den Weg hinab zur Kate. Dort war inzwischen ein großes Gehege entstanden, das Karl zum Schutz gegen Raubvögel sorgsam mit einem Netz bespannt hatte. In diesem Gehege stand er nun und winkte den anderen freudig entgegen. Ferdi sauste derweil kläffend um den Zaun herum und war sichtlich böse, dass Karl ihn ausgesperrt hatte.

Dagmar bekam den kleinen Hund zu packen und hob ihn hoch. Ferdi strampelte missmutig, dann endlich gab er Ruhe.

Beate tätschelte ihm den Kopf. »Na, du musst aber lieb sein zu unseren neuen Mitbewohnern.«

»Passt bloß auf, dass der hier nicht reinkommt – ich glaube, das wär's dann mit dem Federvieh.« Karl beugte sich nach vorn und öffnete die mitgebrachte Kiste. Hervor kamen sieben Köpfe. Sechs Hühner und unverkennbar ein deutlich größerer Hahn.

»Darf ich vorstellen: Das ist Barbarossa mit seinem Harem.«

»Barbarossa?« Karina lachte.

Dagmar versuchte den zappelnden Ferdi im Zaum

zu halten. Der Anblick der Hühner versetzte ihn regel-recht in Rage. »Frank – vielleicht könntest du mal …« Sie drückte das zappelnde Tier seinem eigentlichen Besitzer in die Arme.

»Hey, was ist denn los? Nun sei mal still.« Frank klemmte sich den Hund wie eine Handtasche unter den Arm. Dadurch konnte dieser seine potenziellen Opfer sehen und hielt abwartend inne.

Aus der Kiste sprang als Erster der Hahn. Seine Damen folgten ihm sogleich.

»Der ist aber groß.« Dagmar hockte sich hin und beobachtete die Vögel. Barbarossa war um einiges grö-ßer als die Hühner und stolzierte auch gleich los, als wüsste er sehr genau, dass dies nun sein Reich wäre. Die sechs Hühner wackelten etwas unsicher hinter ihm her.

Karl richtete sich auf, stützte die Hände in die Seiten und beobachtete zufrieden das Federvieh. »Es wir ein paar Tage dauern, aber dann werden wir stets frische Eier haben.«

Hatim deutete auf Barbarossa. »Ich hol die da aber nicht raus.«

Karina lachte und stieß ihn von der Seite her an. »Hast du Angst?«

Dagmar beobachtete das Treiben von der Seite her. Ihr war nicht entgangen, dass Karina und Hatim immer vertrauter und freundschaftlicher miteinander umgin-gen.

Hatim hob die Hände. »Hey, schau dir den an – das ist ein Monstervogel.«

Barbarossa kam an den Gehegedraht stolziert, legte den Kopf schief und schien Hatim mit seinem Blick zu fixieren.

»Was hab ich gesagt.« Hatim deutete auf den Hahn.

Beate lachte. »Na, er scheint zu wissen, wer hier der Herr über die Küche ist. Ich glaube, Brathähnchen gibt es erst mal keines mehr.«

Alle lachten.

Der nächste Morgen startete weniger amüsant. Barbarossa erklärte gleich beim ersten Sonnenstrahl lauthals, dass dieses Grundstück jetzt sein Revier war, und zwar noch lange bevor überhaupt ein Wecker im Haus geklingelt hatte.

Dagmar zog sich das Kissen über den Kopf, dann aber schwang sie sich aus dem Bett und zog sich an. In der Küche traf sie auf Karl, der sie fröhlich anlächelte.

»Guten Morgen.«

»Guten Morgen. Du … macht das Tier jetzt jeden Morgen so einen Krach?«

Karl schüttelte den Kopf. »Nein, das wird besser, wenn er sich eingelebt hat.«

Dagmar holte sich schlaftrunken einen Kaffee. »Dann hoffe ich mal, dass er das ganz schnell tut.«

Aus dem Seitentrakt kam Ferdi geflitzt und bezog gleich Stellung an der Terrassentür. Frank folgte, barfuß und nur mit Boxershorts und Shirt bekleidet. »Oh Mann, der hat die ganze Nacht keine Ruhe gegeben.«

Karl hob gerade noch die Hand, aber dann war es

schon passiert. Frank hatte die Tür geöffnet, und Ferdi schoss hinaus. »Oh!«

Sekunden später brach im Park das Chaos los. Ferdi kläffte, was seine kleine Hundestimme hergab, und die Hühner gackerten und flatterten so aufgeregt, dass man es bis zum Haus hinauf hörte.

»Das war nicht gut.« Karl stellte seinen Kaffee ab und hastete hinaus in den Garten. Frank stand etwas unschlüssig da, folgte Karl dann aber.

Dagmar sah den Männern nach, zu verdutzt, um zu reagieren.

»Was ist denn hier los?« Karina war wohl auch noch nicht ganz wach. »Ach, Himmel – schau!« Sie zeigte nach draußen.

Dort flatterten plötzlich die Hühner über den Rasen, gejagt von Ferdi, der immer noch kläffte, und verfolgt von Karl und Frank, der nach wie vor barfuß und spärlich angezogen war. Und die ganze Armada hielt auf die Hecke zu, die das Grundstück von dem der Blochs abgrenzte.

Wenig später stand Hatim mit einem Besen bewaffnet auf der Terrasse der Blochs, um deren Haus und wohl auch sich selbst vor dem Federvieh zu schützen. Karina und Dagmar versuchten zwei Hühner vom Kindertrampolin einzufangen, wohin diese sich gerettet hatten. Frank stand mit nackten Beinen im taufeuchten Gras und hielt Ferdi fest im Arm, der sich wie ein reißender Wolf aufführte, und Karl versuchte Barbarossa und die vier anderen Hennen zurück durch die Hecke zu treiben.

Frauke Bloch stand mit verschränkten Armen hinter

Hatim und betrachtete das Spektakel in ihrem Garten kopfschüttelnd.

»Es tut mir wirklich leid«, rief Dagmar vom Trampolin aus, wo sie bäuchlings liegend versuchte, eines der Hühner zu erwischen. »Das Gehege hatte wohl ein Loch.«

Wie auf Kommando machten die beiden Hühner zwei große weiße Kleckse auf das Trampolin, die Dagmar hastig mit einem Taschentuch wegwischte.

Karina kicherte vor sich hin. »Los, Dagmar, pack sie – sie kommen zu dir.«

Dagmar konnte ein Huhn so eben noch erwischen, das andere hopste Karina direkt in die Arme.

»Ohhh, ruhig, Mädels ... alles gut.« Karina versuchte das Tier festzuhalten.

Dagmar umklammerte ihren Fang ebenso. »Frauke, das tut mir wirklich leid. Kommt nicht wieder vor ...« Sie spürte, wie irgendetwas Warmes, Feuchtes ihren Oberschenkel traf. Das Huhn gab ein empörtes Gackern von sich.

Karl hatte die anderen derweil wieder durch die Hecke bugsiert, Karina und Dagmar folgten mit den restlichen zwei Hühnern. Hatim bildete die Nachhut, und Frank hielt mit dem fiependen Ferdi gehörig Abstand.

Ferdi hatte es in der Tat geschafft, eine Ecke des Geheges niederzumachen. Karl schlug den Pfosten neu ein und kontrollierte nochmals den ganzen Draht. Barbarossa saß inzwischen wieder mit seinen Damen gesichert im Auslauf, und Frank hatte Ferdi ins Haus gebracht.

Dagmar sah an sich herunter. Das Huhn hatte auf ihrer Hose unmissverständlich klargemacht, was es von der Prozedur gehalten hatte. »Ich muss mich erst mal umziehen.«

Karina kicherte immer noch. »Auf Ferdi müssen wir wohl gut achtgeben ab jetzt.«

Dagmar verzog das Gesicht. »Frauke schien nicht begeistert über unseren morgendlichen Besuch. Da müssen wir echt aufpassen.« Jetzt hatte die Nachbarin erst mal wieder genug Gesprächsstoff.

Zurück im Haus versuchten alle, den Tag neu und etwas ruhiger zu starten. Hatim, Karl und Karina tranken ihren Kaffee und Tee und brachen dann etwas verspätet zu ihrem Tagwerk auf. An der Tür gaben sie sich gerade noch mit Frau Schröder vom Pflegedienst die Klinke in die Hand. Dagmar fiel auf, dass Beate von dem morgendlichen Trubel unberührt geblieben war. Etwas besorgt sah sie Frau Schröder nach, die nur kurz winkte und dann auf Beates Zimmer zusteuerte.

Frank kam in die Küche, inzwischen angezogen, und sah ebenfalls Frau Schröder hinterher. »Beate geht es nicht so gut, hm?« Er nahm sich einen Kaffee.

Dagmar zuckte hilflos mit den Achseln. »Ich weiß nicht. Ich kann Beates Zustand schlecht einschätzen.«

Als Beate wenig später aus ihrem Zimmer kam und Frau Schröder sich recht fröhlich verabschiedete, tauschten Dagmar und Frank kurz einen erleichterten Blick.

»Guten Morgen! Was war denn hier los?« Beate setzte sich ungerührt an den Tisch.

Dagmar fielen ihre dunklen Augenringe auf, ansonsten machte sie einen munteren Eindruck.

Frank erzählte von Ferdi und der Hühnerjagd. Beate musste lachen und tätschelte Ferdi, der sich in Erwartung eines kleinen zusätzlichen Frühstückshappens neben ihr platziert hatte, das Köpfchen. »Na, so wird das aber nichts mit unseren Eiern.«

»Ich geh mal arbeiten.« Frank verkrümelte sich in seine Zimmer.

Dagmar nahm ihren Kaffee und setzte sich zu Beate. »Ist alles in Ordnung bei dir?«

Beate senkte den Blick und rührte nachdenklich in ihrem Tee. »Ja … Nein … Also, ich habe beschlossen, dass ich keine weitere Therapie mehr machen werde.«

Dagmar sah Beate überrascht an. »Nicht? Ich meine, ich weiß ja nicht genau, was das bedeutet, aber …«

Beate sah Dagmar an. »Das bedeutet, dass ich unter Umständen schneller sterben werde – oder eben auch nicht. Es tut mir leid, ich war vielleicht doch eine schlechte Wahl als Mieterin.«

»Nein!« Dagmar legte Beate die Hand auf den Arm. »So darfst du nicht denken. Es … es ist gut so, wie es ist, und ich bereue da nichts.«

»Ja, jetzt noch nicht.« Beate lachte kurz auf. »Ich habe mit Frau Schröder gesprochen. Sie wird, sobald es nötig ist, dem Hospizdienst Bescheid geben. Dagmar, ich … ich würde gern so lange hierbleiben, wie es irgend geht.«

Dagmar nickte.

»Das wird aber unter Umständen etwas mehr Unruhe ins Haus bringen.« Beate legte den Kopf schief.

»Egal wie, ich denke, alle haben Verständnis dafür, und ich denke, alle sind auch meiner Meinung, dass es in Ordnung ist.«

Beate sah wieder in ihren Tee. »Ich hoffe es. Doch ich weiß nicht, ob es das Richtige für Karina ist. Momentan geht es mir ja noch gut, und ich hoffe, dass ich nicht … also, bevor das Baby da ist. Ich würde es so gern noch sehen.« Sie lächelte traurig.

Dagmar musste tief durchatmen. Was sagte man da? Wie sprach man mit jemandem über seinen bevorstehenden Tod? Die unterschiedlichsten Gedanken rauschten ihr durch den Kopf. Sie hatte es ja erst vor Kurzem mitgemacht. Wenn auch nur das *Danach*. Mit Beate war die Situation eine ganz andere, sie saß noch hier neben ihr, aber ihre Zeit würde bald kommen. In Dagmar schnürte sich etwas zusammen, sie musste sich räuspern. »Das wird schon, Beate.«

»Ja, das wird schon.« Beate klang etwas spöttisch. »Weißt du, Dagmar, ich hoffe ja immer noch, dass ich einfach eines Tages umfalle. Aber es ist zu befürchten, dass mir dieses Glück nicht widerfahren wird.«

»Beate, wir werden sehen, was geschieht. Wir sind auf jeden Fall alle bei dir. Egal wie. Und jetzt – jetzt kommt erst mal der Sommer, und der wird noch genossen.«

Sommer

Kapitel 33

Dagmar starrte auf den Brief vor sich. Sie hatte so gehofft, dass Daniel die Sache auf sich beruhen lassen würde, doch ihr Sohn war da anscheinend anderer Ansicht. In dem Brief verkündete ein Hamburger Notariat, dass Daniel seinen Pflichtteilsanspruch angemeldet habe und ein Gutachter nun zur Prüfung des Nachlasses kommen werde.

Dagmar griff zum Telefon und wählte die Nummer von Christoph.

»Dagmar, hallo!«, meldete er sich. »Alles okay bei dir? Ich wollte dich auch die Tage anrufen. Wir müssen da mal über so eine Steuersache sprechen, jetzt, wo du vermietest.«

Dagmar kniff kurz die Augen zusammen. »Hm, ja. Ich habe hier aber gerade etwas ganz anderes liegen. Post von einem Notar aus Hamburg, wegen Daniel.«

»Oh, ja. Das war wohl zu erwarten.« Christophs Stimme hörte sich nicht sonderlich überrascht an.

»Wusstest du davon?«

»Na ja, Daniel hat mich gefragt, ob sich das für ihn lohnen würde.«

»Na toll. Und du hast natürlich Ja gesagt?«

»Dagmar, was hätte ich denn sonst tun sollen? Daniel weiß doch, was sein Vater besessen hat.«

»Ja, was denn? Die Firma ist hin, und das Haus ist meins. Da ist doch sonst nichts mehr.«

»Das ist so nicht ganz richtig. Das Haus ist noch nicht lange auf dich überschrieben, da kann innerhalb festgelegter Fristen prozentual etwas abgerechnet werden. Und ansonsten habt ihr in einer Zugewinngemeinschaft gelebt, rein theoretisch gehört also Heinrich und dir jeweils alles zur Hälfte. Mal abgesehen von seinem privaten Besitz wie Uhren oder so.«

»Und was heißt das jetzt im Klartext für mich, wenn Daniel seinen Anspruch durchsetzt?« Dagmar spürte, wie sie wütend wurde. Es war hart genug gewesen, sich nach Heinrichs Tod durchzukämpfen, und sie kam nur gerade so über die Runden.

»Du wirst ihn ausbezahlen müssen, wenn er es einfordert. Das würden dann umgerechnet fünfundzwanzig Prozent von Heinrichs ehemaligem Besitz sein.«

»Ja, und wie will man den feststellen?«

»Da wird ein Gutachter kommen, sich alles ansehen und es dann berechnen.«

»Kannst du abschätzen … Ich meine, du kennst uns ja. Was kommt denn dann wohl auf mich zu?«

Christoph seufzte. »Nun ja, ich denke, es werden mehrere Zehntausend Euro sein.«

»Was?« Dagmar blieb fast das Herz stehen.

»Es werden halt das Haus und der Privatbesitz berücksichtigt. Heinrich hat ja ganz gut gelebt. Allein seine Armbanduhren – die hast du doch noch, oder?«

»Hm, ja, die sind im Keller.«

»Na, siehst du. Die kannst du natürlich schon mal zu Geld machen. Da kommt keiner und sägt dir den Tisch durch – aber ein bisschen was anbieten müssen wirst du dem Gutachter schon, zumal Daniel ja weiß, welche Wertsachen sich unter Umständen noch im Haus befinden.«

»Wie soll ich Daniel denn ausbezahlen? Ich hab doch quasi kein Vermögen.«

»Dagmar …« Christophs Stimme klang nun sehr geschäftlich, als würden sie sich nicht näher kennen. »Es steht nach wie vor der Rat, dass du das Haus verkaufst.«

»Mit inzwischen fünf Mietern drin? Das geht ja wohl nicht.« Dagmar lachte kurz auf.

»Na, das Ei hast du dir selbst gelegt. Aber wenn es hart auf hart kommt, kriegen wir die schon wieder raus.«

»Raus?« Jetzt riss Dagmar die Augen auf. »Spinnst du?«

»Du musst wissen, was du tust. Entschuldige, aber da kommt gerade ein wichtiger Anruf. Sag mir einfach Bescheid, wenn du weißt, was der Gutachter festgesetzt hat. Dann reden wir noch mal. Ach, und denk daran, du musst nun regelmäßig auf deine Miteinnahmen Einkommensteuervorauszahlungen leisten. Ich schicke dir die Unterlagen mit der Post.« Er legte auf.

Dagmar blieb verdattert sitzen. Pflichtteilsanspruch, Steuervorauszahlung … Ihr schwirrte der Kopf. Sie hatte für beides kein Geld, soweit sie es überblicken konnte. Die eingenommene Miete reichte gerade so, um ihre laufenden Kosten zu bezahlen und sich am Kostgeld zu beteiligen.

Helga sah Dagmar vorwurfsvoll an. »Na, also bitte – Steuern zahlen muss ich auch. Das ist ja wohl klar.«

»Ja, mir auch.« Dagmar hob verzweifelt die Arme. »Aber ich hatte Christoph meine Zahlen vorgelegt, und er hatte gesagt, das würde alles funktionieren.« Sie war nach Plön gefahren. Helga war immer noch ihre engste Vertraute und inzwischen wohl auch die einzige, denn Christoph traute sie so langsam nicht mehr. »Er hätte mir auch vorher sagen können, was da noch alles auf mich zukommt.«

»Na ja, warte erst mal ab, was das Finanzamt haben will. Vielleicht wird's ja nicht so schlimm, und du kannst es über die Mieten abdecken. Du hättest es mit einrechnen sollen.«

Dagmar verzog das Gesicht, sie wusste, dass Helga recht hatte. Doch war es ihr erster Versuch in Sachen Vermietung – da hätte sie sich fachlichen Rat von ihrem Steuerberater gewünscht und nicht einfach hinterher eine böse Überraschung.

Helga steckte barsch einige grüne Stängel in einen Kunststoffkranz. »Aber das mit Daniel ist schon ein starkes Stück. Warum lässt der dich nicht einfach in Ruhe? Der macht doch seit Jahren sein eigenes Ding – und jetzt kommt er an und will Geld?«

»Ich weiß es nicht, Helga.« Dagmar ließ betrübt die Schultern hängen. »Hätte ich das Haus verkauft, hätte er wohl leichtes Spiel gehabt. Vor allem wenn ich mich von ihm hätte überreden lassen, das Geld dann in ihn und Sabine zu investieren. Schätze, es macht ihn ziemlich sauer, dass das nicht geklappt hat.«

»Aber du hast doch nichts.«

»Christoph sagt, theoretisch schon, denn prozentual wird alles hochgerechnet, auch die Möbel und was weiß ich. Alles, was Heinrich und mir zusammen gehörte. Und das Haus natürlich auch.«

»Na, dann kann Daniel sich ja schon mal die Hände reiben.«

Dagmar sah Helga ernst an. »Du, weißt du was? Ich habe irgendwie das Gefühl, dass Christoph auf Daniels Seite steht. Er hat noch mal gesagt, ich solle das Haus verkaufen.«

»Und was ist mit den Mietern?« Helga sah auf. »Das weiß man doch, dass das dann nicht so einfach ist.«

»Die würde man schon *rausbekommen*, sagt er.« Dagmar verschränkte die Arme vor der Brust.

»Hm, das hört sich nicht gut an, das wäre eine miese Nummer. Nett sind sie ja alle.«

»Ich kann die nicht vor die Tür setzen. Das will ich auch gar nicht. Aber wenn es hart auf hart kommt – ich habe keine Ahnung, was passiert, wenn ich Daniel nicht ausbezahlen kann.«

»Warte erst mal ab. Das dauert ja alles etwas. Die Mühlen mahlen bekanntlich langsam. Und dann kannst du immer noch sehen, welche Möglichkeiten dir bleiben.«

»Besonders ruhig schlafen werde ich bis dahin nicht.« Dagmar schüttelte den Kopf.

»Jetzt bist du schon so weit gekommen, das wird auch noch irgendwie gut ausgehen. Vielleicht gibt die Bank dir ja noch etwas mehr Kredit oder …«

»Die lachen sich kaputt, wenn ich ankomme und noch mehr Geld haben will – vergiss nicht, ich hab da noch einen riesigen Berg Schulden.«

»Ja, aber du bist auch ehrlich bemüht, den abzutragen. Also – abwarten.«

»Ja, ist gut. Ich werde es versuchen.« Dagmar griff nach einer Schere und knipste Dornen von ein paar Rosenstängeln.

Wieder zu Hause, wunderte sich Dagmar über eine verlassene Küche, wo ein dampfender Topf wohl eilig vom Herd gezogen worden war und eine Tasse Tee auf dem ansonsten verwaisten Esstisch stand. Dafür waren die Terrassentüren weit geöffnet, und in der Ferne erklang Hundegebell. Nicht schon wieder! Dagmar ließ ihre Handtasche auf den Tisch fallen und eilte nach draußen in den Park. Dort sah sie gerade noch, wie Karina Barbarossa mit ausgestreckten Armen vor sich hertrug und Hatim die Hühnerschar mit einem Besen hinter Karina her dirigierte.

»Dagmar – gut, dass du kommst!«, rief Karina ihr zu. »Ferdi ist noch drüben. Geh mal besser gucken.«

Dagmar eilte zu der Hecke und kroch hindurch in den Garten der Blochs. Dort umkreiste Ferdi kläffend das Trampolin, auf dem sich vier Kinder verschanzt hatten. Frauke jagte aufgeregt mit wallendem Kleid hinter dem kleinen Hund her, um ihn zu verscheuchen.

»Ferdi! Ferdi, hierher!« Dagmars Ruf klang so bitter-ernst, dass Ferdi sofort klar war, dass der Spaß hier nun zu Ende war. Mit eingekniffenem Schwanz kam er zu Dagmar gelaufen und warf sich vor ihr auf den Rücken. Frauke hingegen erschien weniger demütig. Wütend mit den Armen fuchtelnd, stürzte sie auf Dagmar zu.

»So geht das nicht! Erst die ganzen Leute, die halb nackt morgens in meinem Garten stehen, dann die Hühner und jetzt auch noch diese Töle.«

»Frauke, es tut mir leid. Irgendwie schaffen es die Hühner immer aus ihrem Gehege. Ich werde dafür sorgen, dass das nicht mehr passiert.« Dagmar versuchte sich in Schadensbegrenzung.

»Der Hund ist gefährlich! Der sollte einen Maulkorb tragen.«

»Der Hund tut nichts. Schau doch, der ist ganz lieb.« Ferdi kroch inzwischen winselnd um Dagmars Beine, fast hätte sie lachen müssen.

»Egal, ich werde das nicht länger dulden. Bau einen Zaun oder, noch besser – eine Mauer!« Frauke wandte sich immer noch aufgebracht ihren Enkeln zu. »Hat der böse Hund euch Angst gemacht, hm? Kommt her, alles ist gut, Oma passt auf euch auf.«

Dagmar schüttelte den Kopf und kroch zurück durch die Hecke. Das Grundstück einzäunen … Sie hatte ja auch gerade keine anderen finanziellen Sorgen.

Ferdi lief artig bei Fuß mit ihr zurück zum Haus. Dort stand Karina mit hochrotem Kopf. Es war sehr warm an diesem Spätnachmittag, und die junge Frau trug schon ein recht stattliches Babybäuchlein vor sich her. Hatim

249

hatte immer noch den Besen in der Hand. Mit dem Federvieh würde er wohl nie Freundschaft schließen.

»Also, dieser Hund … Da müssen wir uns echt was einfallen lassen.« Dagmar wies mit dem Finger streng auf das Sofa, wo Ferdi sich blitzschnell auf seine Decke verkrümelte.

»Der war's doch gar nicht.« Karina schüttelte den Kopf, während sie sich den Schweiß von der Stirn wischte. »Die Hühner waren schon drüben, als Ferdi gebellt hat und hinterher ist.«

»Ja, die sind irgendwie allein rausgekommen.« Hatim nickte beipflichtend.

»Na gut, da muss ich nachher mit Karl sprechen, dann muss der Zaun höher oder fester oder wie auch immer werden. Ich will nicht auch noch Ärger mit den Nachbarn bekommen.«

»Die war ganz schön aufgebracht, die Nachbarin.« Karina hielt sich plötzlich an einem Gartenstuhl fest.

»Hey, alles okay?« Hatim war sofort neben ihr. »Mir … mir ist ein bisschen schummerig. Ganz schön schwer, dieser Hahn.«

Dagmar nahm Karina an einem Arm und stützte sie. »Komm mit rein, da ist es kühler. Du darfst dich nicht mehr so anstrengen.«

Dankbar ließ sich die junge Frau von Dagmar in das Haus führen. »Ich konnte Hatim mit den Bestien ja nicht allein lassen.«

Hatim sah besorgt aus und reagierte nicht auf diese spitze Bemerkung. »Möchtest du ein Glas Wasser? Ein nasses Tuch? Die Füße hochlegen?«

Dagmar lächelte still in sich hinein. Hatim benahm sich manchmal schon wie ein werdender Vater. Zumindest kannte sie diesen Blick, mit dem Hatim Karina manchmal bedachte. Genauso hatte Heinrich sie früher auch angesehen, als sie mit Daniel schwanger gewesen war. Damals ...

Kapitel 34

Frank

Frank fuhr sich mit den Händen durch die Haare. Jetzt hatte er Mist gebaut. Gehörigen Mist. Das erste Mal seit Langem war ihm richtig zum Heulen zumute, und dabei war er nicht mal sturzbetrunken.

»So, Herr Flaßberg. Zum Plöner See?«

Frank schnitt eine Grimasse. »Ja, sagte ich doch bereits.«

Der Fahrer des Wagens sah ihm durch den Rückspiegel ins Gesicht. »Gut, dann bringen wir Sie mal nach Hause. Und dort – Sie wissen ja. Das war jetzt nicht gut für Ihre Bewährungsauflagen.«

Frank verkniff sich einen Kommentar. Er konnte sehen, dass der Polizist am Steuer griente. Es war wahrscheinlich sein Wochenhighlight: den abgehalfterten Musikstar beim Drogenkauf erwischt. Hoffentlich hatte die Hamburger Polizei genug Anstand, dass die ganze Sache morgen nicht auch noch in der Zeitung stand.

Frank hatte dem Drang einfach nicht widerstehen können. Ein paar Tage war es gut gegangen, aber heute Morgen hatte es ihn wieder gepackt, und er hatte nichts mehr in seiner Tasche gehabt. Also war er mit Bus und Bahn nach Hamburg gefahren. Er ärgerte sich über sich selbst. Maßlos! Was stimmte nicht mit ihm? Er war doch kein Vollidiot. Dennoch, nachdem er sein letztes Gras – klammheimlich natürlich, damit es im Haus niemand mitbekam – am Ufer des Sees weggeraucht hatte, waren ihm sogar ein paar gute Zeilen eingefallen. Aber es konnte doch nicht sein, dass sein Gehirn nur noch so funktionierte.

Er starrte aus dem Fenster des Streifenwagens. Draußen rauschten die Straßen Hamburgs an ihm vorbei. Es war Sommer, es war warm. Alle Leute waren zufrieden und glücklich. Er hätte es auch sein müssen. Er hatte einen guten Platz zum Leben gefunden – bis auf den verdammten Hahn von Karl, der ihn jeden Morgen zu einer unchristlichen Stunde aus dem Schlaf holte. Aber ansonsten konnte er nicht klagen, die Umgebung war mehr als angenehm. Er sollte abends auf der Terrasse sitzen und beim Untergang der Sonne über dem See die schönsten Balladen schreiben, die einem Musiker nur einfallen konnten. Stattdessen schlich er wie ein Strauchdieb durch Hamburgs enge Gassen und kaufte Dope bei einem zwielichtigen Burschen. Zack, da hatten die Beamten ihn auch schon an die Wand gestellt. Dummerweise waren beide auch noch in einem Alter, in dem sie seine Musik und sein Gesicht kannten. Nach der Überprüfung seiner Personalien, wodurch natürlich zutage kam, dass er nicht das erste Mal auffällig geworden war – auch wenn das schon Jahre zurücklag –, bescherten ihm die Beamten nun *freundlicherweise* eine

Gratisheimfahrt mit anschließender Überprüfung seiner Unterkunft. Das würde eine peinliche Ankunft im Haus am Plöner See geben. Besser, er richtete sich seelisch schon mal auf seinen Rauswurf ein. Dagmar fand das bestimmt nicht lustig. Er lehnte die Stirn gegen die kalte Autoscheibe. Er hatte es verbockt.

Der Erdboden hätte sich auftun sollen und ihn verschlucken. Die überraschten Blicke seiner Mitbewohner, als er nach Hause kam, waren ihm wirklich unangenehm.

»Dauert nur einen Moment, ich erkläre es euch später.« Er hob kurz die Hand und ging dann schnurstracks zu seinen Zimmern. Der eine Beamte, einer großer blonder Kerl, grinste schon wieder. Der andere wiederum, auch blond, aber nicht solch ein Hüne, schaute so ernst drein, als wollte er Frank am liebsten gleich weiter ins Gefängnis überstellen. Frank kannte seine Rechte; er hatte nur gerade so viel gekauft, dass es seinen Auflagen widersprach, ihm jedoch nicht ernsthaft gefährlich werden könnte.

»So – hier? Dann wollen wir mal.«

Kaum hatte Frank seine Tür geöffnet, schob sich der große Beamte an ihm vorbei.

»Hatten Sie nicht mal eine Villa auf Sylt?« Wieder grinste der Typ.

»Ja, aber die Zugfahrt war immer so teuer.« Frank zog einen Mundwinkel hoch, während er zusehen musste, wie der Beamte seine Sachen durchsuchte.

»Na ja, hier ist es ja auch nett. Was ist das hier? Eine

WG für auffällige Erwachsene?« Der Beamte lachte über seinen eigenen Scherz, wofür er allerdings von seinem kleineren Kollegen einen bitterbösen Blick kassierte.

Schubladen, die Matratze des Bettes, alle Jacken und Hosentaschen, die Beamten kannten sich damit aus, wo man suchen musste. Frank wusste, dass sie nichts weiter finden würden, sonst wäre er heute ja nicht bis nach Hamburg gefahren, allerdings schien es den beiden sichtlich Spaß zu machen, ihn noch etwas zu quälen.

»Was ist hier eigentlich los?« Es war Dagmars Stimme, die plötzlich an der Tür zu hören war.

»Dagmar, das ist nicht … nur … ich sagte doch …«, stammelte Frank.

Der kleinere Beamte mischte sich in die Unterhaltung ein. »Frau …?«

»Gröning, Dagmar Gröning, mir gehört dieses Haus.«

Der Polizist baute sich vor Dagmar auf. »Also, Frau Gröning, Ihr … Mieter ist heute leider in Hamburg auffällig geworden. Wie sahen uns daher gezwungen, einmal seine Lebenssituation zu überprüfen.«

»Dazu gehört eine Durchsuchung?« Dagmar sah mit großen Augen in den Raum.

Frank war das alles furchtbar peinlich. »Dagmar, schon gut. Ich erkläre es später.«

Rechts neben Dagmar ging nun die Tür zu Beates Räumen auf. Frank musste tief Luft holen. Beate wollte er da nun wirklich nicht dabeihaben.

»Was geht denn hier vor sich?« Beate hatte sich bereits an Dagmar vorbeigeschoben. Sie trug kein Kopftuch, und ihr kahler Kopf glänzte fast wie der eines

Babys. Der Sauerstoffschlauch hing unter ihrer Nase, ohne dass er irgendwo angeschlossen war.

Die beiden Beamten hielten in Anbetracht der schwerkranken Frau inne. »Entschuldigung, wir wollten nicht stören. Nur Routine …«

Beate sah Frank plötzlich mit ihren großen Augen an. »Oh, Frank, haben sie dich etwa … Meine Herren, ich glaube, da liegt ein Missverständnis vor.«

Frank reckte fragend den Kopf nach vorn, und Dagmar machte große Augen. Beate hingegen ging auf die beiden Beamten zu.

»Sie haben ihn erwischt, wie er Marihuana gekauft hat, oder?«

Jetzt machten die beiden Beamten große Augen.

Frank trat neben Beate und legte ihr die Hand auf die Schulter. »Beate, ich denke nicht, dass …«

Beate warf Frank einen blitzschnellen Blick zu. »Also, meine Herren, das ist wirklich eine dumme Sache. Lassen Sie mich das bitte erklären. Herr Flaßberg war unterwegs, um mir das Zeug zu besorgen.«

»Was?«, erklang es von drei Stimmen gleichzeitig. Dagmar schüttelte den Kopf, und die beiden Beamten hielten sofort inne mit ihrer Durchsuchung.

Der Hüne trat auf Beate zu. »Bitte, wie meinen Sie?«

Beate zuckte mit den Achseln, hüstelte etwas, was sie sonst nie tat, und ihre Stimme hörte sich plötzlich noch viel schwächer an als sonst. »Also, wissen Sie, meine Herren. Ich bin sehr, sehr krank, und ich habe nicht mehr lange zu leben. Sie haben sicher davon gehört, dass Cannabis gegen Schmerzen helfen kann? Aber

mein Arzt ist diese Woche in Urlaub. Da hat Herr Flaßberg … Ja, also ich weiß, dass er das nicht sollte, aber
er hat da so seine Erfahrungen und war so liebenswür-
dig, es mir besorgen zu wollen.« Mit bitterernster Miene
und fast erstickter Stimme fügte sie hinzu: »Nicht ope-
rables Plattenepithelkarzinom … Metastasen überall …
Es hilft mir wirklich.«

Beide Beamten schluckten schwer und starrten auf
Beate. Dann räusperte sich der kleine. »Nun ja, wenn
das so ist, Frau …«

»Fänger … Beate Fänger.« Sie hustete wieder und
zupfte an dem Gummischlauch. »Herr Flaßberg wollte
mir nur helfen.«

»Gut, Frau Fänger. Ich denke, in Anbetracht der
Umstände tut es uns leid. Sicherlich etwas ungewöhnlich, aber wenn es Ihnen hilft. Sie sollten aber dringend
mit Ihrem Arzt über eine legale Verordnung sprechen.«

»Ja, das werde ich.« Beate hakte sich bei Frank ein,
als wären ihre Knie weich. »Entschuldigen Sie mich, ich
sollte mich jetzt ausruhen.«

»Ja, wir … wir wären dann wohl auch fertig hier.
»Herr Flaßberg, dennoch gibt es eine Notiz in Ihrer
Akte, versteht sich.«

Frank nickte verdattert, während er spürte, wie Beate
recht kräftig seinen Arm einklemmte.

Die Beamten schoben sich an Dagmar vorbei. »Dann
einen ruhigen Abend noch.« Beide tippten sich an die
Mütze. »Wir finden allein raus.«

Kaum waren die Beamten an der Küche vorbei und
aus dem Haus, standen Karina, Karl und Hatim im Flur.

Beate sah an ihnen vorbei. »Sind sie weg?«

Hatim nickte verwirrt. »Ja.«

»Prima.« Beate zog sich den Gummischlauch vom Gesicht und grinste breit.

»Was bitte schön geht hier vor?« Dagmar stemmte die Hände in die Hüften und sah bitterböse zu Frank. Frank wusste gerade nicht, ob er lachen oder weinen sollte.

»Beate, du bist eine Wucht.«

Sie lachte. »Mein Lieber, jetzt habe ich aber gehörig was gut bei dir.«

Frank legte sich die Hand auf die Stirn. »Aber wieso … woher …?«

Beate setzte sich auf einen Stuhl, der in Franks Zimmer neben der Terrassentür stand. Sie grinste immer noch, und ihre Wangen glühten. »Du hast neulich gerochen wie eine ganze Hippiekolonie. Ich bin zweiundsiebzig – rechne mal nach, wie alt ich in den Sechzigern war. Ich bin zwar auf dem Land groß geworden, aber ich bin ja nicht ganz doof.« Sie tippte sich an die Stirn.

Dagmar trat auf Frank zu. »Cannabis? Nimmst du etwa Drogen? Hier im Haus?« Sie schüttelte den Kopf.

Hatim schob sich nach vorn. »Hey, du Arsch – Karina ist schwanger! Merkst du noch was?«

»Halt, halt, ganz ruhig.« Karl schob sich zwischen Hatim und Frank.

Frank hob entwaffnet die Arme. »Leute, ja, ich habe was geraucht, aber draußen. Das würde ich nie hier im Haus tun.« Sein Blick hüpfte kurz zu Beate und dann zu Karina.

»Das gefällt mir nicht, das gefällt mir ganz und gar nicht.« Dagmar zeigte warnend mit einem Finger auf Frank, dann sah sie zu Beate. »Du hast aber nicht wirklich Frank losgeschickt? Also, du nimmst das Zeug doch nicht auch, oder?«

Beate schien das Ganze eher lustig zu finden, denn sie lachte nun kräftig. »Nein, Dagmar, dafür bin ich echt zu alt und zu krank. Obwohl …«

Frank straffte sich. »Nein, ich habe Mist gebaut, ganz eindeutig. Und es tut mir riesig leid, dass ich jetzt hier für so einen Aufruhr gesorgt habe. Können wir das vielleicht gleich in der Küche besprechen? Bitte?«

Dagmar nickte, sah ihn aber nochmals warnend an.

Die Versammlung zwischen Tür und Angel löste sich auf. Als Beate an Frank vorbeiging, hielt er sie kurz am Arm fest. »Danke, Beate.«

»Herzchen, das kostest dich mindestens ein Lied für mich. Sie schürzte die Lippen und zwinkerte ihm zu.

Kapitel 35

Frank hatte es erklärt, Frank hatte sich entschuldigt, und das sogar mehrmals, hatte hoch und heilig geschworen, ab sofort die Finger von dem Zeug zu lassen – und dennoch war Dagmar sauer. Ihr war nach einer gehörigen Standpauke zumute, die sie sich dann aber verkniff. Sie waren doch alle erwachsen – eigentlich.

Langsam ging sie mit einem Glas Rotwein in der Hand in Richtung Ufer, der untergehenden Abendsonne entgegen. Die rechte Seite des Parks sah gut aus. Ihre Rosen blühten bereits, wenn auch etwas im Wildwuchs dieses Jahr, denn zum Stutzen der Büsche war sie nicht gekommen. Somit war der kleine Pavillon umwuchert von wilden Trieben, und die Kletterrosen hatten sich an den Wänden mehr Raum erobert, als Dagmar es ihnen zugestanden hätte. Zu ihrer Linken sah es etwas wilder aus. Karl hatte die Gemüsebeete umgegraben und Pflanzen eingesetzt. Gestelle für Bohnen ragten empor, eine Reihe Tomatenhäuschen schützte die Stauden darunter, und hier und da zeigten sich wahlweise in Furchen oder auf Anhäufungen schon erste Blätter. Was er dort alles angepflanzt hatte, wusste Dagmar nicht, denn sie hatte irgendwann die

260

Übersicht verloren. Möhren und Kohl waren wohl dabei.

Rund um den Teich, der zwischen dem Weg und den Gemüsebeeten lag, bedeckten große Zucchiniblätter den Boden, und die Pflanzen streckten ihre Ranken bereits nach dem mit Steinen umrandeten Ufer aus. Den Teich hatte sie diesen Sommer mit Heinrich umbauen wollen. Ihr Mann war nie der große Gärtner gewesen, aber wenn Dagmar ihn gebeten hatte, hatte er durchaus Hand angelegt. Der Teich sollte eigentlich zugeschüttet werden, um dort eine weitere Holzterrasse zu errichten, denn auch von hier war die Aussicht zum See ausgezeichnet, und das ohne die vielen Mücken, die einen am Ufer im Sommer überfielen. Nun lag der Teich verwaist da, die Oberfläche dunkelgrün von den Wasserlinsen und fast zugewachsen durch Karls Gemüse.

Dagmar hielt inne und besah sich den Zustand. Eine große Libelle kam herbeigeschwirrt, schwebte kurz über dem Wasser und flog wieder davon. Dagmar kam nicht umhin, dieser eher naturnahen Gestaltung ihren Reiz abzugewinnen. Vielleicht musste in so einem Garten nicht immer alles hübsch und ordentlich aussehen, obwohl das über Jahre hinweg ihr Anspruch gewesen war und sie viele Liter Schweiß auf diesem Grundstück gelassen hatte. Was sie allerdings störte, war der lange Maschendrahtzaun, den Karl unlängst an der kompletten Grundstückseite zu den Blochs gezogen hatte. Barbarossa war ein Freigeist und nutzte nach wie vor jede Gelegenheit, seinen Harem auszuführen. Ferdi störte das kaum noch; nur manchmal kündigte er den unangemeldeten Ausgang der Hühnerschar mit einem leisen Knurren an. Da Barbarossas Damen aber abends pünktlich zu ihrem Körnermahl wieder im Gehege eintrafen, hatte Dagmar sich nicht weiter darüber beschwert. Der Weg zu den Blochs war erst mal für Hühner und Hunde versperrt, wenn auch unansehnlich.

Wie ihr Haus war auch ihr Grundstück einfach erobert worden. Dagmar ging weiter und grübelte dabei, ob sie das nun störte oder nicht. Am Ufer angekommen, setzte sie sich auf die Bank und blickte über das Wasser des Sees. Hier und da kräuselte sich die Oberfläche, zwei Schwäne glitten lautlos am Schilfgürtel entlang, und ein paar Schwalben schossen im halsbrecherischen Flug durch die Luft, um noch die letzten Insekten des Tages zu erhaschen. Alles schien friedlich, als wäre nie etwas passiert.

»Hey«, ertönte es plötzlich leise hinter ihr. Sie drehte sich um und sah Karl, der mit dem Rücken an die Außenwand der alten Kate gelehnt dasaß. Er hob kurz eine Flasche Bier mit der einen Hand und klopfte dann mit der anderen Hand flach auf den Boden neben sich. Dagmar stand auf und ging zu ihm.

»Na, suchst du etwas Ruhe?« Er lächelte ihr zu.

»Kann man so sagen.« Dagmar lehnte sich an das warme Holz des alten Gebäudes und zog die Knie an. Die untergehende Sonne spiegelte sich in ihrem Rotweinglas und warf ein glitzerndes Licht auf die Büsche um sie herum. »Ich habe hier ja schon viel erlebt in all den Jahren, aber die Polizei war noch nie in meinem Haus.« Im nächsten Augenblick musste sie sich eingestehen, dass das nicht ganz stimmte. Am Tag von Heinrichs Unfall ... Sie wischte die Gedanken schnell fort.

»Da hat der Frank sich auch ganz schön was geleistet.« Karl schüttelte den Kopf und sah auf den See hinaus.

»Und Beate. Ich fasse es immer noch nicht, dass sie ihm beigesprungen ist.« Dagmar musste trotz allen Ärgers schmunzeln. Sie hatte sich wirklich erschrocken, als Beate so arg kränklich aussehend aus ihrem Zimmer gekommen war. »Der Auftritt war filmreif.«

Karl lachte leise. »Ja, kann man so sagen.« Er nippte an seinem Bier.

Dagmar beobachtete ihn aus den Augenwinkeln. »Jetzt fehlst ja eigentlich nur noch du, oder?«

»Wie – ich?« Er hob die Augenbrauen.

Dagmar wackelte mit ihrem Glas. »Na ja, alle haben inzwischen ihr Geheimnis offenbart, nur du noch nicht.«

»Vielleicht habe ich keins.« Kleine Grübchen bildeten sich um seinen Mund, weil er schmunzelte.

Dagmar nahm einen großen Schluck Wein. »Ach was. Sollte es wirklich so sein, dass ich mit dir den einzigen absolut normalen Menschen hier habe einziehen lassen?«

»Wäre das so schlimm?«

»Nein, ich habe ehrlich gesagt die Nase voll von Überraschungen.«

»Na, vielleicht habe ich ja doch noch ein Geheimnis, das noch keiner weiß.«

Dagmar musste lachen. »Fang jetzt nicht so an. Und wenn ja, dann erzähle es mir bitte nicht heute.«

»Okay!« Er hob kurz die Flasche.

»Nein, komm schon. Sag, dass du keines hast.« Sie gab ihm mit der Schulter einen Schubs. Davon kam er so ins Schwanken, dass er Halt suchend nach ihrem Knie griff. Seine Hand fühlte sich warm an durch den Stoff ihrer dünnen Sommerhose. Sie spürte, wie er kurz die Finger anspannte, um sich wieder aufzurichten. Dann verharrte seine Hand eine klitzekleine Sekunde länger als nötig auf ihrem Knie, bis er sie fortnahm.

»Du wirst es eines Tages herausfinden oder auch nicht, wer weiß.« Jetzt nahm er einen großen Schluck aus seiner Flasche. »Es ist auf jeden Fall schön hier – und auch unterhaltsam.« Er schmunzelte wieder belustigt »Aber auch einfach schön …« Dabei deutete er auf den See hinaus.

»Ja, ist es«, sagte sie leise und fühlte immer noch die schwindende Wärme seiner Berührung. Ein seltsames Gefühl. Ein Gefühl, das irgendetwas tief in ihr noch verbot und dennoch ein zaghaftes Kribbeln in ihr erwachen ließ.

Kapitel 36

Nudeln oder Reis?« Hatim warf einen Blick zum Tisch, wo Karina, Beate und Karl saßen.

»Reis.« Karina und Beate waren sich sofort einig.

Karl hingegen schnitt eine Grimasse. »Nudeln.«

Hatim grinste. »Du bist leider überstimmt.« Er wusste, dass Karl keinen Reis mochte. Am liebsten aß er Kartoffeln, wie es sich wohl für einen Mann vom Land gehörte. Hatim musste sich eingestehen, dass es, obwohl er wirklich gern für alle kochte, mit den Kartoffeln immer so eine Sache war. Sie für sechs Personen zu schälen war eine unbeliebte Aufgabe. Zufrieden blickte er in seine Töpfe. Gemüse und Hühnchen. Er hatte heimlich im Internet nachgeschaut, was besonders für Karina und auch für Beate gut war, und seine Rezepte danach zusammengestellt. Beide mussten schließlich gesund essen und bei Kräften bleiben. Bei Karina schien ihm das gut gelungen zu sein, sie strahlte förmlich aus sich heraus und hatte so eine ganz besondere Aura, die wohl nur schwangere Frauen haben konnten. Hatim erwischte sich oft dabei, wie er sie einfach nur beobachtete. Manchmal merkte sie es und lächelte ihn dann an. In diesen Augenblicken schwappte sein Herz vor

Wärme fast über. Dennoch … Er ermahnte sich. Vielleicht beeinflusste ihr Zustand ja seine Wahrnehmung. Irgendein Urinstinkt, der Männern befahl, auf schwangere Frauen mit besonderer Rücksicht und Fürsorge zu reagieren. Oder mochte er sie wirklich? War er gar ein bisschen verliebt? Diese Gefühle sorgten bei ihm für Verwirrung. Er hatte sich fest vorgenommen, es erst mal gut sein zu lassen mit den Frauen. Er schien in der Hinsicht ja kein glückliches Händchen zu haben.

Vor ihm blubberte das kochende Wasser im Topf, und er warf drei große Tassen Reis hinein. Anständigen Reis, nicht welchen aus dem Schnellkochbeutel. Dann ließ er die Gedanken wieder kreisen. Genau genommen hätten Karina und er sich wohl nie kennengelernt, wenn er nicht ausgerechnet hier gelandet wäre. Früher in Hamburg wäre das nicht ihre Welt gewesen. Hatim hatte in einem Wohnviertel gelebt, wo es fast nur türkischstämmige Bewohner gegeben hatte; auch seine frühere Schule war eher nicht der Ort, an den gutbürgerliche Deutsche ihre Kinder schickten, obwohl es keine schlechte Schule war. In den wenigen Semestern an der Uni hätte er sie vielleicht treffen können, wenn sie auch in Hamburg studiert hätte. Aber dort war er eher ein Außenseiter gewesen, wahrscheinlich hätte sie ihn keines Blickes gewürdigt. Außerdem war Karina ja auch eine ganze Ecke jünger als er. Obwohl er das kaum bemerkte. Es machte Spaß, sich mit ihr zu unterhalten, sie war humorvoll und manchmal auch sehr ernst und klug. Dann wieder schien sie ihm einfach nur zerbrechlich und sensibel, sodass Hatim sie am liebsten einfach nur in den Arm nehmen wollte, um ihr zu zeigen, dass alles gut werden würde. Ach, es war so schwer. Vielleicht wäre es einfacher gewesen, wenn sie nicht schwanger wäre, vielleicht würde er dann auch anders reagieren? Er wusste es nicht. Doch hatte er sich geschworen, sich zurückzuhalten. Sie brauchte momentan einen Freund und keinen Verehrer, das war wohl offensichtlich. Manchmal meinte er zwar, in ihren Augen einen Funken Zuneigung zu erkennen, doch das war eine vage Vermutung.

Ein Klingeln an der Haustür riss ihn aus seinen Gedanken. Ferdi gab unter dem Tisch ein leises Knurren von sich.

Fragend sah Hatim in die Runde. Niemand schien Besuch zu erwarten. Frank war noch in seinem Zimmer und Dagmar in Plön. Er legte das Küchentuch, das er beim Kochen immer über der Schulter trug, auf die Arbeitsplatte und ging in den Flur, um zu sehen, wer dort vor der Tür stand. Er kam nur wenige Schritte weit und stolperte dann sogleich zurück.

»Oh Shit!«, entfuhr es ihm, und er sprang zurück in die Küchenecke.

»Was ist denn?« Karina sah ihn verwundert an.

»Da draußen … Mist, ich glaube, das sind die Neffen meiner Exfrau.« Er hatte nur zwei dunkelhaarige Typen in schwarzen Lederjacken erkannt, die vor der Tür standen.

»Ich geh mal gucken.« Karl stand auf.

»Nein, mach nicht auf.« Hatim schüttelte den Kopf.

»Na, die werden mich schon nicht anspringen.« Karl schüttelte den Kopf und ging zu Tür.

Hatim drückte sich an die Küchenzeile. Er hatte wirklich keine Lust auf diese Typen, und ja, er hatte Angst vor denen. Dort, wo er herkam, in Hamburg, löste man solche familiären Dinge noch ganz anders. Hoffentlich machten die Kerle jetzt keinen Ärger, das war das Letzte, was er wollte.

Er hörte, wie Karl die Tür öffnete. »Guten Tag, kann ich Ihnen helfen?«

Es war unverkennbar die Stimme von Achmed, die als Nächstes erklang: »Ey Hatim, wohnt Hatim hier?«

»Wie meinen Sie bitte?« Karl blieb ganz ruhig.

»Gökcan – Hatim Gökcan kennst du? Wohnt der hier?«

»Nein, es tut mir leid, da haben Sie sich wohl im Haus vertan.«

Hatim schielte vorsichtig um die Ecke, doch er sah nur den Rücken von Karl, nicht aber, was vor der Tür passierte.

»Ey, hör mal, Mann, ich weiß, dass Hatim wohnt hier, mach mal Tür auf – wir gucken.«

»Ich werde Sie sicher nicht in mein Haus lassen, und ich wäre Ihnen dankbar, wenn Sie jetzt mein Grundstück verlassen würden.« Karls Stimme war etwas lauter geworden.

»Ha, ha … dankbar … Ich geb dir gleich dankbar, wenn du uns nicht reinlässt. Ey Mann, meinst du, bist voll schlau, eh?«

Achmed stand jetzt so dicht vor Karl, dass Hatim

wirklich Angst hatte, er würde ihn einfach beiseite-schieben und in das Haus marschieren. Die Frauen saßen verdattert am Tisch und starrten auf die Szene an der Tür. Karinas Blicke sprangen dabei immer zwischen Karl und Hatim, der geduckt in der Küche stand, hin und her.

»Was ist denn hier …« Frank gesellte sich zu ihnen und blickte fragend in die Runde. Hatim wedelte hastig mit der Hand, um Frank anzudeuten, er solle bloß still sein.

Karl schaltete aber schneller. Plötzlich klang seine Stimme flötend, und er packte Frank am Arm und zog diesen neben sich. »Du, Schatz, die Herren hier mei-nen, bei uns würde ein Hatim wohnen.« Frank sah verdutzt zu Karl, dann auf die beiden Lederjacken vor der Tür. Doch er verstand sofort, legte Karl den Arm um die Schulter und verstellte seine Stimme mächtig. »Oh nein, meine Herren, einen Hatim haben wir hier nicht, aber wenn Sie auf einen Prosecco hereinkommen wollen?«

Karina hielt sich die Hand vor den Mund, um nicht loszulachen, und sah mit funkelnden Augen zu Hatim.

Draußen vor der Tür machten Achmed und sein Kumpel einen Satz zurück. »Uha, ey nee, macht ihr mal eure Sachen allein.« Sie winkten ab und verzogen sich eilig.

Frank, der immer noch seinen Arm um Karl gelegt hatte, winkte mit der anderen Hand hinter den Bur-schen her. »Na schade, dann wohl nicht.« Und dann zu Karl gewandt, sagte er etwas leiser: »Oh Süßer, wir sind aber ein hübsches Paar heute«, dann stieß er sich von Karl ab und lachte. »Aber sonst geht's noch, *Schatz*?«

Karl hob warnend den Finger. »Denk dran, was Beate neulich für dich getan hat! Hatim, kannst rauskommen, die Kerle sind weg. Und ich glaube auch nicht, dass die wiederkommen.«

Beate prustete los. »Das war gut, das war sehr gut!«

Hatim legte Karl dankend die Hand auf die Schulter. »Danke.« Dann sah er zu Frank, der kurz die Hände hob. »Schon gut, schon gut, gern geschehen … Wird wohl nicht gleich morgen in der Zeitung stehen, dass Frank Flaßberg jetzt auch noch …« Er brach ab und sah zu Karl. Der grinste breit.

»Was? Bin ich dir nicht gut genug?«

Alle lachten los.

Hatim war nur froh, dass Dagmar erst später wiederkam. Sie hatte schon genug Ärger, da wäre der Auftritt von zwei dubiosen Typen vor ihrer Haustür wohl nicht gerade hilfreich gewesen.

Beim Essen lachten alle immer noch über Karls Auftritt mit Frank. Hatim bemerkte, dass Dagmar zwar etwas kritisch schaute, aber das Ganze anscheinend nicht so schlimm fand. Als es allerdings etwas später erneut an der Tür klingelte, saßen plötzlich alle stocksteif da.

»Ich gehe!« Dagmar stand auf.

Hatim schauderte kurz. Die waren doch nicht zurückgekommen?

Es war aber eine andere Stimme, die nach dem Öffnen der Tür erklang. »Frau Gröning, es tut mir leid, Sie stören zu müssen, aber ich komme nicht umhin, mich zu beschweren.«

Alle am Tisch machten ein betroffenes Gesicht und gleichzeitig große Ohren.

»Wir wohnen jetzt schon so lange friedlich nebeneinander, aber was hier in den letzten Monaten los ist … Die ganzen Autos, dann dieser verdammte Hahn morgens – seit wann haben Sie eigentlich Hühner? Und jetzt standen heute auch noch zwei Schlägertypen vor meiner Haustür.« Der Mann wirkte äußerst aufgebracht. »Ich kann so nicht arbeiten!«

»Herr Becker«, setzte Dagmar an »Es tut mir aufrichtig leid, wenn Sie wegen uns Unannehmlichkeiten hatten.«

Plötzlich sprang Frank vom Tisch auf. Alle sahen ihn stutzig an. Frank lief zur Tür und schob Dagmar beiseite. »Becker? Harm Becker – he, du alter Lump!«

Überraschtes Schweigen auf allen Seiten.

Dann schien der Mann vor der Tür zu begreifen. »Frank? Was machst du denn hier? He du – schön, dich wiederzusehen.« Die beiden Männer fielen sich in die Arme und klopften sich auf die Schultern.

»Hm, Karl«, sagte Beate am Tisch »Da bist du wohl schon wieder abgeschrieben.«

Hatim und Karina blickten immer noch verwundert zur Tür.

»Komm doch rein. Dagmar, das ist doch okay, oder? Harm und ich … Ach Junge, das waren Zeiten damals.«

Frank bugsierte den Besucher an Dagmar vorbei

zum Esstisch. »Hey, Leute – das ist mein alter Kumpel Harm.«

Harm Becker nickte verlegen in die Runde und schien sich zu wundern, warum hier so viele Leute am Tisch saßen.

Hatim vergaß nicht seine gute Erziehung, stand auf, bot Harm einen Platz an und fragte höflich: »Möchten Sie etwas essen? Es ist noch genug da.«

»Also eigentlich … Ich bin übrigens der Nachbar von da drüben«, er deutete mit der Hand hinter sich, »und … na gut, wenn Sie mich so fragen …«

Harm bekam einen Platz am Tisch, und Frank freute sich wie ein kleiner Junge, weil er einen alten Freund wiedergefunden hatte. »Mensch, das ist ja ein Ding, dass wir uns hier wiedertreffen …«

Kapitel 37

Ja, das war ein Ding. Dagmar saß am Tisch und besah sich die muntere Runde. Gut, dass sie die Sache mit den Neffen von Hatims Exfrau nicht mitbekommen hatte. Für ihren Geschmack herrschte schon genug Aufregung im Haus. Und dass jetzt plötzlich ihr einsiedlerischer Nachbar mit am Tisch saß, wunderte sie nicht minder. Sie hatte Harm Becker in den letzten Jahren so selten gesehen, dass man fast hätte meinen können, sein Haus wäre verwaist gewesen. Dass ausgerechnet Frank mit ihm bekannt war, überraschte sie einerseits, andererseits aber auch nicht, denn wenn er aus der gleichen Branche kam wie Frank, war sein etwas merkwürdiger Lebensstil wohl nicht verwunderlich.

So wie Harm jetzt da am Tisch saß, waren ihm die ganzen Leute womöglich etwas zu viel. Doch Frank redete munter drauflos.

»Harm und ich haben früher oft im Studio zusammengearbeitet. Er ist ein begnadeter Komponist.«

Harm verzog beschämt das Gesicht. »Ach komm, übertreib nicht. Ich klimpere halt gern rum.«

»Ohne dich wären viele meiner Songs gar nicht so weit gekommen.«

»Und du – was machst du hier?« Harm sah erst auf Frank und dann einmal in die Runde. Ihm schien immer noch nicht ganz bewusst, was das hier für eine Versammlung war.

»Ich – wir alle – wohnen jetzt hier. Dagmar hat die Zimmer an uns vermietet. Eine WG sozusagen.«

»Oh, aha.« Harm schien nun endlich zu begreifen, warum neuerdings so viel los war an diesem beschaulichen Ort. »Na ja, mir ist schon aufgefallen, dass hier was anders ist. Aber dieser Hahn morgens ist wirklich eine Plage.«

Karina lachte. »Barbarossa, ja, uns nervt er auch.« Sie sah dabei zu Karl.

Karl winkte ab. »Ich sagte doch, gebt ihm noch etwas Zeit. Wenn er sich sicher ist, dass dies sein Revier ist und es keinen Konkurrenten gibt, das wird er irgendwann ruhiger sein.«

»Das erzählst du uns schon seit Wochen, Karl.« Beate deutete mit ihrer Gabel auf Karl. »Aber ich muss sagen, die Eier sind es wert, wirklich.«

Karl sah zu Harm.

»Tut mir leid, der Hahn muss sich halt noch einleben. Aber Eier können Sie haben, wenn Sie mögen. Die Hühner legen so gut, da kommen selbst wir alle nicht gegen an.«

»Oh ja … also, da sag ich nicht Nein.«

Dagmar sah Harm an, dass er eher aus Höflichkeit antwortete und immer noch etwas perplex darüber war, wie viele neue Nachbarn er plötzlich hatte.

»Wir leben noch nicht so lange hier zusammen, ein

bisschen finden muss sich alles noch. Ich hoffe, Sie haben dafür Verständnis, Herr Becker.«

»Harm, sagt doch bitte Harm.«

Frank deutete in die Runde: »Hatim, Karina, Beate, Karl … Dagmar.«

»Singt doch nachher mal was für uns.« Beate sah die beiden Männer auffordernd an.

Harm schien sich etwas zu genieren. »Ach nein, ich weiß nicht … Außerdem ist Frank ja auch eher der Sänger.«

Karina sah Frank vorwurfsvoll an. »Ja, aber singen tut er nicht für uns – immer nur in seinem Kämmerchen.«

Frank hob die Hände. »Ich habe ja auch eine Art Schaffenskrise momentan.«

Harm sah zu Frank. »Arbeitest du denn an was Neuem?«

Frank zierte sich zu antworten. »Ja … Nein … Vorzeigbar ist da jetzt noch nichts, aber …«

»Komm doch mal zu mir rüber. Ich hab im Haus ein Tonstudio. Das darfst du gern benutzen.«

»Echt? Das wäre natürlich super.«

»Klar! Wäre schön, mal wieder was mit dir zusammen zu machen.«

Beate bohrte weiter. »Na, dann könnt ihr auch gleich was für uns singen. Es ist so ein schöner Abend draußen.«

In der Tat holte Frank wenig später seine Gitarre, drückte diese dann aber dem Besucher in die Hand.

Alle versammelten sich unten am Seeufer, wo Karl und Hatim ein Feuer in der großen Grillschale anzündeten.

Beate hatte sich bei Karina eingehakt. Dagmar beobachtete seit Tagen, dass Beate immer wackeliger wurde. Es schien ihre Stimmung nicht zu trüben, dennoch machte sich Dagmar Sorgen. Auf der anderen Seite von Karina nahm Hatim Platz. Er und die junge Frau schienen sich mehr als gut zu verstehen. Dagmar hoffte, dass Hatim dies auch ehrlich meinte und es nicht nur eine Reaktion auf Karinas Zustand war.

Frank strahlte heute das erste Mal über das ganze Gesicht. Das Wiedersehen mit Harm tat ihm sichtlich gut. Vielleicht brachte Harm ja bei Frank den kreativen Knoten zum Platzen. Dagmar würde es ihm so gönnen. Die Schaffenskrise schien Frank doch sehr zu bedrücken, und Dagmar hatte dauernd Sorge, dass er wieder versuchen könnte, seine Kreativität mit fragwürdigen Mitteln in Schwung zu bringen.

Harm begann auf der Gitarre einen Song zu spielen. Frank räusperte sich und sang los. Erst etwas unsicher, dann aber mit immer kräftigerer und vollerer Stimme. Dagmar war überrascht, was ihn ihm steckte, es hörte sich wirklich wundervoll an.

Nach dem ersten Lied klatschten alle ganz begeistert. Frank war sichtlich geschmeichelt.

»Noch eins – bitte, bitte!« Karina wedelte mit ihren Händen.

Dagmar sah Karl über das Feuer hinweg an. Ihre Blicke trafen sich und hielten sich kurz aneinander fest.

Dies war ihr jetzt schon öfter passiert. Erst hatte sie sich etwas geziert, es war ein komisches Gefühl, aber inzwischen mochte sie es. Es schenkte ihr einen kurzen Moment der Vertrautheit mit ihm.

Nach zwei weiteren Liedern deutete Karl mit seiner Bierflasche zu Dagmar, was so viel hieß wie: Kommst du mit?

Er stand auf, und sie folgte ihm. Gemeinsam gingen sie ein Stück vom Feuer weg und am Ufer entlang.

»Immer was los hier, hm?« Er deutete mit einem Kopfnicken zurück zu den anderen.

Dagmar lachte leise. »Ja, dass jetzt unser geheimnisvoller Nachbar auch noch mit dort sitzt … Wer hätte das gedacht. Seltsam, was so passiert.«

»Seltsam? Ich bin heute eine Beziehung mit Frank eingegangen.« Karl lachte nun auch. »Aber ich glaube, das hält nicht lange.«

»Nein, ihr seid ein ungleiches Paar. Du, die Typen kommen aber nicht wieder, oder?«

Karl schüttelte belustigt den Kopf. »Nein, ich glaube, die hatten nicht viel Verständnis für alternative Lebensformen.«

Dagmar prustete.

»Ich habe übrigens etwas Dünger bestellt für die Beete. Ich hoffe, das ist okay?« Er deutete zu den Gemüsebeeten.

»Klar. Allerdings finde ich, dass das Zeug schon wächst wie der Teufel. Wer soll das denn alles essen?«

»Werden wir schon schaffen. Und – wie war dein Tag heute?« Sie waren inzwischen an einer großen Weide angekommen, wo Karl sich rücklings an den Stamm lehnte.

Dagmar wandte sich zum See. »Nicht so gut, ehrlich gesagt. Ich war heute beim Steuerberater. Da kommen noch ganz schön viele Kosten auf mich zu durch die Mieteinnahmen und …« Sie senkte den Blick. Eigentlich hatte sie niemandem im Haus etwas davon erzählen wollen. Aber Karl … Es tat irgendwie gut, jemanden zu haben, dem sie davon berichten konnte, denn es lastete doch auf ihrer Seele. »Kurzum, ich weiß gar nicht, wie lange ich das hier alles aushalten kann. Ich – ach, Mist, ich habe nicht aufgepasst und mich etwas verkalkuliert.«

»Hm? So schlimm?« Karl sah sie bei diesen Worten nicht an.

»Na ja, das Finanzamt wird Vorauszahlungen festsetzen. Klar habe ich an Steuern gedacht, aber das ist doch ganz schön happig jetzt. Ich … ich fand die Idee einer Wohngemeinschaft so super, und es ist ja auch eigentlich fast alles perfekt, von den ganzen Überraschungen mal abgesehen. Ich mag euch alle total, und …« Ihre Stimme brach.

»Und?« Nun sah Karl sie direkt an.

»Mein lieber Herr Sohn will auch noch Geld von mir, und mein Steuerberater rät mir immer noch dringlichst, dies alles hier abzubrechen und das Haus zu verkaufen.«

»Das wäre aber nicht schön. Ich meine, gerade Karina und vor allem Beate … Was ich sagen will – wir anderen kämen schon irgendwo anders unter, aber die zwei?« Er sah Dagmar kurz in die Augen. »Und ich will eigentlich auch nicht ausziehen.«

»Ich will genauso wenig, dass es schon bald endet. Aber ich muss aufpassen, dass ich mich jetzt nicht in eine Sackgasse manövriere.«

Er stieß sich vom Baumstamm ab und stellte sich neben Dagmar. »Dann gib mir diesen ganzen Steuerkram, und ich schau mir das mal an. Ich bin zwar kein Steuerberater, aber ich habe ja immerhin lange ein eigenes Geschäft mit dem Hof geführt. Vielleicht fällt mir etwas ein.«

Dagmar zuckte mit den Achseln. »Wenn du willst. Christoph macht zwar, glaube ich, gute Arbeit, obwohl …« Sie brach ab. Für ihr Misstrauen Christoph gegenüber hatte sie keine Beweise.

»Mit Steuersachen ist es wie beim Arzt – eine zweite Meinung ist manchmal gar nicht so schlecht. Und«, er fasste sie kurz an den Oberarm und drückte diesen, »ich will dir helfen.«

»In Ordnung.«

Vom Feuer her erklangen die ersten Takte der *Ostseesonne*, worauf alle sofort mitsangen.

Karl sah Dagmar an und lächelte. »Komm, wir verpassen da grad die Party. Alles wird sich finden, da bin ich mir sicher.«

Dagmar ging mit Karl zurück zu den anderen. Sie fühlte sich plötzlich wirklich besser, es hatte gutgetan, die Sorgen nicht mehr allein zu tragen, und Karls Zuversicht war ansteckend. Auch wenn sie keine direkte Hilfe war, beruhigte sie Dagmar dennoch.

Kapitel 38

Dagmar beobachtete Karina, wie diese sich schwerfällig auf einen der Terrassenstühle sinken ließ.

»Oh Mann, ein Walfisch ist nichts dagegen«, stöhnte sie und legte die Hände auf den Bauch.

Es war August, und Karina hatte gerade noch ihr Schuljahr beenden können. Nun war sie zu Hause und wartete auf die Geburt. Wenn sie wollte, konnte sie im nächsten Jahr ihre Ausbildung an der Schule für Sozialpflege beenden. Das war eine gute Option, fand Dagmar, auch wenn Karina noch nichts darüber hatte verlauten lassen, wie es mit ihr und dem Baby weitergehen würde.

»Ich hab damals auch so ausgesehen. Allerdings war ich nicht im Hochsommer schwanger.« Dagmar lehnte sich auf ihrem Stuhl etwas zurück und dachte kurz daran, wie sehr sie an Daniel zu tragen gehabt hatte. »Wie läuft es denn mit dem Geburtsvorbereitungskurs?«

Karina schürzte die Lippen. »Ach, ist ganz okay. Nur dass ich die Einzige bin, die da immer allein sitzt, und deswegen nimmt die Hebamme mich immer als ihr Vorführmodell. Du weißt schon, diese Übungen, wo sie hinter mir sitzt und aaaaaatmen sagt. Bisschen doof.

Die anderen Paare sehen immer so glücklich aus, und ich bekomme ständig mitleidige Blicke ab.«

»Ach, das schaffst du jetzt auch noch – und so ein Kurs ist echt Gold wert. Ich habe damals, glaube ich, die ganze Luft aus dem Kreißsaal gehechelt bei Daniels Geburt.«

Karina hob bremsend die Hand. »Oh, bitte keine blutigen Geburtsgeschichten, davon höre ich in dem Kurs schon genug. Stell dir vor, eine der Frauen hat schon vier Kinder. Und nach ihrer Aussage war jede Geburt schrecklicher als die davor.« Karina schnitt eine Grimasse. »Da fragt man sich doch, warum die noch einen Kurs besucht und warum sie nicht längst als Nonne auf einem Berg wohnt.«

»Na, so schlimm ist es auch wieder nicht. Schau mal, das überstehen jeden Tag Hunderttausende von Frauen.« Dagmar lächelte aufmunternd. Im Stillen war sie aber doch froh, dass es bei ihr nur bei einem Kind geblieben war.

»Na ja, irgendwie wird es schon rauskommen.« Karina klopfte leicht auf ihren gerundeten Bauch. Dann sah sie in Richtung Haus und sprach leise weiter. »Hör mal, Beate gefällt mir aber gar nicht momentan. Findest du nicht auch, dass sie sehr abgebaut hat?«

Dagmar legte den Kopf schief. »Ja …« Sie seufzte. »Natürlich war es ihre freie Entscheidung, ihre Behandlung abzubrechen, und Frau Schröder sagt immer, es wäre alles so weit okay … Aber ich finde auch, ihr Zustand wird zusehends schlechter.« Sie senkte betrübt den Blick. Beate verschanzte sich mehr und mehr in ihrem Zimmer, lag viel im Bett und schlief. Das sei normal, hatte Frau Schröder gesagt, dennoch dämpfte es die allgemeine Stimmung sehr, jetzt sehen zu müssen, wie Beate litt.

Karina nickte. »Irgendwie traurig. Ich hoffe, dass sie zumindest noch das Baby sehen kann. Sie freut sich so drauf.«

»Das wird sie wohl noch schaffen.« Dagmar grinste und deutete auf Karinas Bauch. »Es wird ja nicht mehr so lange dauern.«

Karinas Blick war etwas strafend, dennoch stimmte sie zu. »Nein, ich glaube auch, dass dieses Baby nicht mehr lange auf sich warten lässt.« Karina senkte den Blick. »Du, Dagmar?«

»Ja?«

»Tust du mir einen Gefallen? Wenn es so weit ist, bitte verständige nicht meine Eltern. Das würde ich gern selbst machen.«

Dagmar hob die Hände. »Klar. Ganz wie du willst.«

»Ich … ich weiß ja noch gar nicht, ob ich das Baby behalten werde.«

Dagmar biss sich auf die Lippe. Sie war sich mehr als sicher, dass Karina gar nicht anders konnte, als dieses Baby zu behalten, wenn sie es erst mal im Arm gehalten hatte. Aber es war ihre Entscheidung, da hatte wohl niemand mitzureden.

»Wie gesagt, wie du möchtest.«

»Danke.« Karina sah sie kurz an. Und dieser Blick war durchaus liebevoll, was Dagmar einen leichten Stich versetzte, denn einerseits hätte dieser Blick der

282

eigenen Mutter gelten sollen, und andererseits hätte er von ihrem Sohn oder ihrer Schwiegertochter kommen sollen, wenn Dagmar schon solch einen Blick geschenkt bekam.

Ein tuckerndes Geräusch ließ beide aufhorchen. Es kam immer näher, um das Haus herum, und plötzlich sahen sie Karl auf einem Trecker samt Anhänger durch den Garten fahren.

Karina lachte. »Oh, der Bauer kommt nach Hause.«

»Was bringt er denn her?« Dagmar beschirmte die Augen und setzte sich sogleich aufrecht hin. »Mist?«

Karina hob die Nase in die Luft. »Ja, da hast du wohl recht.«

Dagmar stand auf und eilte über den Rasen hin zu den Gemüsebeeten, auf die Karl sein Gefährt zusteuerte.

»Halt!« Sie schrie gegen das laute Getucker des Treckers an.

Er deutete nur auf seine Ohren, schüttelte den Kopf und wedelte dann mit der Hand, dass sie aus dem Weg gehen solle.

Dagmar sprang beiseite, und schon kippte der Hänger, und ein ganzer Deich voll Mist bildete sich auf der Grünfläche neben den Beeten.

Endlich stellte Karl den Trecker ab.

»Was machst du da?« Dagmar rümpfte die Nase.

»Ich habe doch neulich gesagt, ich habe Dünger besorgt.« Karl lachte. »Was dachtest du denn?«

»Na, ich dachte an einen Sack voll oder wie auch immer, aber nicht an so einen großen ... Haufen!«

»Das ist bester Pferdemist, gut abgelagert. Pass nur auf – die Tomaten werden damit explodieren! Ich bring erst mal den Trecker und den Hänger weg.« Er stellte den Motor wieder an und tuckerte aus dem Garten.

Dagmar blieb neben dem Pferdemist stehen. Es stank dermaßen, dass sämtliche Fliegen aus der Umgebung wohl Witterung aufgenommen hatten und sich genüsslich auf die frische Quelle Mist setzten. Dagmar stützte die Hände in die Seiten. *Was für eine Scheiße – und das wortwörtlich.*

Dagmar hatte den Satz noch nicht mal zu Ende gedacht, da ertönte es schon hinter der Hecke der Blochs: »Dagmar? Was ist das schon wieder für ein Krach? Und, Himmel – was riecht hier so? Wir haben morgen Abend Gäste zum Grillen. Es wäre nett, wenn ihr …« Fraukes Kopf erschien hinter dem hühnersicheren Maschendrahtzaun. »Ist das Mist? Ihhhh, schon alles voller Fliegen!«

»Frauke, ich regel das. Tut mir leid.«

»Ach, das macht ihr doch extra. Erst dieses ganze Viehzeug, jetzt das! Ihr legt es doch drauf an.« Frauke verzog sich wutschnaubend.

Dagmar seufzte.

Karl tauchte eine Stunde später mit seinem Auto wieder auf. Zufrieden stand er auf der Terrasse und sah zu dem großen Haufen. »Ah, das wird den Pflanzen guttun.«

»Du, Karl, die Nachbarin war vorhin schon auf hundertachtzig. Wie lange wird das Zeug denn da jetzt liegen?« Dagmar sah ihn fragend an.

»Nun ja, das dauert schon ein paar Tage, bis ich den Dünger untergearbeitet habe. Außer ich bekomme Hilfe.« Er grinste.

Dagmar stöhnte. Karina und Beate fielen aus. Frank war neuerdings oft bei Harm drüben und schien neuen Schwung in seine Karriere bringen zu wollen. Blieb nur noch Hatim, der aber beschränkte seine Hilfe doch lieber auf die Küche und allerhöchstens mal das Mähen des Rasens mit dem Aufsitzrasenmäher, was ja auch sehr bequem war. Also würde die Arbeit wohl an Dagmar hängen bleiben.

»Na dann schaufeln wir mal, und zwar am besten gleich, denn wenn die Blochs ihre Grillparty mit einem Schwarm Fliegen abhalten müssen …«

Am nächsten Morgen taten Dagmar alle Knochen weh. Vorsichtig bugsierte sie sich in die Küche, denn bei jeder falschen Bewegung brannten ihre Muskeln wie Feuer.

Sie hatte mit Karl bis zum Anbruch der Nacht Mist geschaufelt. Dabei hatte sie zwar geschwitzt, aber es war noch nicht so schmerzlich gewesen wie heute. Zumindest war der unansehnliche Haufen jetzt hübsch unter die Pflanzen und auf die Beete verteilt, und die Blochs würden wohl nicht mehr viel zu meckern haben. Die Fliegen verteilten sich ebenso, und Dagmar hoffte einfach, dass die Insekten den Mist reizvoller fanden als die Grillkoteletts der Nachbarn.

»Guten Morgen.« Karl stand mit dem ersten Kaffee schon munter in der Küche.

»Nichts ist gut heute Morgen, mir tun alle Knochen

weh«, maulte Dagmar, nahm aber dankbar die Tasse entgegen, die er ihr hinstreckte.

»Warst fleißig gestern.« Er nickte anerkennend.

»He – hätte ich gewusst, dass du hier einen Bauernhof aufmachst …«

Er verzog das Gesicht. »Da fehlt ja wohl noch ein bisschen was: zwei Schweinchen und vielleicht eine Kuh …«

Dagmar hob die Hand. »Nein, nein! Kommt gar nicht infrage.«

Karl verzog gespielt traurig das Gesicht. »Schade.«

Dagmar schüttelte den Kopf.

Das Klappern der Haustür kündigte Frau Schröder vom Pflegedienst an. »Guten Morgen.« Sie winkte kurz, wie jeden Tag. Diesmal hielt sie aber kurz inne. »Frau Gröning, kann ich Sie nachher einmal sprechen?«

»Ja, natürlich. Ich bin da.«

Nachdem Frau Schröder in Beates Zimmer verschwunden war, wechselten Dagmar und Karl einen vielsagenden Blick.

»Das hört sich nicht gut an«, raunte Karl.

»Nein.« Dagmar seufzte. Ihren eigenen Schmerz, der sie gerade quälte, vergaß sie sogleich.

Frau Schröder war eine sehr kompetente und sachliche Frau. Als sie an diesem Tag bei Beate fertig war, kam sie zu Dagmar an den Tisch und erklärte ganz ruhig, wie es nun wohl weitergehen würde. Dagmar hörte ihr aufmerksam zu, obwohl es ein mehr als seltsames Gefühl war.

»Ich werde nun dem ambulanten Hospizdienst Bescheid geben, dass er ab sofort jemanden schickt. Das heißt noch nichts, keine Angst. Diese Leute arbeiten ehrenamtlich, und je früher sie die Menschen anfangen zu begleiten, desto besser.« Frau Schröder legte bei diesen Worten Dagmar eine Hand auf den Arm, obwohl sie natürlich wusste, dass diese mit Beate nicht verwandt war. »Ich werde zudem mit dem Sanitätshaus sprechen, denn Beate sollte auf jeden Fall, so weit es geht, am alltäglichen Leben noch teilhaben. Ich befürchte nur, sie wird einen Rollstuhl brauchen, denn sie wird ja zusehends schwächer. Frau Gröning, wir werden alles tun, um Beate und Sie hier als Hausgemeinschaft zu unterstützen. Ich … ich hoffe, Sie stehen immer noch hinter Ihrer Entscheidung?«

Frau Schröder bezog sich ganz klar auf Dagmars Wahl, Beate bei sich aufzunehmen.

Dagmar nickte »Natürlich. Wir alle haben Beate sehr ins Herz geschlossen, und ich denke, wir werden sie gemeinsam begleiten können.«

»Das ist ganz toll.« Frau Schröder nickte. »So etwas findet man nicht oft, und ich muss Ihnen da wirklich mein Kompliment aussprechen.«

Dagmar lächelte etwas schief. Dass das Sterben von Beate nun irgendwie greifbar wurde, ängstigte sie doch sehr.

»Ich melde mich dann die Tage, wenn ich weiß, wann jemand vom Hospiz kommen wird, in Ordnung?«

»Ja, natürlich.« Dagmar nickte geistesabwesend.

Nachdem Frau Schröder gegangen war, trat sie auf

die Terrasse und holte einmal tief Luft. Sie hatte am Anfang gedacht, sie würde damit klarkommen. Immerhin hatte sie gerade erst die direkte Erfahrung gemacht, wie es war, wenn jemand starb. Dennoch – und das war ihr eben mehr als klar geworden – würde es diesmal ganz anders ablaufen. Heinrich hatte einen Unfall gehabt und war sofort tot gewesen. Beate hingegen … Wie lange dauerte ihr Sterben? Würde sie sich sehr quälen? Würden alle im Haus ihr beistehen? Tausend Fragen rauschten ihr durch den Kopf.

Es tat Dagmar ein bisschen leid, dass Karina kurz vor der Geburt mit so unschönen Nachrichten behelligt werden musste, aber sie hatte dennoch eine Mitbewohnerversammlung anberaumt, in der sie den anderen mitteilte, was Frau Schröder gesagt hatte. Beate war nicht dabei. Dagmar wollte nicht, dass sie eventuellen Gegenwind mitbekäme.

Alle schwiegen betroffen.

»Wie … wie lange hat sie denn noch?« Karina war den Tränen nahe.

Dagmar zuckte mit den Schultern. »Genau kann das niemand sagen. Es kann wohl noch Wochen oder gar Monate dauern, aber dadurch, dass sie keine Therapie mehr bekommt, ist das Ende nun abzusehen. Ihr wisst alle, dass Beate sich nichts mehr wünscht, als hierzubleiben. Hat irgendjemand damit ein Problem?« Sie sah aufmerksam in die Runde.

Alle schüttelten den Kopf.

Frank räusperte sich. »Auch wenn es nicht schön

wird – und das wird es wohl nicht –, denke ich, wir sind ihr das schuldig. Sie hat hier sehr viel Herz mit eingebracht, und auch wenn sie uns verlässt, war sie dennoch ein wichtiger Teil des Ganzen hier.«

»Ist sie«, warf Hatim ein. »Noch ist sie ja da, und ich, von meiner Seite aus, bin bereit, alles dafür zu tun, dass sich ihr letzter Wunsch erfüllt.«

Karl nickte zustimmend. »Ja, sehe ich auch so.«

»Gut. Männer, ihr werdet etwas bauen müssen in nächster Zeit, die Treppen hier zum Wohnzimmer brauchen eine Rampe, wegen des Rollstuhls, und auch sonst muss alles etwas umgeräumt und angepasst werden.« Dagmar redete gar nicht lange drum herum.

Hatim grinste. »Muss ja eh, wenn hier bald auch noch ein Kinderwagen rumfährt.«

Karina hob nur kurz die Augenbrauen. Hatims Grinsen erlosch sofort wieder.

»Gut, dann sind wir uns ja einig.« Dagmar sah dankbar in die Runde und nickte.

Kapitel 39

In den nächsten Tagen herrschte in den Abendstunden geschäftiges Treiben im Haus. Der Einwurf von Hatim, dass die Rampen doch sehr praktisch wären, wenn bald ein Kinderwagen durchs Haus kullern würde, war ein guter Einfall gewesen. Dagmar erklärte Beate die Umbaumaßnahmen genau so, und obwohl diese sicherlich wusste, dass auch sie bald diese Rampen würde benutzen müssen, fiel es ihr sichtlich leichter, all die Bemühungen ihrer Mitbewohner anzunehmen.

Karina hingegen beäugte das Ganze eher skeptisch. Denn natürlich lag auch in der Kinderwagensache ein gewisser Ernst, was bei ihr aber wenig Freude auszulösen schien.

Hatim und Frank hatten schnell entsprechende Bretter besorgt und damit die linke Treppe, die zum kaum genutzten zweiten Eingang führte, wie auch die Stufen vom Küchenbereich zum Wohnzimmer und den Austritt zur Terrasse rollstuhlgerecht gemacht. Dagmar kam erneut nicht umhin, sich zu freuen, mit Hatim einen so guten Handwerker im Haus zu haben. Als er, um das Ganze zu testen, eine Schubkarre durch das Haus schob, mussten alle lachen. Und Ferdi war ganz begeistert von den Rampen, denn der kleine Hund lief überhaupt nicht gern Stufen.

Bei dem ganzen Trubel fiel Dagmar nach ein paar Tagen auf, dass sie die Steuersache ganz vergessen hatte. Darum musste sie sich jetzt wirklich kümmern, auch wenn sie noch nicht genau wusste, woher sie das Geld nehmen sollte. Sie hatte Karl die Unterlagen zur Durchsicht gegeben, da er aber nichts gesagt hatte, ging sie davon aus, dass es da wohl nichts dran zu rütteln gab.

Mit einem Seufzen nahm sie ihr Telefon zur Hand, um Christoph anzurufen.

»Du, ich wollte mich erkundigen, was mit dieser Steuervorauszahlung ist«, sagte sie, nachdem sie ihn begrüßt hatte.

»Was meinst du?«

»Na, das Schreiben, das du mir neulich mitgegeben hast – das muss ich jetzt wohl irgendwie bezahlen, oder?«

»Das ist doch alles schon erledigt?« Christophs Stimme klang verwirrt.

»Wie – erledigt?« Dagmar hatte keinen Schimmer, wovon er gerade sprach.

»Na, bezahlt ist es ja. Da hast du erst mal Ruhe für ein Vierteljahr.«

»Bezahlt? Wer hat das denn bezahlt?«

»Moment …«

Dagmar hörte, wie Chris in seinen Unterlagen kramte. »Ein Herr Karl Reinert hat den Betrag für dich überwiesen, die Kopie habe ich hier vorliegen. Übrigens danke für die Einladung. Ich hätte dir den ganzen Papierkram dann auch mitgebracht am Wochenende.«

»Karl? Moment – Einladung?«

»Dagmar, geht's dir gut? Du hast uns am Wochenende zu einem Sommerfest eingeladen.«

»Sommerfest – na klar. Ich freu mich drauf.«

»Gut, also alles erledigt. Wir sehen uns dann Samstag.«

Dagmar rauschte zu Karls Zimmer. Dort klopfte sie laut an seine Tür.

»Karl?«

»Der ist draußen!«, tönte es aus Franks Räumen.

Dagmar schnaubte und machte sich auf den Weg in den Park.

»Karl? Karl!«

»Hier – was brüllst du denn so?« Karl stand im Gehege der Hühner und verteilte deren Futter.

»Warum hast du das gemacht?«

»Die Hühner haben Hunger.« Er schaute ganz unschuldig drein.

»Du Spinner – ich meine die Steuersache. Warum bezahlst du das einfach?«

»Na, weil du es gerade nicht kannst.« Er grinste sie versöhnlich an.

»So geht das aber nicht.« Dagmar riss die Arme hoch. »Du kannst doch nicht einfach meine Sachen bezahlen.«

»Doch, kann ich. Siehst du ja.«

»Ach Karl, bitte. Das finde ich … Ich finde das nicht gut.«

292

Karl trat an den Zaun des Geheges. »Also, ich bin schon der Ansicht, dass das in Ordnung ist. Ich schreib dir auch gern einen Schuldschein. Aber weißt du, du machst hier so viel für uns. Da dachte ich ...« Er brach ab und zuckte die Schultern.

Dagmar wusste wirklich nicht, was sie dazu sagen sollte. »Von was für einem Sommerfest hat Christoph denn gesprochen? Ist das auch auf deinem Mist gewachsen?«

Jetzt grinste Karl noch breiter. »Oh ja, und das im wahrsten Sinne des Wortes. Ich dachte, es wäre mal eine gute Idee, sich bei den Nachbarn zu entschuldigen, wegen ... du weißt schon.« Er deutete erst auf Barbarossa und dann zu den Gemüsebeeten, die dank des Pferdemists in üppigem Grün dastanden.

»Die Nachbarn?« Dagmar legte sich die Hand auf die Stirn. »Na toll.«

»Komm schon, ich denke, es ist mal Zeit, dass sie uns alle kennenlernen – angezogen und ohne Hühner auf dem Arm. Dann sehen die einfach mal, dass wir ganz normale Leute sind.«

»Voll normal! Ich fühle mich heute schon wieder wie im Irrenhaus. Wen hast du noch eingeladen?«, rief sie Karl nach, der inzwischen das Gehege verlassen hatte und in die Kate verschwand. »Och ... ein paar Leute halt noch.«

»Ein paar? Karl?«

Er trat mit eingezogenem Kopf durch die niedrige Tür des Gebäudes. »Na, deine Freundin Helga halt, die hat sich übrigens sehr gefreut. Dann diesen Steuerbera-

ter und seine Frau, der macht ja auch einen guten Job.
Die Blochs von drüben, kann sein, dass die ein paar
Enkel mitbringen, und ...« Nun zögerte er.

»Und?«

»Deinen Sohn.«

»Daniel? Bist du verrückt? Du bist verrückt ...« Dagmar schüttelte den Kopf und nickte zugleich.

Natürlich waren alle anderen Bewohner des Hauses
gleich begeistert, als Karl ihnen von seiner Sommerfest-
idee und den ausgesprochenen Einladungen erzählte.
Insbesondere Beate bekam gleich glühende Wangen,
und da konnte selbst Dagmar nichts mehr dagegenhal-
ten. Auch wenn es wohl ein Desaster werden würde.
Gut, dass Helga kam, vielleicht konnte Dagmar sich
dann wenigstens noch anständig betrinken, nachdem
ihr Sohn ihr an die Kehle gesprungen war und ihre
Nachbarn und Freunde sie in Anbetracht des illustren
Mitbewohnerhaufens für gänzlich verrückt erklärt hatten.

Doch Karl hatte wiederum ein gutes Gespür gehabt.
Alle planten geschäftig die Veranstaltung im Park.
Hatim schrieb mit Karina lange Einkaufslisten, Beate
wünschte sich Luftballons und Girlanden. Wobei sie
etwas betrübt anmerkte: »Meinen nächsten Geburtstag
erlebe ich ja wohl nicht mehr«, was alle erst mal schlucken ließ.

Karl und Dagmar brachten den Park auf Vordermann, und Frank wie auch Harm organisierten den
musikalischen Teil. Alle hatten gut zu tun, und so fiel es

gar nicht auf, dass am Donnerstag ein Lieferdienst den Rollstuhl für Beate brachte.

Beate besah das Teil nur kurz und winkte dann Hatim herbei. »Ach, den stell erst mal in mein Zimmer. Noch geht's ja.«

Kapitel 40

Wie große Blüten hingen die bunten Luftballons in den Büschen und Bäumen, dazwischen wehten Wimpelketten in dem schwachen Wind, der vom See durch den Park zog und die sommerliche Hitze im Zaum hielt. Ferdi sauste durch den Garten, als könnte er einen von den Ballons erhaschen.

Dagmar wusste nicht, wann ihr Garten das letzte Mal so feierlich ausgesehen hatte. Die Männer hatten den großen Grill nach oben auf die Terrasse geholt. Dort hatten sie Tische mit bunten Papierdecken bespannt und ausreichend Bänke aufgebaut. Dagmar war etwas nervös. Kurz vor achtzehn Uhr stand sie da und knetete ihre Hände.

»Sieht doch super aus.« Karina stand neben ihr, den gerundeten Bauch nach vorn gestreckt und die Hände hinten in den Rücken gestützt. »Ich bin nur jetzt schon ganz k. o.«

»Alles klar?« Hatim kam mit einem Arm voll Holz für den Grill um die Hausecke. »Ich mache schon mal Feuer, dann dauert das nachher nicht so lange.«

Harm und Frank hatten seitlich der Terrasse auf dem Rasen zwei Lautsprecher aufgebaut, dazwischen standen zwei Barhocker und ein Mikro. Frank erschien Dagmar etwas fahrig. Er sang immerhin wieder, doch hatte er es bisher nur im stillen Kämmerlein oder vor seinen Mitbewohnern getan. Jetzt, zum Sommerfest, wieder vor Fremden aufzutreten schien ihn nervös zu machen. Dabei hatte er früher doch oft vor großem Publikum und auch im Fernsehen gestanden.

Kurz vor achtzehn Uhr klingelte es das erste Mal an der Tür. Als Dagmar öffnete, stand Helga strahlend vor ihr. »Hey, Süße! Lange nicht gesehen! Danke, dass ihr an mich gedacht habt.«

Dagmar hörte den leisen Vorwurf, dennoch schien ihre Freundin nicht wirklich böse zu sein. Im Gegenteil.

Helga grinste. »Du, ich hoffe, das ist okay?« Sie zog jemanden am Arm von der Seite her vor die Tür. »Ich habe Klaus mitgebracht.«

Dagmar stutzte. Helga kam in Begleitung! Klaus lieferte einmal in der Woche die Schnittblumen in Helgas Laden. Dass er wohl inzwischen mehr war als nur ein Lieferant, ließ das zaghafte Händchenhalten der beiden erahnen.

»Kommt rein. Ich freu mich.« Dagmar überwand ihre Überraschung. Dass sich Helga noch mal auf einen Mann einlassen würde … Der Abend fing spannend an.

Als Nächstes kamen die Blochs. Gerd und Frauke waren etwas zögerlich bei der Begrüßung.

»Danke für die Einladung«, sagte Frauke trocken, und Gerd nickte nur zustimmend. Ihre vier Enkelkinder zuckten etwas zurück, als Ferdi auf sie zukam. Schließlich war ihr letztes Zusammentreffen mit dem kleinen Hund nicht gerade nett gewesen.

Karl kam zur Unterstützung, als Dagmar die Nachbarn auf die Terrasse führte, und begrüßte erst Gerd und dann Frauke mit Handschlag.

»Hallo, es freut mich. Ich bin Karl.« Dann sah er auf die Kinder und Ferdi, der ihnen schwanzwedelnd gegenüberstand. »Hey, der tut nichts, wartet mal.« Irgendwoher zauberte Karl einen Ball, worauf Ferdi sich freudig auf die Hinterbeine stellte. »Geht mal auf den Rasen und spielt mit ihm.« Das ließen sich die Kinder nicht zweimal sagen, und schon war das Eis zwischen ihnen und dem kleinen Hund gebrochen.

Dagmar war nicht entgangen, dass Frauke sich im Haus neugierig umgesehen hatte. Jetzt begutachtete sie die Anwesenden, grüßte kurz Helga, und dann blieb ihr Blick an der schwangeren Karina hängen.

»Und die wohnen jetzt alle hier? Also, ich hab da ja gar keinen Überblick.«

Dagmar lächelte. »Helga natürlich nicht, die kennst du ja. Aber Karl …«, Dagmar deutete kurz in die Runde, »Karina, Hatim und Frank – und Beate natürlich.«

Beate saß auf einem Gartenstuhl am Rand der Terrasse und winkte fröhlich. Sie hatte zur Feier des Tages ein besonders buntes Kopftuch übergezogen und trug ein passend gemustertes Kleid. Sie wirkte zwar dünn und zerbrechlich, doch die fröhlichen Farben ließen sie heute recht gesund aussehen.

»Hallo, ich bin Karina.« Karina kam zu Dagmar und Frauke herüber und begrüßte die Nachbarin.

»Ah ja, Sie haben mal den Hahn in meinem Garten gefangen.«

Karina lachte. »Ja, das würde ich allerdings heute nicht mehr schaffen.« Sie strich sich über den Bauch.

»Die Hühner halten sich jetzt ja auch an die Grenzen.« Dagmar deutete auf das Gehege unten an der Kate. Dabei sah sie, wie Karl Gerd wohl schon in ein Gespräch verwickelt hatte und soeben auf den Grill und die Konstruktion der Feuerschale zeigte. Innerlich atmete sie schon mal durch. Doch die schwierigsten Gäste kamen ja erst noch.

Während Dagmar unruhig auf das Eintreffen von Christoph und Barbara sowie Daniel wartete, kamen zunächst Frau Schröder und noch zwei Damen von Beates Pflegedienst. Beate hatte darum gebeten, diese auch einladen zu dürfen, da sie sich immer so nett um sie kümmerten. Irgendwie gehörte Frau Schröder mit ihrem Team ja auch zum Alltag des Hauses dazu, und so hatten alle Bewohner zugestimmt. Heute kamen sie als Gäste und begrüßten Beate wie eine alte Freundin.

Als sie den Abend geplant hatten, hatte jeder kurz überlegt, wen man noch einladen könnte. Auf Karls Frage, ob noch jemand kommen sollte, folgten allerdings keine Wünsche mehr. Einen Augenblick lang hatte sich betroffenes Schweigen ausgebreitet. Karina und Hatim, die sich beide mit ihrer Familie zerstritten hatten, sahen einander an und zuckten mit den Schultern. Frank hatte nur den Kopf geschüttelt und bemerkt, dass Harm natürlich kommen würde, aber der zählte inzwischen eher als sechster Mitbewohner denn als Gast.

Dagmar hatte Karl angesehen. »Und du? Hast du noch jemanden, den du einladen möchtest?«

Karl hatte den Kopf geschüttelt. »Nein, ich habe auch niemanden.«

Dagmar hatte einen Mundwinkel hochgezogen und leise geschnalzt. »Wir sind schon eine einsame Truppe.«

»Hey – wir haben uns!« Karl hatte in die Hände geklatscht, und weiter war es mit den Planungen gegangen.

Barbara und Christoph waren die Nächsten, die eintrafen. Dagmar musste sich ein Grinsen verkneifen, denn Barbara war etwas overdressed: ein schickes blaugoldenes Sommerkleid, ein Sommerhut mit auffälliger Schleife und knallrote Pumps. Allerdings hatten sie sich früher zu ihren Zeiten bei sommerlichen Veranstaltungen immer so gekleidet. Auch Dagmar war bis zu Heinrichs Tod durchaus etwas gehobener aufgetreten. So wie es ihrem Stand als Unternehmerfrau entsprach. Wie weit sie sich inzwischen davon entfernt hatte, zeigten ihre beige Sommerhose, die flachen sportlichen Schuhe und die ganz normale Bluse, die sie an diesem Tag trug.

Dies schien auch Barbara aufzufallen, denn sie schürzte zur Begrüßung kurz die Lippen und musterte Dagmar von oben bis unten. Christoph hingegen trug Hemd und Jackett, was bei ihm eher sportlich aussah als dick aufgetragen. Nur sein Sportwagen-Cabrio, das er zwischen den Kleinwagen von Frau Schröder und

Hatims verbeultem Lieferwagen geparkt hatte, stach hervor.

»Freut mich, dass ihr es einrichten konntet.« Dagmar wollte sich diese kleine Spitze auf Barbaras Ausreden noch vor einigen Wochen nicht verkneifen.

Barbara reagierte allerdings nicht darauf, sondern marschierte auf ihren hohen Schuhen gleich in das Haus. »Ja, danke für die Einladung. Wer kommt denn noch so alles?«

»Helga ist auch da. Die anderen werdet ihr dann heute kennenlernen, und Daniel kommt eventuell noch.«

Christoph horchte auf. »Daniel – wie nett.«

»Sonst niemand?« Barbara spielte wohl auf ihre einstigen Kreise an. Doch Dagmar war gar nicht auf die Idee gekommen, ihre früheren Freunde einzuladen, zumal sich seit Heinrichs Tod niemand mehr bei ihr gemeldet hatte. Eines war ihr in den vergangenen Monaten bewusst geworden. Sie war auf Heinrich reduziert worden. Und ohne ihn war sie ein Niemand, zumindest für den Personenkreis, mit dem sie sich früher abgegeben hatte. Kurz stieg Groll in ihr auf.

»Na ja, dann …« Barbara sah sie mit emporgezogenen Augenbrauen an.

»Kommt doch mit auf die Terrasse.« Dagmar deutete nach draußen.

Karl empfing Barbara und Christoph ganz souverän und bot Letzterem gleich ein Bier an. Dagmar kam nicht umhin zu bemerken, dass Karl sich ein bisschen wie der Hausherr aufführte. Störte es sie? Sie horchte kurz in sich hinein. Nein. Es störte sie nicht, sondern nahm ihr ein wenig die Last, heute als Gastgeberin allein dazustehen.

Daniel ließ auf sich warten. Hatim kümmerte sich um das Grillgut, Karina und Beate holten Salate und Brot aus der Küche. Karl versorgte alle mit Getränken, zunächst war sie Stimmung recht entspannt.

Barbara und Helga wechselten kurz ein paar höfliche Sätze. Helga konnte mit Barbara nicht sonderlich gut, wie Dagmar wusste. »Die spielt in einer anderen Liga als ich«, hatte Helga sich oft mokiert.

Dafür unterhielten sich Frauke und Karina recht angeregt. Es ging wohl um Kinder, denn beide beobachten die vier auf dem Rasen, wo Ferdi immer noch hechelnd dem Ball hinterherjagte. Die Männer hatten sich um den Grill versammelt und fachsimpelten über Fleisch und die richtige Zubereitung. Beate und Frau Schröder lachten und gestikulierten beim Reden, als wären sie alte Freundinnen, die sich viel zu erzählen hatten. Die Stimmung war nicht schlecht, stellte Dagmar erleichtert fest.

»Da hast du ja wirklich eine bunte Truppe im Haus.« Barbara gesellte sich zu Dagmar. »Die beiden da? Ist das ein Paar?«

Dagmar folgte Barbaras Blick. »Karina und Hatim. Nein. Die haben sich erst hier kennengelernt.«

»Ach so, ich dachte …«

Dagmar sah Hatim zu, wie dieser Karina ein Glas Wasser reichte. Man hätte wirklich meinen können, dass sie ein Paar wären, zumal sie gut zusammenpassten.

Zum Glück rief Hatim dann auch zum Essen. Dagmar hatte nämlich wenig Lust, sich von Barbara weiter über ihre Mitbewohner ausfragen zu lassen.

Während sich alle einen Platz suchten, zwinkerte Karl Dagmar zu und hob einen Daumen. Sie nickte kurz bestätigend.

Gerade als sie sich setzen wollte, klingelte es an der Tür. Dagmar zuckte regelrecht zusammen. Das konnte nur Daniel sein.

Wer sind diese Fremden?, schoss es Dagmar durch den Kopf, als sie Daniel und Sabine vor der Tür begrüßte. Sie straffte sich und versuchte sich nicht von Sabines missmutigem Blick einschüchtern zu lassen. »Wenn er kommt, sei freundlich«, hatte Karl sie ermahnt. »Ihr solltet euch wieder vertragen.«

Leichter gesagt als getan, stöhne Dagmar innerlich, setzte aber ein Lächeln auf. »Schön, dass ihr gekommen seid.«

»Mutter.«

Die Begrüßung ihres Sohnes war ein kurzes Kopfnicken.

»Kommt rein, geht durch – es gibt gerade Essen.«

Auch Daniel blickte sich im Haus um, während er zur Terrasse ging. Dagmar spürte, wie sich ihr Nacken schmerzhaft verspannte. Er überlegte bestimmt schon, was er dem Gutachter alles erzählen konnte. Oder er überlegte gar, was seine *Mutter* noch alles zu Geld machen könnte …

Auf der Terrasse hatten sich inzwischen alle an die

Tische gesetzt, und Hatim ging mit einem großen, gut gefüllten Teller Grillfleisch herum.

»Hallo, Daniel. Nett, dich mal wiederzusehen.« Helga saß mit Klaus direkt an der Tür und begrüßte Dagmars Sohn als Erste.

»Hey, Daniel.« Auch Christoph winkte kurz über den Tisch.

Daniel sah sich skeptisch um.

»Kommt, setzt euch.« Dagmar geleitete ihren Sohn und ihre Schwiegertochter zu zwei freien Plätzen. Es war nicht ganz glücklich, dass nur noch neben Frauke und Gerd etwas frei war. Aber Dagmar hoffte, Frauke hatte inzwischen kapiert, dass Daniels Hinweis bezüglich des angeblichen Hausverkaufs wohl hinfällig geworden war.

»Hallo, Daniel, lange nicht gesehen.« Gerd Bloch begrüßte Daniel ganz selbstverständlich. Vielleicht hatte er auch gar nicht mitbekommen, was bei seinen Nachbarn in den vergangenen Monaten vor sich gegangen war. Gerd Bloch interessierte sich eigentlich nur für sein Geschäft, und wenn seine Frau ihm etwas erzählte, ging das oft auf der einen Seite herein und auf der anderen wieder hinaus. Statt dass Gerd sich weiter auf Daniel konzentrierte, sah er nun auch Dagmar an. »Gutes Essen – Kompliment«, sagte er, und dann, an seine Frau gewandt: »Du, dieser Türke, der Hatim, der hat gesagt, er kann unsere Dachrinnen richten. Das wäre doch total praktisch. Und Eier könnten wir auch bekommen – na, wenn die Hühner schon so einen Krach machen, können wir wenigstens auch was davon haben ... Hier – hast du den Eiersalat probiert? Der ist fantastisch!«

»Hühner?« Daniel sah Dagmar fragend an, und in seinem Blick lag schon wieder etwas Lauerndes.

»Später, Daniel, okay? Wir reden später.« Dagmar hatte einfach nur das Bedürfnis, jetzt noch nicht mit ihrem Sohn zu sprechen. Dass er plötzlich so mitten in ihrem neuen Leben saß, war schon merkwürdig genug. Zumindest hatte er so viel Anstand, ihre Bitte unkommentiert zu lassen.

Sabine beäugte alle Anwesenden neugierig, und gerade als Dagmar sich rücklings zu ihnen neben Karl auf eine Bank setzte, hörte sie, wie Sabine zu Daniel sagte: »Du, ist das nicht dieser Sänger?«

Karl beugte sich zu Dagmar. »Alles in Ordnung?«

Dagmar presste kurz die Lippen zusammen. »Bis jetzt noch«, sagte sie dann.

Kapitel 41

Zunächst ging der Abend erfreulich angenehm weiter. Hatim hatte mit dem Essen einen Volltreffer gelandet, und begleitet von ausreichend Getränken, war die Stimmung durchaus gelöst. Nach dem Essen ersetzten Hatim, Frank und Harm kurz den Hund beim Fußballspiel mit den Kindern, den Ferdi lag hechelnd unter dem Tisch und war sichtlich erschöpft. Karina, Beate, Frauke, die Damen vom Pflegedienst und sogar Barbara hatten ein Grüppchen gebildet, lachten und sprachen mit Beate über alte Zeiten und wie es damals auf den Dörfern wohl zugegangen war.

Dagmar und Karl räumten die Tische ab und stellten diese etwas beiseite, denn Frank hatte angekündigt, er würde etwas später noch das ein oder andere Lied zum Besten geben. Dabei behielt Dagmar allerdings auch gespannt Daniel im Auge, der das Treiben von einem Platz etwas abseits zu beobachten schien. Ab und an schüttelte er fast unmerklich den Kopf.

Als die Terrasse für eine gemütliche Sitz- und vielleicht auch Tanzrunde bereit war, nickte Karl Dagmar kurz zu und ließ den Blick zu Daniel und Sabine huschen. Dagmar spürte, wie sich ihre Magengegend unangenehm anspannte. Aber sie würde wohl nicht darum herumkommen. Karl schien ihr Schützenhilfe leisten zu wollen, trat an ihre Seite und gab ihr einen leichten Stups. »Na los. Ich bin da.«

Dagmar seufzte, legte die letzte Serviette beiseite und ging mit Karl auf ihren Sohn zu.

»Daniel?«

»Mutter.«

Unterkühlter konnte ein Gespräch wohl kaum anfangen.

»Ich bin Karl Reinert, wir hatten ja schon mal die Ehre, aber … vielleicht keinen so guten Start.« Karl streckte Daniel aufmunternd die Hand hin.

Daniel blickte nur auf Karls dargebotene Hand und nippte, statt sie anzunehmen, an seinem Bier. Sabine besann sich auf ihre gute Erziehung. »Sabine Gröning, wir kennen uns noch nicht.«

»Freut mich, Sie kennenzulernen. Dagmar hat mir schon viel von Ihnen erzählt.« Von Karl war das sicherlich als höfliche Floskel gemeint, aber bei Daniel löste dieser Satz ein Schnauben aus. »Ja? Was denn?«

»Daniel.« Dagmar sah ihren Sohn warnend an.

Daniel schüttelte den Kopf und deutete gehässig lachend in die Runde. »Was ist hier eigentlich los? Was ist das für ein Theater? Machst du jetzt einen auf heile Welt?«

Karl richtete sich auf und rückte einen Schritt an Dagmar heran. »Daniel, dies ist die Welt Ihrer Mutter, und ich finde, Sie könnten da etwas mehr Akzeptanz zeigen.«

»Was? Und welchen Auftrag haben Sie hier? Mutter? Ist das dein neuer Lover? Hast du dir ja fein ausgedacht – aushalten tut er dich ja wohl schon?«

»Daniel, bitte!« Diesmal war es Sabine, die ihren Mann scharf ansah.

»Ich bin weder der *Lover* Ihrer Mutter, noch lässt sie sich von mir aushalten. Wie kommen Sie auf so etwas?« Karl bemühte sich sichtlich darum, höflich zu bleiben. »Ich wohne hier, wie die anderen eben auch.«

»Hausbesetzer seid ihr.« Daniel wurde leicht rot im Gesicht. Ein Zeichen, dass er wütend war. »Und was soll ich hier heute? Gucken, wie toll es dir geht? Mutter, das ist eine Farce, du bist nach wie vor pleite und wirst dein tolles neues Leben hier bald aufgeben müssen. Papa … Papa würde sich im Grabe umdrehen, wenn er wüsste, was du aus unserem Haus gemacht hast.«

Dagmar schnappte nach Luft. Bevor sie reagieren konnte, war es Karl, der warnend den Zeigefinger auf Daniel richtete. »Was erlauben Sie sich eigentlich? Sind Sie mal auf die Idee gekommen, dass Ihre Mutter gern ein selbstbestimmtes Leben führen möchte – ohne einen Sohn, der dauernd hinter ihrem Geld her ist? Ich glaube, eher würde sich Ihr Vater im Grabe umdrehen, wenn er wüsste, wie Sie mit Ihrer Mutter umspringen. Etwas Anstand wird er Ihnen doch wohl beigebracht haben.«

Das hatte gesessen. Dagmar starrte entsetzt auf Karl, dann auf ihren Sohn. In Daniels Gesicht spiegelten sich plötzlich viele Emotionen, sein Blick wechselte von steinhart zu weich, dann wieder zu hart. Er schluckte, dann fixierte er Karl mit bösem Blick. »Ich habe meinen Vater verloren.«

»Ja, und Dagmar ihren Mann. Da auch mal drüber nachgedacht, junger Mann?« Karl schien in Rage zu geraten. »Ihre Mutter ist eine tapfere Frau, sie hat es immerhin geschafft, nach diesem tragischen Verlust wieder auf die Beine zu kommen und all das hier zustande zu bringen. Und ob Sie es glauben oder nicht – wir sind ihr dafür überaus dankbar, denn sie hat uns allen dadurch ganz neue Möglichkeiten eröffnet. Sie hingegen haben sich zu einem penetranten Erbschleicher entwickelt. Warum eigentlich? Haben Sie keine anderen Pläne für Ihr Leben, als Ihrer Mutter Steine in den Weg zu legen?«

Daniels Kinn zitterte, und er bekam schmale Augen. »Ich … mein Vater … Er ist einfach gestorben und hat mir nichts hinterlassen. Nichts!«

Dagmar spürte, wie es in ihren Augen brannte. Schnell legte sie Karl die Hand auf den Arm, bevor er reagieren konnte. Sie verstand plötzlich sehr genau, was Daniel sagen wollte – es ging ihm gar nicht so sehr um materielle Dinge, das wurde ihr klar, als sie ihn so dastehen sah.

»Daniel, Papa war auch für mich einfach weg, und ich habe nichts von ihm, keinen letzten Gruß, keine letzten Worte … und ansonsten, das weißt du ja, nur Ärger. Ich war auch sehr enttäuscht und traurig. Aber das hat dein Vater sicher nicht so gewollt.«

Daniel sah seine Mutter mit glasigen Augen an, dann senkte er den Blick. »Es tut mir leid«, sagte er nach einer ganzen Weile. »Ich habe wohl gedacht, dass, wenn ich wenigstens noch Geld erben würde, es sich irgendwie anders anfühlen würde.«

Karl gab ein kurzes Schnauben von sich und drückte Dagmar den Arm. Dann drehte er sich um und ging. Er wusste, dass sein Teil gesagt war und dass Dagmar und Daniel jetzt auf einer anderen Ebene kommunizierten.

Dagmar trat etwas näher an ihren Sohn heran und legte ihm die Hand auf die Schulter. »Daniel, ich vermisse Papa auch ganz schrecklich, und nichts wird ihn zurückbringen. Aber das Leben geht für uns alle weiter, und ich … ich muss versuchen, meinen Weg zu finden, ohne ihn.«

Daniel nickte nur stumm. Dagmar wusste, dass er verstand, und sie wusste auch, dass der Streit ums Geld jetzt hinfällig war. Vor ihr stand nur noch ihr Sohn, der mit dem tragischen, plötzlichen Verlust des Vaters nicht klarkam, und dieser brauchte seine Mutter, auch wenn er sich das vielleicht selbst noch nicht eingestand.

Nach einer ganzen Weile straffte sich Daniel und sah Dagmar schüchtern ins Gesicht. »Es tut mir leid.«

»Ist gut, Daniel. Komm, gib den anderen wenigstens eine Chance, dich von deiner guten Seite kennenzulernen. Als Sohn, auf den ich eigentlich stolz bin.«

Daniel drückte Dagmar unvermittelt einen Kuss auf die Wange. »Mama.«

Als die Sonne sich langsam über dem See niedersenkte, saßen die Bloch-Kinder um die große Feuerschale, wo Hatim ihnen Stockbrot bereitgestellt hatte.

Frank und Harm nahmen ihre Plätze ein, und Frank klopfte auf das Mikro. »Hallo? Hallo! Die Nachbarn können wir ja heute nicht ärgern mit lauter Musik.« Er warf ein kurzes Lächeln zu Frauke und Gerd. »Ich möchte mich noch mal bei Dagmar bedanken, die ein paar von uns hier bei sich wohnen lässt und ihnen somit wieder eine Art Familie und festen Boden unter den Füßen gegeben hat. Auch mir.«

Dagmar stand zwischen Daniel und Sabine auf der einen Seite und Karl auf der anderen. Insbesondere Hatim, Karina und Beate klatschten zustimmend und nickten mit den Köpfen. Dagmar wurde ganz warm ums Herz.

»Ich habe länger nicht vor Publikum gespielt, also verzeiht, wenn ich etwas nervös bin. Dagmar – der erste Song ist für dich heute. *Alles, was du gibst* …«

Andächtig lauschten alle Franks Gesang. Harm begleitete ihn auf seiner Gitarre.

Dagmar spürte mit einem Mal, dass jetzt alles anders werden würde. Sie drückte liebevoll Daniels Hand und lauschte andächtig Franks Stimme.

Als das Lied zu Ende war, klatschten alle begeistert.

»Ich kann es wohl noch.« Frank grinste geschmeichelt. »Dann jetzt mal etwas flotter!« Er klatschte in die Hände, und Harm spielte eine schnellere Melodie.

Karl zog Dagmar plötzlich zu sich herum. »Dann tanzen wir mal, Frau Gröning.« Dagmar lachte überrascht, ließ sich aber von Karl mitziehen.

Die anderen taten es ihnen gleich. Barbara und

Christopher, Gerd und Frauke – und sogar Hatim und Karina schwoften ein bisschen hin und her. Beate beließ es dabei, im Sitzen mitzuklatschen und zu schunkeln, während Frau Schröder sich einfach Daniel griff und ihn mit sich zog.

Es wurde doch noch ein gelungenes Sommerfest, und sie tanzten bis spät in die Nacht. Frank war wieder ganz der Alte, und seine Lieder hallten bis über den See. Dagmar genoss es, von Karl geführt zu werden. Lange hatte sie nicht mehr so getanzt. Alles drehte sich, die Lichter im Park, der Mond und die Sterne über ihnen – nur Karls Augen waren fest auf sie gerichtet.

»Du bist eine starke Frau, Dagmar«, raunte er irgendwann.

»Und du ein bemerkenswerter Mann. Danke für alles.«

Er zwinkerte. »Für dich!«

Kapitel 42

Beate

Beate trug noch lange die Energie dieses Abends mit sich und zehrte davon, obwohl sie merkte, dass etwas anderes ihr die Kraft raubte. Sie wollte nicht schwächer werden, doch sie konnte nichts dagegen tun. Sie fühlte sich wie einer der vergessenen Ballone im Garten, den sie jeden Morgen an den Zweigen eines Busches sah und der nach und nach an Luft verlor. So würde es ihr auch gehen, sie würde schlapper und schlaffer werden, und eines Tages würde ihre Hülle einfach vom Wind davongetragen werden. So hoffte sie es zumindest.

Sie bekam jetzt zweimal in der Woche Besuch von Gabi. Gabi arbeitete beim ambulanten Dienst des Hospizes und war als ihre Begleiterin ausgewählt worden. Sie machte dies ehrenamtlich.

Welch ein seltsames Hobby, hatte Beate anfangs gedacht und wusste zunächst auch nicht so recht etwas mit Gabis Besuchen anzufangen. Doch Gabi wurde ihr schnell vertraut durch ihre ruhige und besonnene Art. Beate erfuhr, dass Gabis Großmutter vor Jahren gestorben war und Gabi diese begleitet hatte. Danach hatte sie beschlossen, dies auch für andere zu tun. Welche Hilfe sie darstellte, wurde Beate erst nach und nach bewusst.

Oft redeten sie einfach nur. Beate konnte von früher erzählen, ohne dass sie das Gefühl hatte, damit den anderen auf die Nerven zu gehen. Nach und nach konnte sie auch über ihre Ängste sprechen und über das, was sie vielleicht noch geregelt haben wollte, bevor … bevor der Wind sie davontrug.

Und da hatte sie tatsächlich noch einiges zu erledigen, bevor sie die anderen verließ. Gabi beriet sie sehr gut und bestärkte Beate darin, sich selbst um diese Dinge zu kümmern, solange sie noch konnte. Sie würde sich dann besser fühlen. Beate fand es völlig verrückt, sich um ihren Nachlass und sogar um die eigene Beerdigung zu kümmern, da sie doch noch lebte. Doch Gabi behielt recht. Als alles getan war, fühlte Beate sich regelrecht erleichtert.

Die anderen im Haus versuchten sie zu stützen, dennoch war Gabi schnell der Pfeiler, an den sich Beate lehnen konnte, ohne sich schämen zu müssen oder die anderen zu belasten. Und Gabi half ihr, noch etwas mobil zu bleiben, denn viel zu laufen ließ ihre Kraft einfach nicht mehr zu. Frau Schröder war zwar auch stets bemüht, dennoch war die Zeit des Pflegedienstes eher begrenzt, und Beate brauchte von Frau Schröder inzwischen auch ganz andere Hilfe, denn unter die Dusche traute sie sich gar nicht mehr allein, und auch das Aufstehen und Ankleiden fiel ihr schwer. Es war grausam, sich so hilflos zu fühlen und zu spüren, wie man sich mehr und mehr zurückentwickelte, doch es tat gut, dass es Menschen gab, die damit ganz selbstverständlich umgingen und halfen, wo es eben nötig war.

Was über die tägliche Versorgung hinausging, oblag dann Gabi, und die machte nie den Eindruck, dass es eine Last für sie wäre oder dass sie nicht genug Zeit hätte. Dankbar ließ Beate sich von Gabi im Rollstuhl auf die Terrasse schieben. Gabi blieb auch gern zum Essen und war bei den anderen im Haus beliebt. Sie war einfach der letzte gute Geist, der noch gefehlt hatte. Beate spürte, wie ihr dadurch ein Teil der Angst genommen wurde, doch jemandem zur Last zu fallen, denn Gabi würde ihr beistehen.

Auch Frank wurde zu einem treuen Freund an Beates Seite. Sie mochte ihn unheimlich gern. Sein etwas wildes Aussehen und der stoppelige Dreitagebart … Wenn sie doch nur jünger und kräftiger gewesen wäre. Oder wenn sie solch einen Sohn gehabt hätte. Natürlich hatte Frank seine Ecken und Kanten und auch eine etwas durcheinandergeratene Lebensgeschichte. Doch er hatte ein gutes Herz, das spürte Beate.

Frank besuchte sie häufig in ihrem Zimmer, saß einfach nur bei ihr, und sie schwiegen, sprachen über Musik oder auch das Wetter. Frank war einfach da.

Karina besuchte Beate auch oft. Allerdings war Karina jetzt kurz vor der Niederkunft und hatte mit sich selbst genug zu tun. Beate hoffte einfach nur, dass alles gut ging und sie das Baby, welches sie die vergangenen Monate sozusagen mit begleitet hatte, noch sehen würde. Dass sie keine eigenen Kinder hatte, tat so manchen Tag umso mehr weh.

Einen weiteren treuen Freund hatte sie in Ferdi. Der kam nun jeden Abend und kuschelte sich zu ihren Füßen auf dem Bett ein. Seit Atem und sein leises Schnarchen beruhigten Beate Nacht um Nacht.

Es war merkwürdig. Als wenn man seine Koffer gepackt hätte und auf seine Reise wartete, aber weder wusste, wann diese losging, noch, wohin sie führen würde. Die Tage erschienen viel länger als früher, vielleicht auch, weil Beate jeden Moment viel intensiver wahrnahm. Manchmal, wenn sie nachts wach wurde, dann sprach sie leise mit Albert, ihrem Ehemann. So lange hatte sie ihn nicht gesehen. Ob es jetzt bald wieder geschehen würde? Sie hatte nicht viele Ansprüche an den Tod – doch die Hoffnung, dass zumindest dieser Wunsch wie auch immer in Erfüllung gehen würde, lag tief in ihrem Herzen. So lange und tapfer hatte sie weitergelebt. Sie hätte es auch noch weiterhin getan, wenn das Schicksal sie nicht derart gebeutelt hätte. *Was für eine verdammte Kacke,* fluchte sie hin und wieder leise. Doch sie durfte sich von dem Frust nicht runterziehen lassen. Sie würde ihr Leben einfach bis zu Ende leben.

Das Warten war eine zähe Sache. Unterbrochen wurde diese aber im September von aufgeregtem Flüstern, welches eines Nachts im Flur herrschte.

Ferdi horchte auf und knurrte leise, Beate lauschte, dann hörte sie Autotüren klappen und einen Wagen davonfahren.

Karina! Beate spürte, wie sich in ihr Aufregung breitmachte.

Kurz darauf klopfte es leise an ihre Tür. »Bist du wach?« Es war Franks Stimme.

»Ja, komm rein.« Beate knipste ihre Nachttischlampe an und setzte sich in ihrem Bett auf.

»Hatim ist gerade mit Karina losgefahren. Das Baby kommt.« Frank war etwas atemlos und aufgeregt.

»Komm setz dich, schlafen kann ich jetzt bestimmt nicht mehr.«

»Ich auch nicht.« Frank zog sich dankbar einen Stuhl an Beates Bett.

»Dagmar und Karl?«, fragte Beate.

»Die hab ich auch gerade geweckt und Bescheid gesagt. Sie wollen gleich hinterherfahren in die Klinik.«

»Dann halten wir hier wohl die Stellung, hm?« Beate griff nach Franks Hand und drückte diese.

»Halten wir! Oh Mann, ist ja fast, als wenn man selbst Vater würde.«

»Ja«, Beate lachte leise, »irgendwie werden wir alle wohl Eltern.«

Sie saßen Stunde um Stunde. Hatim schickte ab und an Nachrichten auf Franks Telefon. *Alles gut. Die Ärzte sagen, es dauert noch – Karina kommt gleich in den Kreißsaal.*

Beate lachte leise. »Der Arme, da muss er jetzt wohl mit durch.«

Irgendwann, als die Sonne langsam aufging, sah Beate Frank an. »Sag, tut ihr mir einen Gefallen?«

»Na, was denn?« Frank beugte sich zu ihr vor, und jetzt war er es, der ihre Hand nahm. »Wenn ich nicht mehr da bin, dann geht mein Leben leben.«

Frank schmunzelte. »Das machen wir Beate, versprochen. Das machen wir.«

Kapitel 43

Hatim

Hatim hatte versucht, während der Autofahrt seinen Puls in einem gesunden Maß zu halten. Es wäre wohl nicht förderlich, wenn er auch noch einen Herzinfarkt bekäme, während er die schwangere Karina durch die Gegend fuhr. Doch er war verdammt noch mal aufgeregt, und es wurden die längsten dreißig Minuten seines Lebens. Sie mussten nur bis Eutin gelangen, aber in Anbetracht der stöhnenden Karina neben sich kam es ihm vor wie eine Weltreise.

Im Klinikum angekommen, übergab er Karina, die sich regelmäßig vor Wehenschmerz krümmte, einer Schwester. Doch Zeit zum Verschnaufen hatte er keine.

»Na, dann kommen Sie mal.« Die Schwester sah ihn aufmunternd an.

»Aber, ich bin nicht …«

»Hatim, komm bitte mit!«, unterbrach ihn Karina und angelte nach seiner Hand. Und die bekam er auch erst mal nicht wieder. Brav saß er neben Karina, als man sie an irgendwelche Geräte anschloss. Es war alles in Ordnung, die Wehen gut und der Herzschlag des Babys normal. In Hatims Kopf schwirrte es. Hastig schickte er Frank eine Nachricht. Dann klammerte sich Karina schon wieder an seine Hand.

Nichts, aber auch gar nichts konnte einen Mann auf eine Geburt vorbereiten. Dessen war Hatim sich sicher. Die Hilflosigkeit, die er verspürte, gepaart mit einem schlechten Gewissen, obwohl er dazu ja nun eigentlich gar keinen Grund hatte, und auch der Geruch nach Desinfektionsmitteln raubten ihm die Sinne. Ihm war schwindelig, und er musste sich zusammenreißen, dass ihm nicht jetzt schon übel wurde.

Irgendwann beschloss die Hebamme, dass es Zeit war, Karina in den Kreißsaal zu verfrachten. Hatim atmete kurz auf, als die Schwestern Karinas Bett aus dem Zimmer rollten.

»Na, dann kommen Sie mal, Herr Bruns.«

»Nein, ich …« Er versuchte noch abzuwinken, doch die Hebamme war wohl widerspenstige Männer gewohnt. Sie packte ihn am Arm und schob ihn vor sich her. »Mitgehangen, mitgefangen – das wird schon nicht so schlimm. Sie wollen doch nicht das Ereignis Ihres Lebens verpassen.«

So ein Mist!

Die Schwestern setzten ihm eine komische Krankenhaushaube auf, zogen ihm einen Kittel über, und schon saß er wieder neben Karina.

Karina sah ihn dankbar an, bevor ihr Gesicht wieder zu einer schmerzerfüllten Grimasse wurde.

Seine Hand spürte er irgendwann nicht mehr, und seine Finger hatten schon eine ungesunde blaue Farbe.

Dennoch war das nichts im Vergleich zu dem, was Karina wohl gerade durchmachen musste.

Hatim atmete und hechelte mit, zwischendurch wurde ihm davon noch schwindeliger, als ihm eh schon war. Er verlor jegliches Gefühl für Raum und Zeit.

Irgendwann kam ein letzter Schrei und Fluch von Karina, gefolgt von einem Augenblick Stille – dann ertönte ein kräftiger Babyschrei.

»Herzlichen Glückwunsch, da ist Ihr Sohn!« Die Hebamme legte etwas Kleines, nicht gerade Ansehnliches auf Karinas Bauch. Sie begann zu weinen, und Hatim wurde schwarz vor Augen.

Kapitel 44

Dagmar und Karl saßen im Wartezimmer der Entbindungsstation. Draußen war es inzwischen hell geworden, und beide hatten versucht, sich mit dem faden Kaffee aus dem Automaten halbwegs wach zu halten.

Irgendwann gegen sieben Uhr morgens kam eine Schwester in den Raum. »Karina Bruns?« Sie sah fragend zu Dagmar und Karl. »Äh ja … wir sind …«

Der Schwester schien es egal zu sein, in welchem Verhältnis sie zu Karina standen. »Kommen Sie mal mit. Den jungen Vater hat es gerade aus den Schuhen gehauen, aber er kommt langsam wieder zu sich.«

»Vater.« Karl grinste.

Die Schwester führte Karl und Dagmar in ein Zimmer, wo Karina noch sichtlich erschöpft in einem Bett lag, das Baby in ihren Armen, und daneben, in einem weiteren Bett, Hatim, mit einem nassen Waschlappen auf der Stirn.

Während Dagmar sofort zu Karina ging, zupfte Karl Hatim am Bein. »Hey, alles klar?«

Hatim stöhnte. »Oh verdammt, Mann, das war was!«

Karina lachte erschöpft. »Hatim war echt tapfer.«

Dagmar sah auf das kleine Wesen in Karinas Arm.

»Na, aber du erst! Ach Gott, wie wunderschön. Was ist es denn nun?«

Karina sah liebevoll auf das Kind. »Ein Junge.«

»Und – wie soll er heißen?« Karl trat neben Dagmar und legte ihr den Arm um die Schulter.

Karinas Gesicht versteinerte. »Ich …«

Dagmar war sofort alarmiert. »Was ist? Ist mit dem Baby etwas nicht in Ordnung?«

»Doch, doch, es ist gesund. Alles in Ordnung. Aber …« Karina blickte Karl und Dagmar ernst an.

»Ich habe mir überlegt, das Kind abzugeben.«

»Was?« Hatim war plötzlich wieder voll da und setzte sich ruckartig in seinem Bett auf.

»Aber Karina …« Dagmar wusste gar nicht, was sie sagen sollte. Etwas verzweifelt blickte sie zu Karl.

»Hm«, machte dieser.

Dagmar sah wieder auf das Baby. »Aber Karina – warum denn? Es ist doch alles in Ordnung.«

»Ich … ich habe doch keine Zukunft, und meine Eltern … Kein Vater … Was soll denn aus uns werden?«

»Hey, ich kann sein Vater werden!« Hatim war wieder auf den Beinen und hangelte sich jetzt an Karinas Bett entlang.

Karl und Dagmar sahen ihn verblüfft an.

Karina schüttelte den Kopf. »Ach, Hatim.«

Hatim richtete sich auf. »Das ist mein voller Ernst. Karina, möchtest du meine Frau werden?«

Karl hob die Hände. »Wow, jetzt mal langsam, Leute. Also Karina, ich finde auch, es wäre ein großer Fehler, das Kind wegzugeben. Egal, wie aussichtslos es sich

gerade anfühlt. Du … *Wir* schaffen das schon. Das ist
doch eine Schnapsidee. Weggeben … Schau dir den
Wurm doch an.«

In Karinas Arm quietschte es leise.

Dagmar hatte sich wieder gefasst. »Nein, Karina,
kommt gar nicht infrage, und darüber verlieren wir
auch nie wieder ein Wort.« Mit einem scharfen Blick zu
Hatim ergänzte sie: »Und das mit dem Heiraten – da
redet ihr auch bitte erst später drüber, in Ordnung?«

Karina schob zärtlich mit zwei Fingern das Tuch
etwas zur Seite, in welches das Baby eingewickelt war.
»Dann … dann soll er Niels heißen.«

»Niels«, wiederholte Dagmar leise. »Das ist ein wun-
derschöner Name.«

Gemeinsam saßen sie eine Weile bei Karina und be-
staunten still das neugeborene Glück. Dagmar hatte ein
bisschen ein schlechtes Gewissen, denn jetzt wusste sie,
warum Karina manchmal so nachdenklich und in sich
gekehrt gewirkt hatte. Sie hätte sie fragen sollen. Gut,
dass sie hier waren. Nicht auszudenken, wenn Karina
das Kind weggegeben hätte. Das hätte sie gewiss ihr
ganzes Leben bereut.

Irgendwann zupfte Karl an Dagmars Arm. Es war
wohl Zeit, Karina und ihren Sohn allein zu lassen. Auch
Hatim bekam von Karl einen Wink. Dieser wollte sich
aber nur zögerlich von den beiden trennen.

»Komm«, sagte Karl. »Alles gut, Karina macht schon
keine Dummheiten.«

An der Tür drehte sich Dagmar noch mal um. Ihr war

gerade siedend heiß etwas eingefallen. »Du, Karina …
Du hast noch gar nichts für das Baby besorgt, oder?«

Karina schüttelte betroffen den Kopf. »Nein, ich
dachte ja, dass ich …«

»Egal, wir kümmern uns.« Dagmar nickte ihr zu.
»Und Karina, der kleine Niels ist herzlich willkommen
in unserem Haus, das weißt du hoffentlich.«

Karina lächelte Dagmar dankbar an. »Ja, das weiß
ich.«

Hatim beschloss, sich nur einen Kaffee zu gönnen, aber
in der Klinik zu bleiben. Dagmar ließ ihn gewähren.

»Das Baby weggeben?« Er schüttelte im Flur immer
noch perplex den Kopf.

»Hatim, alles wird gut, und Karina wird das Baby
natürlich behalten. Weißt du – so eine Geburt ist sehr
anstrengend.«

»Oh ja!« Er nickte und machte große Augen.

»Sie muss jetzt erst mal zu dem Baby finden. Steh ihr
bei, aber mach ihr bloß keine Vorwürfe mehr wegen der
Geschichte da eben.«

Hatim hob verneinend die Hände.

»Okay.« Dagmar nickte. Sie vertraute Hatim.

»Und was machen wir jetzt mit diesem angebrochenen
Tag?« Karl streckte sich, als sie vor dem Klinikportal
standen.

Dagmar lachte. »Na, was wohl? Ich glaube, wir müssen erst mal eine Babygrundausstattung kaufen.«

Karl riss die Augenbrauen hoch. »Wir?«

»Ja klar. Soll das Baby etwa nackt auf dem Boden schlafen?«

»Puh, ich habe davon aber gar keine Ahnung.«

»Das kriegen wir schon hin.« Sie hakte sich bei Karl ein. »Opa!«

»Hey – Ziehopa allerhöchstens. So alt bin ich doch noch gar nicht …«

Fünf Tage später begrüßten alle den kleinen Niels als neuen Mitbewohner im Haus am Plöner See.

Hatim hatte einen großen Kuchen anlässlich Niels' Geburt gebacken und lief immer noch herum wie der stolze Vater in Person.

Frank hatte zusammen mit Karl Karinas Zimmer babygerecht eingerichtet, mit einem Bettchen, einem Wickeltisch und ein paar neuen bunten Bildern an den Wänden.

Dagmar hatte mit Helga zusammen in Plön noch ein paar Strampler gekauft. Nun war sie wieder vollends pleite, aber das war gerade alles egal.

Hatim holte Karina und Nils aus der Klinik ab und trug den kleinen Jungen vorsichtig in seiner Babyschale in das Haus. Niels verschlief das ganze Spektakel, das um ihn gemacht wurde.

Karina umarmte bei ihrer Ankunft Dagmar. »Danke! Ich glaube, du hast mich vor einem großen Fehler bewahrt.«

Dagmar drückte die junge Frau. »Nie wieder will ich davon etwas hören, habe ich gesagt.«

Karinas erster Weg mit Niels führte zu Beate. Dagmar begleitete sie. Beate war inzwischen sehr schwach, und Gabi fast immer an ihrer Seite. Auch jetzt saß sie neben ihrem Bett, als Karina ihren Sohn in das Zimmer trug.

»Ohhhh!« Beate reckte die dünnen Arme, als sie das Baby erblickte, und bekam Tränen in den Augen.

Karina nahm Niels vorsichtig aus seiner Trageschale und legte ihn in Beates Arme. Beate umschloss das Kind mit ihren Armen und wiegte es ein bisschen hin und her. Alle schwiegen. Dieser Augenblick bedurfte keiner Worte.

Ab jetzt drehte sich im Haus fast alles um Niels. Windeln wechseln, stillen, schlafen, stillen, vollgespuckte Klamotten waschen – wie geht es ihm, hat er genug getrunken, hat er zugenommen, was war in der Windel … Dagmar hatte ganz vergessen, wie es war mit einem Baby im Haus. Zudem schlichen alle plötzlich nur noch auf Socken umher, kaum ein Fenster wurde geöffnet, damit es ja nicht zog, und bald hatten alle fast genauso dunkle Augenringe wie Karina selbst, denn Niels fand die Nacht viel spannender als den Tag und krähte alle paar Stunden. Dennoch überwog das Glück. Wie in einer großen Familie.

Zehn Tage nachdem Karina wieder zu Hause war, klingelte es eines Nachmittags an der Tür. Als Dagmar öffnete, musste sie zunächst überlegen, wer die Besucher waren. Dann aber erkannte sie den älteren Mann und sah ihn überrascht an. »Oh, Herr Bruns?«

Die Frau neben ihm, unverkennbar Karinas Mutter, hatte ganz gerötete Augen.

»Äh, ja, wir … wir würden gern zu unserer Tochter.«

»Natürlich, kommen Sie doch herein. Kleinen Augenblick, ich sage Karina Bescheid.«

Dagmar hatte keinen Schimmer, was Karinas Eltern bewogen hatte, hier aufzutauchen. Fast ein halbes Jahr hatte Funkstille geherrscht zwischen ihnen und ihrer Tochter, soweit sie wusste. Leise klopfte sie an Karinas Zimmertür.

»Ja?«

Dagmar steckte den Kopf durch den Türspalt. Karina saß auf dem Sofa und hatte den schlafenden Niels auf dem Arm.

»Du, deine Eltern sind hier.«

»Was?« Karinas Stimme war etwas laut gewesen, Niels strampelte missmutig. »Was?«, wiederholte sie leise.

»Ja, deine Eltern sind hier und wollen dich sehen.«

Karinas Blick sprang hektisch hin und her. »Ja … ja gut.«

»Soll ich sie reinschicken?«

Karina sah kurz auf das schlafende Baby in ihrem Arm. »In Ordnung.«

Dagmar ging zurück in den Flur, wo sie Karinas Eltern hatte stehen lassen. »Das Baby schläft gerade.« Sie beobachtete dabei die Reaktion der beiden. Sie schienen zu wissen, dass Niels das Licht der Welt erblickt hatte.

»Ich bringe Sie zu Karinas Zimmer.« Herr Bloch mochte wohl noch wissen, wo Karina eingezogen war, aber Dagmar wollte nicht unhöflich sein.

Sie öffnete den beiden die Tür. Schweigend betraten Karinas Eltern den Raum. Dagmar schloss die Tür wieder und wartete noch einen kurzen Augenblick. Es waren aber nur leise Stimmen zu hören. Kein Streit, keine Anfeindungen. Dagmar atmete erleichtert aus.

Als Hatim nach Hause kam, fing Dagmar ihn ab. Sein erster Weg führte ihn immer zu Karina und Niels, nur an diesem Tag hielt Dagmar das für keine gute Idee.

»Du, warte mal. Karina hat Besuch.«

»Besuch?« Hatim schaute erst überrascht, dann misstrauisch.

Dagmar winkte beschwichtigend ab. »Ihre Eltern – ich denke, da sollte man nicht stören.«

Hatim setzte sich zu Dagmar an den Tisch, und beide warteten schweigend. Irgendwann kamen Karinas Eltern aus deren Zimmer. Frau Bruns sah noch verweinter aus als bei ihrer Ankunft, aber sie lächelte.

»Danke, wir … wir gehen dann mal wieder.«

Noch bevor Dagmar sie zur Tür begleiten konnte, waren sie auch schon aus dem Haus.

Im Flur traf sie auf Karina und Hatim.

»Alles in Ordnung?« Sie musterte Karina besorgt, die etwas verweint aussah.

»Ja, ich glaube, meine Eltern werden sich mit ihrem Enkel anfreunden können. Danke, dass du ihnen geschrieben hast.«

»Ich?« Dagmar hob die Hände. »Ich habe gar nichts getan.«

»Nicht? Meine Mutter sagte, sie hätten einen Brief

bekommen, dass Niels auf die Welt gekommen ist. Er wäre sehr bewegend gewesen.«

Dagmar schüttelte den Kopf. Automatisch richteten alle drei ihre Augen auf die letzte Tür im Flur. Es gab wohl nur noch einen Menschen in diesem Haus, der so viel Herz und Verstand gehabt hatte.

Herbst

Kapitel 45

Auch mal schön – nur so wir beide.« Karl streckte die Beine aus, was das kleine Boot gehörig zum Schwanken brachte.

»Wackel nicht so, sonst sitzt du hier gleich allein.« Dagmar lachte und hielt sich fest.

»Dafür, dass du am Wasser wohnst, bist du aber nicht gerade seetauglich.« Er schmunzelte.

»*Am* Wasser. Das ist ja auch was anderes als auf dem Wasser.« Sie tat es ihm aber gleich und versuchte die Beine lang zu machen. Dabei berührten sich ihre Schultern, denn es war recht eng auf dem Boot.

»Dann mal prost.« Er hob sein Glas, heute mal kein Bier, sondern Sekt.

Es war Oktober, an den Bäumen am Ufer blitzte schon das ein oder andere goldene Blatt, aber es war noch recht warm. Nachdem sich die Aufregung um den kleinen Niels etwas gelegt hatte, war Karl zu Dagmar gekommen und hatte sie auf eine Bootsfahrt eingeladen. Sie hatte diese Einladung gern angenommen.

»Hat dein Sohn sich eigentlich noch mal gemeldet?« Karl sah sie von der Seite her an.

»Nein, ich denke, er verdaut noch die Standpauke, die du ihm gehalten hast.« Dagmar grinste. »Aber sein Notar hat mir geschrieben, dass er alle Forderungen zurückstellt.«

»Na, dann hat es ja wenigstens etwas gebracht.« Karl lächelte in sich hinein.

»Ich wusste gar nicht, dass du so aufbrausend sein kannst.« Dagmar stupste ihn an.

»Na, du weißt so einiges nicht von mir.« Er zwinkerte.

Dagmar wurde ernst. »Na ja, aber so ganz sind meine Probleme nicht vom Tisch. Das mit dem Geld bleibt schwierig.«

»Hm«, machte Karl.

Dagmar kannte Karls »Hm« inzwischen: Es bedeutete, er rückte mit irgendetwas nicht raus.

Er sah sie ernst an, kam dann aber plötzlich mit einem ganz anderen Thema. »Wie war deine Ehe eigentlich?«

Dagmar fühlte sich etwas überrumpelt. »Meine Ehe? Wie kommst du denn jetzt darauf?«

»Ja, sag mal … Ich meine, du und dein Mann – wie war das so?«

Dagmar schwieg einen Augenblick. *Ja, wie war das so?* So genau konnte sie das gar nicht beantworten. Und es schien inzwischen in weiter Vergangenheit zu liegen. Sie dachte kaum noch an Heinrich, musste sie sich eingestehen.

»Wir waren ein ganz gutes Team«, antwortete sie schließlich.

»Team?«

»Na ja, Freunde halt. Heinrich war nicht nur mein Mann, er war auch ein guter Freund.«

Karl schwieg.

»Wir waren recht lange zusammen. Aus Verliebtsein wird irgendwann so etwas wie Freundschaft, Verbundenheit, Vertrautheit.« Dagmar zuckte mit den Achseln.

»Kannst du dir vorstellen, noch mal … ich meine, mit einem Mann …« Karls Stimme war leise.

Dagmars Herz machte einen ungelenken Hopser. Sie musste nach Luft schnappen.

»Ich meine, wir beide … Wir geben auch ein ganz gutes Team ab, oder?«, fuhr Karl fort.

»Ja.« Dagmar sah ihm in die Augen. »Tun wir.« Sie spürte seine Nähe plötzlich sehr präsent.

Karl sah sie ebenfalls an. Einen sehr langen Augenblick. Dann beugte er sich zu ihr herüber und küsste sie auf den Mund. Dagmar war überrascht, dann spürte sie die Wärme, die von ihm ausging, und öffnete leicht ihre Lippen, woraufhin ein Kribbeln ihren Körper durchzog, als wäre dies der Moment, auf den ihr Herz schon lange gewartet hatte.

Nach diesem ersten Kuss saßen sie schweigend nebeneinander. Es war seltsam und schön zugleich. Dagmar musste unentwegt lächeln.

Plötzlich räusperte sich Karl. »Gut – jetzt, wo wir das geklärt haben, muss ich dir wohl noch was gestehen.«

»Oh nein! Was kommt jetzt?« Dagmar sah ihn gespielt entsetzt an.

Er grinste. »Na ja, ich sag's mal so – du würdest einen ganz guten Fang mit mir machen.«

»Wie – Fang?« Dagmar schüttelte den Kopf. Sie hatte keine Ahnung, worauf er hinauswollte.

»Ich habe doch damals meinen Hof verkauft, bevor ich hier eingezogen bin … Na, und das ganze Land.«

»Ja und?«

»Es war recht viel Land, und es ist an so eine Gesellschaft gegangen, die da Windräder bauen will.«

Dagmar verstand immer noch nicht.

Karl sah sie an. »Also, ich würde es mal so benennen: Ich bin eine ziemlich gute Partie.«

Dagmar lachte los. »Alles klar. Gute Partie – da habe ich ja Glück.«

Er nickte nun auch lachend. »Ja, hast du, und wenn du weiterhin so nett zu mir bist, dann könnte ich mir vorstellen, dass ich dir beim Finanzamt oder so noch mal etwas aushelfe. Ich meine, ich will ja immer noch nicht ausziehen müssen. Jetzt schon gar nicht mehr.«

»He, ich will mich aber nicht von dir aushalten lassen.« Sie schlug ihm spielerisch auf den Oberschenkel.

»Es geht ja auch eher darum, mich auszuhalten. Aber das schaffst du schon, glaube ich.« Er legte ihr die Hand auf die Wange und zog sie zu sich heran. Dieser Kuss war schon nicht mehr zaghaft, sondern voller Leidenschaft.

Als sie nach Hause kamen, saß Karina mit Niels auf dem Arm am Tisch, und Hatim stand hinter den beiden. Er hielt einen Finger an die Lippen und deutete nach unten. Dann legte er Karina eine Hand auf die Schulter.

»Hattet ihr einen schönen Tag?«, fragte Karina im Flüsterton.

Karl und Dagmar sahen sich an und nickten, wobei Karl nach Dagmars Hand fischte.

Karina legte den Kopf schief und grinste. »Na, dann …«

Hinter ihnen klappte eine Tür. Frank trat aus dem Flur in den Küchenbereich.

Er hatte einen seltsam starren Blick und wirkte geradezu versteinert. Die anderen vier starrten ihn an. Er schüttelte leicht den Kopf und ließ ihn dann hängen.

Dagmar schaltete als Erste. »Oh nein. Beate?«

»Sie hat es geschafft«, sagte Frank mit erstickter Stimme.

Es war plötzlich ganz leise im Haus, und die Zeit schien einen Augenblick stillzustehen.

Kapitel 46

Geht mein Leben leben,
nehmt mich mit, wo immer ihr auch seid.
Zeigt mir eure Wünsche und eure Träume,
nehmt es in die Hand – ihr seid bereit.

Zu viele Stunden wurden mir genommen,
doch ihr könnt diese nun von mir haben.
Geht mein Leben leben,
ihr habt mein Herz dafür bekommen.

Man muss das Leben nehmen, wie es kommt.
Macht das Beste draus, was immer ihr auch bekommt.
Man muss das Leben nehmen, wie es kommt,
geht mein Leben leben,
nehmt mich mit, wo immer ihr auch seid.

Franks Stimme halte über den nebelverhangenen Friedhof. Zu seinen Füßen, an sein Bein geschmiegt, saß
Ferdi.

Dagmar stand neben Karl, der den Arm um sie gelegt
hatte. Hatim hielt beschützend Karina im Arm, und der
Pastor stand an Beates Grab, die Hände bedächtig gefal-

tet, und wartete, bis Frank zu Ende gesungen hatte. Dann nickte er nur kurz, und Dagmar und Karl traten als Erste an das kleine Urnenloch, das mit Kunstrasen ausgeschlagen vor ihnen lag. Gabi hatte alles geregelt. Beate hatte ihr gesagt, wie sie sich ihre Beerdigung gewünscht hatte. Im Haus hatte sich niemand darum kümmern müssen. Dagmar war darüber zum einen dankbar, zum anderen fühlte sie sich Beate verpflichtet, und gar nichts zu ihrem Abschied beigetragen zu haben erschien ihr auch nicht richtig. Sie seufzte und merkte, wie ihr schon wieder die Tränen über die Wangen kullerten. Karl drückte ihre Hand. Dagmar nahm ein paar der Rosenblätter aus der Schale und ließ sie in das Loch rieseln. Dann schickte sie Beate im Stillen einen liebevollen Gruß.

So tat es jeder an diesem Tag, und dann verließ die kleine Trauergesellschaft schweigend den Friedhof.

Zurück im Haus war das Gefühl bedrückend. Irgendetwas fehlte, auch wenn Beate in den letzten Wochen eigentlich nur noch in ihrem Bett gelegen hatte. Jeder hatte sie dort besucht, mit ihr geredet oder ihr einfach die Hand gehalten.

Karinas Eltern hatten auf Niels aufgepasst während der Beerdigung. Karina nahm ihnen dankbar das Baby wieder ab und schmiegte den kleinen Jungen an sich.

Hatim kochte einen Kaffee. Betrübt setzten sich alle um den Tisch. Gabi, die die Bewohner zur Beerdigung begleitet hatte, räusperte sich.

»Dagmar, ich habe noch etwas für Sie.« Sie zückte einen Umschlag. »Es war Beates Wille, dass sie dies nach ihrem Tod bekommen. Und …« Gabi lächelte kurz. »Sie sollten ihn direkt nach der Beerdigung lesen. Er ist übrigens an alle gerichtet. Nun, meine Arbeit ist getan. Ich wünsche Ihnen alles, alles Gute hier im Haus und … na ja, dass wir uns wiedersehen, hoffe ich erst mal nicht.« Sie gab Dagmar den Umschlag, winkte zum Abschied und verschwand durch die Haustür.

Aller Augen richteten sich auf den Brief. Dagmar traute sich nicht recht, ihn zu öffnen.

»Na los.« Karl stieß sie an.

Dagmar fingerte zittrig das Papier aus dem Umschlag und begann vorzulesen.

Hallo ihr Lieben,
wenn ihr diesen Brief bekommt, habe ich es wohl hinter mir. Und ihr auch. Tut mir leid, dass ich euch auch noch eine Beerdigung aufgebrummt habe. Aber Frank – du hast schön gesungen. War es ein neuer Song? Das wird ein Hit – den musst du mit Harm einspielen. Unbedingt.

Alle lachten traurig.

Frank fuhr sich mit den Händen über das Gesicht. »Ja, Beate – das war dein Song. Den habe ich nur für dich geschrieben.«

Gut. Ich möchte euch einfach nur noch mal sagen, wie sehr ihr mir geholfen habt. Der Einzug in dieses Haus war die beste Idee, die ich je hatte, und ich habe wirklich eine wundervolle letzte Zeit gehabt.

Dagmar sah kurz auf. Alle nickten.

Es gibt aber nun noch einiges zu regeln. Hierfür müsst ihr vielleicht nochmals los – ich musste natürlich ein ordentliches Testament aufsetzen, aber vorab möchte ich euch hier jetzt schon dazu etwas schreiben. Ich hoffe, es sind alle da?

Sie sahen sich an und nickten.

Ich habe damals, als ich unser Haus verkauft habe, ja etwas Geld übrig behalten. Leider war es mir nicht vergönnt, es restlos auszugeben. Tja, da fragt sich eine alte Frau dann, was sie damit wohl anstellen soll. Ihr habt mir da aber durchaus etwas Anregung gegeben.
Zunächst du, Karina. Meine liebe Karina. Ich möchte mich nochmals entschuldigen, dass ich mich nach Niels' Geburt eingemischt und deinen Eltern einen Brief geschrieben habe. Aber sie sollten so etwas Wundervolles nicht verpassen.

Karinas Eltern schoben beide ihre Hände über den Tisch und legten sie auf die Hand ihrer Tochter.

Und Herr und Frau Bruns – sollte es dazu kommen, dass Karina und Hatim … Na ja, ich bin zwar alt und krank, aber blind war ich nicht. Nehmen Sie die beiden so, wie sie sind, und vor allem Hatim als Schwiegersohn und Vater für Niels. Etwas Besseres kann Ihrer Karina gar nicht passieren.

Alle blickten zu Hatim, der plötzlich rot und blass zugleich wurde. Etwas beschämt angelte er nach Karinas Hand.

Um dem jungen Glück etwas Hilfe zu geben, habe ich für Niels ein Sparbuch eingerichtet. Dem Kleinen soll es an nichts fehlen. Mein Notar erklärt das dann noch.

Karina schniefte.

Frank, du bekommst auch ein Sparbuch, aber für Ferdi. Ansonsten verhungert der arme Hund ja bei dir.

Alle lachten.

Aber bitte tu mir wirklich den Gefallen und gehe wieder auf die Bühne. Du kannst das noch, deine Lieder haben mich die ganze Zeit sanft getragen. Bitte – schreib weiter deine Musik.

Frank wischte sich die Tränen aus den Augen und nickte.

So, eigentlich sind jetzt alle versorgt. Dagmar, du hast ein großes Herz, und ich glaube, du hast deinem Leben eine ganz neue Wendung gegeben. Du kannst sehr stolz auf dich sein.

Jetzt brach Dagmars Stimme. Sie musste kurz innehalten. Karl legte ihr liebevoll die Hand auf die Schulter.

Es ist aber immer noch etwas von meinem Geld übrig. Komisch – von mir bleibt nichts, aber dieses Zeug vergeht einfach nicht. Ich habe wirklich lange gegrübelt und mich mit Gabi besprochen, wofür ich es aufwenden könnte. Ich hoffe einfach mal, dass ihr meiner Idee zustimmen werdet.

Alle sahen nun neugierig und aufmerksam auf Dagmar.

Da ich ja jetzt nicht mehr bin, sind meine Zimmer im Haus wieder frei. Es wurde viel Aufwand betrieben, damit ich mich in diesem Haus wohlfühlen kann. Es wäre ein wirklicher Herzenswunsch, dass dies vielleicht sogar noch mal jemandem zugutekommt.
Hiermit würde ich dann mein restliches zu vergebendes Geld bereitstellen, sodass die Miete für diese Zimmer erst mal bezahlt ist und dafür jemand anderes dort einziehen kann, der vielleicht ebenso von der Gemeinschaft profitiert, wie ich es getan habe. Ich denke, zusammen ist eben der schönste Ort.
Dies ist wirklich mein Letzter Wille.

Ich umarme und küsse euch noch ein letztes Mal
Eure Beate

Schweigen kehrte ein. Karl war der Erste, der nach einer Weile seine Stimme wiederfand. »Das … das ist eine schöne Idee.«

Dagmar ließ den Brief sinken und strich liebevoll über das Papier. »Ja, das ist eine wunderschöne Idee.«

Epilog

April 2018

Ey, pass doch auf!« Hatim zog den Kopf ein.

»'tschuldigung.« Karl versuchte das lange Schrankbrett zu bändigen, das er über seinem Kopf trug.

»Das muss dir ja auch auf den letzten Drücker einfallen, dass da noch ein Regal an die Wand muss.«

»Immerhin habe ich jetzt mal eins gekauft – habe ich ein Jahr für gebraucht.« Karl versuchte seine Fracht die Treppe hinauf in Dagmars Schlafzimmer zu bugsieren.

Nach einer Zeit der Stille im Haus, wo jeder auf seine Art mit dem Abschied von Beate und der möglichen Neuordnung beschäftigt war, ging es nach Weihnachten recht zügig voran.

Hatim zog mit in Karinas Räume, jetzt offiziell und ohne Heimlichkeiten. In Hatims alten Zimmern würde später dann, wenn der Knirps alt genug wäre, Niels ein Schlaf- und Spielzimmer bekommen. Fast wie eine eigene kleine Wohnung, hatte Karina schmunzelnd gesagt – nur dass in dieser Wohnung auch Frank noch herumlief.

Dieser war allerdings inzwischen mehr bei Harm,

und beide taten ziemlich geheimnisvoll, was ihre Arbeit anging.

Karl war zu Dagmar in den ersten Stock des Hauses gezogen. Er hatte ja nicht viel mitgebracht vor einem Jahr und nun mit Dagmar zusammen ihren Teil des Hauses etwas umgestaltet. Durch Karls Umzug waren neben den alten Zimmern von Beate zwei weitere Räume frei geworden. Ein glücklicher Umstand, wie sich herausstellte.

Dagmar hatte sich noch einmal mit Gabi getroffen und diese um Hilfe gebeten. In der Tat konnte Gabi ihre Kontakte nutzen, und es wurde eine neue Bewohnerin für Beates Zimmer gefunden.

»Sie kommt – sie kommt.« Karina stand aufgeregt an der Haustür im Flur und winkte.

Hatim versuchte mit einer Hand Niels vom Boden zu angeln, denn dieser krabbelte seit ein paar Tagen wie ein Weltmeister herum. Mit der anderen Hand packte er Ferdi am Halsband, denn der kleine Hund schien zu spüren, dass irgendetwas vor sich ging.

Draußen vor dem Haus hielt ein größerer Wagen, und kurz darauf klingelte es.

Alle standen im Flur bereit. Dagmar nickte, und Karina öffnete die Tür.

»Herzlich willkommen!«, riefen alle wie aus einem Mund und klatschten.

Lena lenkte ihren Rollstuhl langsam durch die Tür und strahlte über das ganze Gesicht.

Ferdi befreite sich mit einem Ruck aus Hatims Griff, nahm Anlauf und hopste der jungen Frau auf den Schoß. »Oh!«

»Hallo, na, das ist ja mal ein Empfang.« Marius, der junge Pflegehelfer von Lena, stand hinter dem Rolli und lachte ebenfalls.

Lena würde nicht sterben, zumindest nicht so schnell. Aber sie brauchte eine behindertengerechte Unterkunft und auch weitere Zimmer, da einer aus ihrem Pflegeteam stets bei ihr war. Das Angebot des Hauses am Plöner See war perfekt für sie. Dagmar war in Anbetracht von Lenas lebenslustiger Art schnell klar, dass sie sehr gut in ihre Gemeinschaft passen würde. Beates Wunsch wurde so erfüllt.

Während wieder alle Hände mit anpackten, um Lena den Einzug zu erleichtern, standen Karl und Dagmar in der Küche.

»Auf ein Neues, hm?« Karl legte Dagmar den Arm um die Schulter.

Dagmar nickte.

Plötzlich stutzte sie. Irgendwoher drang Musik – aber Frank war es nicht, der schleppte gerade eine Kiste durch den Flur.

»Hörst du das?« Dagmar sah Karl fragend an.

»Radio, ja … Schätze, Marius hat seins im Auto angelassen.«

»Nein, Karl, hörst du das?« Dagmar hob den Finger, dann hastete sie zur Haustür. Dort standen Hatim und Karina und starrten in das Auto.

Aus dem Radio erklang ganz eindeutig Franks Stimme:

Geht mein Leben leben,
nehmt mich mit, wo immer ihr auch seid.
Zeigt mir eure Wünsche und eure Träume,
nehmt es in die Hand – ihr seid bereit …